Zum Buch:

Eigentlich ist eher Malins beste Freundin für ihre Spontaneität bekannt, während Malin die Besonnenere von ihnen ist. Aber als sie zusammen vor der alten Fischerkate stehen und Malin den Schlüssel im Schloss umdreht, scheint eine Art Wintermeermagie auf sie zu wirken. Und mit jedem Tag, den Malin an der nordfriesischen Küste verbringt, und mit jedem Handgriff beim Renovieren der Fischerkate fühlt sie sich freier und gleichzeitig geborgener. Ob es nun am nahenden Weihnachtsfest liegt oder an etwas anderem, Malin genießt die Gemeinschaft der starken Frauen an der Küste und setzt alles daran, damit die alte Dame bald wieder in ihr Zuhause ziehen kann!

Zur Autorin:

Tanja Janz wollte schon als Kind Bücher schreiben und malte ihre ersten Geschichten auf ein Blatt Papier. Heute ist sie Schriftstellerin und lebt mit ihrer Familie und zwei Katzen im Ruhrgebiet. Neben der Schreiberei und der Liebe zum heimischen Fußballverein schwärmt sie für St. Peter-Ording, den einzigartigen Ort an der Nordseeküste.

Lieferbare Titel:

Friesenmeermagie
Winterstrandtage
Wintermeer und Bernsteinherzen
Dünenleuchten
Friesenwinterzauber
Leuchtturmträume
Wintermeer und Dünenzauber
Dünentraumsommer
Das Muschelhaus am Deich
Dünenwinter und Lichterglanz
Mit dir auf Düne sieben
Friesenherzen und Winterzauber
Krabbe mit Rettungsring
Strandperlen

St.-Peter-Ording-Saga:
Wo der Seewind flüstert (1)
Was die Dünen verheißen (2)
Was die Gezeiten versprechen (3)

Tanja Janz

Friesenmeer-Magie

EIN ST.-PETER-ORDING-ROMAN

HarperCollins

1. Auflage 2024
Originalausgabe

in der Verlagsgruppe HarperCollins Deutschland GmbH, Hamburg
Umschlaggestaltung von Hauptmann & Kompanie Werbeagentur, Zürich
Umschlagabbildung unter Verwendung von Shutterstock
Gesetzt aus der Stempel Garamond
von GGP Media GmbH, Pößneck
Druck und Bindung von CPI books GmbH, Leck
Printed in Germany
ISBN 978-3-365-00756-3
www.harpercollins.de

Druckprodukt mit finanziellem
Klimabeitrag
ClimatePartner.com/15109-2009-1001

FSC
MIX
Papier
FSC® C083411

Das Weihnachtsfest

Vom Himmel bis in die tiefsten Klüfte
ein milder Stern herniederlacht;
vom Tannenwalde steigen Düfte
und kerzenhelle wird die Nacht.

Mir ist das Herz so froh erschrocken,
das ist die liebe Weihnachtszeit!
Ich höre fernher Kirchenglocken,
in märchenstiller Herrlichkeit.

Ein frommer Zauber hält mich nieder,
anbetend, staunend muß ich stehn,
es sinkt auf meine Augenlider,
ich fühl's, ein Wunder ist geschehn.

Theodor Storm

Prolog

Ein halbes Jahr zuvor

Irma Witt blickte von dem Mathematikbuch auf, das vor ihr aufgeschlagen auf dem Tisch lag. Mit beiden Händen schob sie ihre Brille ein Stück höher auf den Nasenrücken, dann ließ sie den Blick über die Schönheit der Natur gleiten, die sie umgab. Der Sommer hatte bereits Einzug gehalten und ein wahres Farbenmeer blühender Pflanzen entfaltet. Die Luft war erfüllt von einer betörenden Duftmischung aus frischer Blütenpracht und einer salzigen Nuance. Auf der gegenüberliegenden Straßenseite erhob sich majestätisch der Deich.

Dahinter erstreckte sich eine malerische Dünenlandschaft, die nach einem kurzen Fußmarsch in einen schier endlosen Strand überging, der wiederum in der Brandung der Nordsee endete. Über den üppigen Blumenbeeten ihres Gartens tanzten Bienen und Schmetterlinge in einem harmonischen Ballett, während die Sonne ihre warmen Strahlen auf die zarten Blütenblätter warf. Hortensien leuchteten in strahlendem Blau, Weiß und Pink, Rosen verströmten ihr süßliches Aroma, und lila Lavendel wiegte sich sanft im Wind. Zwischen heimischen Stauden, Totholz und dem Kräuterbeet badete eine Meise in einer Vogeltränke.

Ihr Garten war eine Oase der Ruhe und Schönheit, wo die Natur ihre volle Pracht entfaltete und stets die Sinne des Betrachters verzauberte. »Du hast den schönsten Garten von ganz Ording«, hatte mal ihre gute Freundin Lilo zu ihr gesagt. Dieses Kompliment hatte Irma gerne angenommen, wenngleich sie sich in den letzten Jahren nicht mehr so intensiv wie früher mit Gartenarbeiten befasst hatte. Dazu fehlte ihr die nötige Kraft, und ihre Knochen spielten auch immer weniger mit. So war es gekommen, dass ihr Garten sich Stück für Stück in ein wildes Naturparadies verwandelt hatte, in dem es nur so summte und brummte und das sie noch mehr liebte, als sie jemals gedacht hatte.

Gedankenverloren betrachtete sie die alte Gaslaterne, an der längst der Zahn der Zeit nagte und Efeu emporwuchs. Ihr Ehemann Rudi hatte das gute Stück Ende der Siebzigerjahre vor der Verschrottung gerettet, als immer mehr Städte ihre Gaslampen durch moderne Beleuchtung ersetzt hatten.

Rudi war ein Nostalgiker gewesen, der den Wert von Althergebrachtem zu schätzen gewusst hatte. Seinen silbergrauen Mercedes hatte er stolz mit einem H-Kennzeichen gefahren. Alle Reparaturen hatte er höchstpersönlich durchgeführt – bis zum Schluss. Es hatte zwei Jahre gedauert, bis sie sich nach seinem Tod dazu durchgerungen hatte, das Gefährt an einen Oldtimer-Liebhaber zu verkaufen. Um das Geld war es ihr dabei nicht gegangen. Leider verfügte sie nur nicht über die Kenntnisse ihres Mannes, um den Pkw in Schuss zu halten. Bevor sie dem Käufer den Autoschlüssel ausgehändigt hatte, hatte er ihr hoch und heilig versprechen müssen, den Wagen in Ehren zu halten, ihn zu hegen und zu pflegen, so wie es Rudi auch getan hätte. Als er schließlich mit dem Mercedes losgefahren war, hatte sie ihm lange nachgesehen. Eine Weile hatte sie so vor ihrer Fischerkate gestanden, auch als der neue Besitzer längst aus ihrem Blickfeld verschwunden war. Sie hatte nicht fassen können, dass Rudis Auto tatsächlich den Besitzer gewechselt hatte.

Es war fast, als hätte der Käufer nicht nur den Mercedes mitgenommen, sondern auch einen Teil von ihrem Mann und viele Erinnerungen an ein Leben, das nicht wiederkommen würde. Doch das war vergleichsweise harmlos verglichen mit dem, was ihr nun bevorstand. Im nächsten Schritt würde sie einen noch viel größeren Teil ihres Herzens hergeben müssen. Ein schwerer Seufzer entfuhr ihr.

»Ist das so richtig?«

Irma blickte zu ihrer Rechten. Ihr zehnjähriger Schüler saß neben ihr am Gartentisch und hielt ihr sein Rechenheft entgegen. Ein Lächeln huschte über ihr Gesicht. Hoffentlich hatte er nicht bemerkt, dass sie gedanklich abgeschweift war. Leicht verlegen richtete sie abermals ihre Brille. »Das kann ich dir gleich sagen.« Sie nahm einen Bleistift zur Hand und überprüfte die bearbeiteten Rechenaufgaben.

»Null Fehler, Mika. Toll!«, sagte sie kurze Zeit später und malte mit dem Stift ein lachendes Gesicht unter die gelösten Aufgaben. »Für dich kann im nächsten Schuljahr das Gymnasium seine Tore öffnen.«

»Null Fehler? Ich dachte, dass ich mindestens zwei habe.« Er strahlte über das ganze Gesicht, während er sein Rechenheft wieder in Empfang nahm. »Aber ob ich so gut auf dem Gymnasium sein werde? Da sind doch nur schlaue Kinder«, fügte er zweiflerisch hinzu.

»Na und? Du bist doch auch ein schlauer großer Junge.« Sie lächelte ihn aufmunternd an und nahm das leere Glas, das vor ihm stand, um es mit Fruchtschorle aus der Glaskaraffe aufzufüllen.

»Danke.« Er trank einen großen Schluck. »Darf ich denn in der fünften Klasse trotzdem noch zu Ihnen kommen?« Er schaute sie so voller Hoffnung an, dass es sie rührte.

Natürlich kannst du das, das hätte sie ihm unter normalen Umständen geantwortet. Doch die Dinge lagen anders und waren von Normalität so weit entfernt wie nie zuvor. Sie lächelte milde und fühlte, wie ihr Herz schwer wurde. »Nach den Sommerferien gehst du erst mal in deine neue Klasse und schaust, wie es dort so ist. Vielleicht läuft alles viel besser, als du befürchtest. Am Ende hast du einen tollen Lehrer, und der Mathematikunterricht fällt dir ganz leicht. Dann hast du dir ganz umsonst Sorgen gemacht.«

»Meinen Sie?« Mika schien noch nicht überzeugt zu sein.

Sie legte eine Hand auf seinen Unterarm. »Aber ja. Die vierte Klasse hättest du doch eigentlich auch ohne meine Hilfe spielend geschafft.«

Von dem gepflasterten Weg, der am Haus entlangführte,

näherten sich Schritte. Wenig später bog eine Frau in den späten Dreißigern um die Hausecke. In einer Hand hielt sie einen üppigen bunten Blumenstrauß. »Moin! Bin ich etwa zu früh?« Sie blieb schließlich neben dem runden Gartentisch stehen und strich sich eine Strähne ihrer blond gelockten Haare hinters Ohr.

»Nein, nein. Wir waren gerade fertig.« Irma schlug das Schulbuch zu.

»Frau Witt sagt, ich soll am Gymnasium erst mal gucken, wie ich klarkomme«, sagte Mika, während er seine Schulsachen in einem Rucksack verstaute.

»Das klingt vernünftig«, erwiderte seine Mutter. »Aber zunächst möchte ich mich für Ihre unermüdliche Hilfe bedanken. Ohne Ihren Unterricht wären bestimmt einige der Klassenarbeiten nicht so gut ausgefallen.« Sie überreichte ihr lächelnd den Strauß. »Danke, Frau Witt!«

»Oh, so schöne Blumen. Das wäre doch nicht nötig gewesen.« Sie roch an einer Blüte, die herrlich süß duftete.

»Natürlich war das nötig.« Amüsiert zwinkerte sie ihr zu, bevor sie ihrem Sohn half, den Rucksack aufzusetzen.

»Keine Sorge, Sanne. Dein Sohn wird in Mathematik bestimmt zu einem der besseren Schüler gehören. Er hat eine schnelle Auffassungsgabe, genau wie du in seinem Alter.« Irma legte den Blumenstrauß vorsichtig auf dem Tisch ab, erhob sich von ihrem Stuhl und begleitete ihre ehemalige Schülerin und deren Sohn vor die Fischerkate, auf deren Einfahrt Sannes kleines gelbes Auto stand.

»Schöne Sommerferien und danach einen guten Start am Gymnasium!«, wünschte sie zum Abschied.

»Tschüss, Frau Witt.« Mika winkte ihr zu und kletterte dann auf die Rückbank des Wagens.

Sanne öffnete die Fahrertür. »Danke für alles. Darf ich mich denn wieder bei Ihnen melden, falls Mika am Ende doch nicht zu den Rechengenies gehören sollte?«

Irma schluckte. Sie wusste nicht, wie sie unter diesen besonderen Umständen reagieren sollte. Doch dann lächelte sie tapfer. »Selbstverständlich.« Ihre Stimme zitterte leicht. Ihr ganzes Leben lang hatte sie sich stets an ihre Versprechen gehalten – aber nun? »Ich bin jedoch überzeugt, dass Mika meine Hilfe nicht mehr brauchen wird«, bekräftigte sie noch einmal ihre Einschätzung und hoffte inständig, dass sie damit dank ihrer langjährigen Erfahrung richtiglag.

»Wir werden sehen. Einen schönen Sommer für Sie.« Sanne stieg ins Auto und zog die Tür zu.

Irma trat ein Stück zurück und winkte ihnen nach, als Sanne den Wagen von der Auffahrt auf die Straße lenkte. Wieder fuhr ein Auto von dannen.

Dies war ein weiterer Teil ihres Lebens, von dem sie sich verabschieden musste. Es war ihre letzte Unterrichtsstunde gewesen.

Seufzend ging sie dann zurück auf die Terrasse und nahm den Blumenstrauß mit ins Haus, um eine Vase mit Wasser zu füllen und ihn hineinzustellen.

Am Nachmittag verstaute Irma einen frisch gebackenen Obstkuchen in eine große quadratische Plastikbox. Aus einer Schublade nahm sie anschließend ein handliches Lederetui, an dem der Zweitschlüssel für ihr Haus befestigt war. Früher hatte Rudi ihn benutzt.

Nachdem sie das Etui in ihre Handtasche hatte fallen lassen, hob sie die Kuchenglocke vom Küchentisch und verließ das Haus. Bis zu ihrem Ziel war es bloß ein kurzer Fußweg. Der Campingplatz *Strandperle* lag nur ein paar Minuten von ihrem Zuhause entfernt.

An diesem Tag erwies sich der Weg für sie beschwerlicher als sonst. Ihre Beine fühlten sich schwer an, als hätte jemand dicke Steine an ihnen festgebunden. Sie kam langsamer voran, machte sogar auf halber Strecke einmal halt, um tief durchzuatmen. Urlauber kamen ihr entgegen. Es waren Familien mit Kindern, Männer und Frauen mit Hunden, manche hielten Walking-Stöcke in den Händen, andere fotografierten mit ihren Handys.

Irma blickte in ihre fröhlichen Gesichter und bekam sogleich ein schlechtes Gewissen. War sie am Ende vielleicht undankbar? Hatte sie bisher etwa kein wunderbares Leben genossen? Hatten ihre Eltern damals nicht alles getan, damit sie als Erste in der Familie eine Universität besuchen und Lehrerin werden konnte? Sie hatte noch genau die Holzkiste vor Augen, in der ihre Eltern damals ihre gesamten Ersparnisse gesammelt hatten, damit sie ihre Tochter auf ein Gymnasium schicken konnten und später dann zur Universität nach Hamburg. Für ihre Mutter und ihren Vater war das Leben kein Zuckerschlecken gewesen. Sie hatten große Entbehrungen in Kauf genommen, damit ihre Tochter es einmal besser haben würde als sie.

Und dann war der besondere Abend gekommen, an dem sie Rudi auf einer Studentenfeier über den Weg gelaufen war. Sie konnte sich noch genau an den Augenblick erinnern, als sie ihn das erste Mal gesehen hatte. Attraktiv hatte er ausgesehen. Unter seinem Jackett hatte er einen dunklen Rollkragenpullover getragen, die braunen Haare nach hinten gekämmt, und in einer Hand hatte er eine Colaflasche gehalten. Zwei Jahre später folgte die Hochzeit, und im Jahr darauf kam ihre gemeinsame Tochter Amelie zur Welt. Ihr Glück hätte kaum größer sein können, obwohl sie beide noch im Studium gesteckt hatten. Aber zusammen hatten sie die Herausforderungen gemeistert.

Im Laufe ihres Lebens hatte sie keine schweren Erkrankungen durchgemacht. Nur das Übliche. Und nun war sie Ende siebzig und musste sich mit allerhand Zipperlein herumschlagen, die zwar nicht ungewöhnlich für ihr Alter waren, sie jedoch zunehmend einschränkten.

Sie atmete einmal tief durch. Dann gab sie sich einen Ruck und ging weiter. Es half ja alles nichts. Die Vergangenheit war vergangen, es gab keine Möglichkeit, sie zurückzuholen.

Vor der *Miesmuschel*, dem zugehörigen Restaurant des Campingplatzes, herrschte Hochbetrieb. Im Außenbereich der Gastronomie waren alle Sitzplätze belegt, und drinnen sah es vermutlich nicht anders aus. Vor dem Eingang des Lokals hatte sich eine Warteschlange gebildet. Jeder im Ort und eben auch die Camper wussten, dass man dort preiswert und gut essen konnte. Der Fisch war fangfrisch, die Salate knackig und der Service flott.

Ihre Freundin Lilo und sie waren etwa gleich alt. Doch Irma konnte sich beim besten Willen nicht vorstellen, in ihrem Alter noch einen Campingplatz zu führen. Lilo wurde zwar von einer ihrer Nichten unterstützt, aber ein Großteil der Arbeit lastete nach wie vor auf ihr. Lilo sah es positiv und war überzeugt, dass sie ohne ihren Campingplatz längst im Altersheim hocken würde.

Irma ging auf das weiße Gebäude zu. Sie drückte auf die Klingel, neben der ein Schild mit der Aufschrift *Büro* befestigt war. Als der Summer ertönte, drückte sie gegen die Tür.

»Moin!«

Lilo erwartete sie gut gelaunt in der offenen Tür. Sie trug eines ihrer bunten, weiten Kleider und eine lange Bernsteinkette. An ihren Ohrläppchen baumelten die passenden Ohrringe, und ihre Füße steckten in bequemen Sandalen. Das lange graue Haar hatte sie mit einem türkisfarbenen Band gebändigt.

»Moin, Lilo!«

»Komm rein!«

Irma betrat das Büro und warf einen Blick auf den Schreibtisch, auf dem sich Belege stapelten. »Du bist wohl gerade fleißig?«

Lilo zuckte die Schulter. »Seit heute früh um neun. Aber nun ist es Zeit, eine Pause einzulegen. Gut, dass ich gerade Kaffee aufgesetzt habe.« Sie zeigte zuerst auf die Kuchentransportbox, die Irma trug, dann auf die gluckernde Kaffeemaschine, die auf einem Tisch neben einem Radio stand. Auffordernd streckte ihre

Freundin beide Hände aus. »Soll ich dir den Kuchen abnehmen?«

»Ja, bitte. Die Obsttorte ist ohnehin für dich. Ein kleines Dankeschön dafür, dass du in meiner Abwesenheit das Haus hütest und meine Gartenpflanzen gießt.«

»Genau deswegen habe ich mich dir ja angeboten. Ich hatte es in Wirklichkeit nur auf deinen leckeren Kuchen abgesehen.« Lilo zwinkerte ihr zu, bevor sie die Box neben der Kaffeemaschine abstellte. Dann öffnete sie ein Schränkchen, aus dem sie Kaffeegeschirr und Tortengabeln hervorholte. »Wie lange bleibst du eigentlich in München?«

»Das steht noch nicht fest«, wich Irma einer konkreten Antwort aus. Sie wandte den Blick ab und setzte sich auf einen Stuhl, der schräg vor Lilos Schreibtisch stand. »Amelie hat einiges geplant. Nach Garmisch-Partenkirchen wollen wir fahren und vielleicht auch mal ins Theater gehen. Sogar eine Fahrt nach Salzburg hat sie vorgeschlagen. Wie lange würdest du dich denn um mein Haus kümmern?«

»So lange du willst.« Der Kaffee war durchgelaufen. Lilo füllte das heiße Getränk in zwei Tassen. »Nimm dir ruhig so viel Zeit, wie du möchtest. Mir macht es nichts aus, ein- oder zweimal am Tag bei dir nach dem Rechten zu sehen. Mit Kaffeesahne?«

»Ja, bitte.« Irma rutschte unbehaglich auf ihrem Stuhl hin und her. Ihr schmeckte es gar nicht, unaufrichtig zu ihrer guten Freundin zu sein. Aber sie brachte es einfach nicht übers Herz, ihr den wahren Grund der Reise zu beichten. »Sollte dir die Rennerei doch zu viel werden, habe ich natürlich vollstes Verständnis.«

Resolut stellte Lilo eine Kaffeetasse vor sie und stemmte dann eine Hand in die Hüfte. »Wofür hat man denn Freundinnen? Sollte ich mal deine Hilfe brauchen, würdest du mich wohl auch kaum hängen lassen, oder?«

»Natürlich nicht«, bekräftigte Irma, senkte aber gleich ihren Blick.

»Na also.« Mit einem langen Messer schnitt Lilo die Torte an und legte dann den Kopf schief. »Möchtest du ein Stück mit mehr Erdbeeren oder Heidelbeeren?«

Es war Abend geworden, als Irma einen ihrer selbst gestrickten Pullover in ihren großen braunen Lederkoffer legte. Die Winter konnten in München streng sein, wie sie nur zu gut aus den Erzählungen ihrer Tochter wusste. Bisher kannte sie die Stadt bloß im Sommer. Vielleicht sollte sie zur Sicherheit noch einen weiteren einpacken. Aber durch das zweite Oberteil würde sie viel Platz im Koffer vergeuden, Platz, den sie noch dringend für andere Dinge benötigte.

Stirnrunzelnd beäugte sie den Stapel an Kleidungsstücken, der auf ihrem Bett lag. Die würde sie nie und nimmer alle im Koffer unterbringen können. Schuhe hatte sie noch gar keine herausgesucht, geschweige denn ein paar Erinnerungsstücke, ohne die sie St. Peter-Ording unmöglich verlassen konnte.

Irma spürte, wie sich immer mehr Hoffnungslosigkeit in ihr breitmachte und eine Träne über ihre Wange lief. Mit einer Hand suchte sie Halt an der Schranktür. Sie wollte ihre Fischerkate nicht für immer verlassen, sich nicht damit abfinden, dass ihr Schicksal und auch das ihres Zuhauses nun endgültig besiegelt sein sollte. Ein halbes Jahr hatte sie noch Zeit, um das Ruder herumzureißen. Bis dahin würden noch viele Wellen an den Ordinger Strand perlen – doch, was sollte sich in den sechs Monaten ändern? In einen Jungbrunnen würde sie nicht mehr fallen. Und Amelie würde auch nicht zurück nach St. Peter-Ording ziehen.

Sie setzte sich neben den Kleiderstapel aufs Bett. Amelie meinte es gut mit ihr, daran bestand für sie kein Zweifel. An ihrer Stelle hätte sie vermutlich die gleichen Schritte in die Wege geleitet. Trotzdem haderte sie mit der Situation. Aufgegeben hatte sie noch nie in ihrem Leben. Warum sollte sie ausgerechnet jetzt damit beginnen? Bloß weil sie ein gewisses Alter erreicht hatte? War das Grund genug?

Irma kam wieder auf die Beine, ging zu dem kleinen Schlafzimmerfenster und öffnete es. Eine Weile blickte sie hoch zum Abendhimmel, der in Blau- und Rottönen schimmerte. *Ach, Rudi, was soll ich nur tun? Kampflos haben wir uns doch nie geschlagen gegeben. Oder soll es dieses Mal anders sein? Ich wünschte, du könntest mir antworten.*

Sie seufzte aus tiefsten Herzen und fühlte sich in diesem Moment einsam und verloren wie noch nie zuvor. Eine Windböe strich geräuschvoll durch die Gräser und Sträucher und wirbelte abgefallene Blütenblätter auf. Wie aus dem Nichts schwebte plötzlich eine kleine weiße Feder vor

Irmas Augen herab, landete auf ihrem rechten Handrücken und blieb dort liegen. Sie blickte nach oben, doch sie konnte keinen Vogel ausmachen, der sie verloren hatte.

Vorsichtig nahm sie sie zwischen zwei Finger und drehte sie einmal. Es war eine schneeweiße Daune mit kurzem Kiel und sehr weichen Federästen. Ein Lächeln stahl sich auf ihr Gesicht. Fest umschloss sie die Feder. Sie hatte verstanden. Wieder blickte sie hoch zum abendlichen Himmel.

»Danke!«, sagte sie. »Danke, dass du mir ein Zeichen gegeben hast!« Irma presste sich die Hand, in der sie die Feder hielt, ans Herz.

Dann schloss sie das Fenster wieder und legte die Daune in die weiße Porzellanschale, in der sie den Ehering ihres Mannes aufbewahrte. Entschlossenen Schrittes ging sie nun zu ihrem Koffer und nahm den Pullover wieder heraus. Sie legte ihn zurück an die Stelle in ihrem Kleiderschrank, wo er hingehörte. Stattdessen suchte sie luftigere Bekleidung zusammen, die sie für einen Sommerurlaub eingepackt hätte.

Als sie alles beisammenhatte, nahm sie noch einen kleinen roten Kinderkoffer vom Kleiderschrank, der ursprünglich mal Amelie gehört hatte. Eine graue Staubschicht hatte sich auf dem Lackleder angesammelt. Mit einem feuchten Fensterleder wischte sie die Zeichen der Zeit fort. Ihr war eine Idee gekommen. Zugegeben, es war zwar gewagt, aber wer nicht wagte, konnte schließlich nicht gewinnen.

Bevor Irma am nächsten Morgen die Fischerkate verlassen hatte und mit einem Taxi zu dem kleinen Bahnhof in St. Peter-Ording gefahren war, hatte sie einen Brief an ihre Freundin Lilo geschrieben, in dem sie ihr zwar nicht reinen Wein über ihre Situation einschenkte, aber zumindest einräumte, wohl länger in München zu bleiben. Irma hatte das Schriftstück in einen Umschlag gesteckt und Lilos Namen darauf geschrieben. Danach hatte sie das Kuvert gegen die Vase mit Sannes Blumenstrauß gelehnt, die auf dem Esstisch im Wohnzimmer stand. Dort würde Lilo ihn sicherlich finden.

Danach hatte sie noch einen zweiten Brief geschrieben. Er war an niemand Bestimmtes gerichtet, enthielt jedoch die wohl wichtigste Nachricht, die sie jemals schriftlich verfasst hatte. Ihn hatte sie in den roten Koffer gelegt.

In Düsseldorf musste Irma zum dritten und letzten Mal umsteigen. Von hier aus konnte sie mit dem ICE bis zum Münchener Hauptbahndorf durchfahren, wo ihre Tochter sie erwarten würde. Die reguläre Umsteigezeit betrug eine knappe Viertelstunde, doch der ICE hatte Verspätung. Es blieb ihr genügend Zeit, um sich eine kleine Stärkung zu gönnen. Mit beiden Koffern bepackt, steuerte sie auf ein Kaffeehaus zu und kaufte ein Stück Kuchen und einen

Cappuccino. Das heiße Getränk tat ihr gut, der süße Schokokuchen war Balsam für ihre Nerven.

Noch hatte sie ihre verrückte Idee nicht in die Tat umgesetzt, doch es stand unmittelbar bevor. Ein paar Minuten bevor der ICE in den Bahnhof einfuhr, setzte sie sich auf eine Bank. Der Bahnsteig war voller Menschen. Die meisten schienen es eilig zu haben, niemand achtete auf sie. Die Gelegenheit war günstig. Schon kündigte eine Durchsage das Eintreffen des Zuges an, und kurz darauf bremste er geräuschvoll auf dem Gleis. Der ICE kam zum Stehen, seine Türen öffneten sich. Sogleich setzten sich die Wartenden in Bewegung. Irma griff nach ihrem Koffer und schloss sich ihnen an. Vor der Bahnsteigkante blieb sie stehen und wartete, bis alle Reisenden aus dem Zug ausgestiegen waren.

»Kann ich Ihnen helfen?«, fragte ein junger Mann neben ihr mit Blick auf ihren Koffer. »Ihr Gepäck sieht nicht leicht aus.«

Irma lächelte ihn an. »Oh, das ist aber sehr freundlich von Ihnen. Ich habe gerade schon überlegt, wie ich das Monstrum in die Bahn hieven soll.«

»Für mich ist das ein Klacks.«

»Aber nur, wenn es Ihnen nichts ausmacht.«

»Ganz und gar nicht!« Er erwiderte ihr Lächeln und griff beherzt nach ihrem Gepäck. Er trug Irmas Koffer bis zu ihrem reservierten Platz und verstaute ihn in einem Gepäckregal. »So, das hätten wir geschafft. Gute Fahrt!«, verabschiedete er sich von ihr.

»Das wünsche ich Ihnen auch. Und nochmals vielen Dank für Ihre Hilfe.« Irma setzte sich auf ihren Fensterplatz und entnahm ihrer Handtasche die Zugfahrkarte, die sie vor sich auf dem Tisch ablegte. Außer ihr saß noch eine Frau mit zwei Kindern im Grundschulalter im Abteil. Zwei weitere Plätze waren frei. Ihr Blick glitt aus dem Fenster, den Bahnsteig entlang, bis zu der Bank, auf der sie wenige Augenblicke zuvor noch gesessen hatte. Dort stand ein herrenloses Gepäckstück. Keiner der Vorbeieilenden schien davon Notiz zu nehmen.

Mit einem sanften Ruck setzte sich die Bahn in Bewegung. Irma drehte ihren Kopf, um die Bank noch eine Weile im Blick halten zu können. Der leuchtend rote Koffer wurde immer kleiner.

Kapitel 1

Malin lehnte sich auf ihrem Bürostuhl zurück und gähnte.

»Du hast eindeutig Sauerstoffmangel.« Franzi lugte um ihren Bildschirm herum und grinste sie an.

»Damit könntest du recht haben.« Sie stand von ihrem Stuhl auf und machte einen Schritt zum Fenster. »Hast du was dagegen, wenn ich lüfte?«

Franzi hob den Zeigefinger. »Sekunde!« Sie beugte sich zu ihrer Tasche, die neben ihrem Schreibtisch stand, und holte einen langen Strickschal hervor, den sie sich schnell um den Hals schlang. »So, ich wäre dann bereit.«

Malin lächelte. »Du bist und bleibst eine Frostbeule, Franzi.«

Ihre Kollegin zuckte bloß mit den Schultern. »Ich finde es eben kühl.«

»Dabei haben wir doch erst Mitte November. Der Winter hat noch nicht begonnen, und draußen ist herrlicher Sonnenschein. Ich meine, für heute waren sogar vierzehn Grad Celsius angesagt.«

Franzi schüttelte sich. »Eindeutig zu kalt für mich.«

»Dann lass ich mal die Eiseskälte herein. Oder möchtest du dir vorher vielleicht noch ein Paar Ohrenschützer aufsetzen?«

Franzi rollte mit den Augen. »Ha, ha, ha!«

Malin drehte den Griff zur Seite und zog das Fenster auf. Sie stellte sich in den frischen Luftzug und atmete tief die Luft ein, die nach Herbstsonne roch. Lächelnd schloss sie die Augen und genoss für ein paar Augenblicke die warmen Strahlen auf ihrer Haut. Als sich ein klapperndes Fahrgeräusch näherte, schaute sie nach rechts.

Die hellblauen Abteile der Wuppertaler Schwebebahn näherten sich der Höhe des Bürofensters. An einem Fenster stand ein Junge, der heftig winkte und anscheinend ihre Aufmerksamkeit auf sich ziehen wollte. Malin lachte ihm freundlich zu und winkte zurück. Als die Bahn vorübergezogen war, blickte sie runter zum Bismarcksteg, der über die Wupper führte. Ein älteres Ehepaar war auf der Mitte der Brücke stehen geblieben und schaute hinunter zum Fluss. Sie hielten einander an den Händen und schienen ebenfalls das warme Herbstwetter zu genießen.

Der Anblick zauberte abermals ein Lächeln auf Malins Gesicht. Wie schön, dass es noch Ehepaare im höheren Alter gab, die sich eine gewisse Verliebtheit erhalten hatten. So etwas wünschte sie sich für später auch. Aber dazu fehlte ihr gegenwärtig noch der passende Mann. Inzwischen zweifelte sie daran, ob sie ihn jemals treffen würde. Zu viele schmerzvolle Trennungen pflasterten ihren Lebensweg. Ihr letzter Freund war von heute auf morgen ohne Erklärungen abgetaucht. Das war nicht schwer für ihn gewesen, da sie eine Fernbeziehung geführt hatten. Bis heute nagte die Frage an ihr, was in ihrer Beziehung schiefgelaufen war und ihn zu diesem radikalen Schritt veranlasst hatte. Sie hätte sich wenigstens gewünscht, den Grund für das Beziehungsende zu erfahren. Unwillkürlich seufzte sie auf.

»Wenn du das Fenster noch länger offen lässt, sind meine Fingerspitzen bald an der Tastatur festgefroren«, merkte Franzi bibbernd an.

»Ich sag es ja, du bist eine unverbesserliche Frostbeule.« Malin lachte. »Das Wetter ist doch eigentlich viel zu schön, um im Büro zu vergammeln. Wer weiß, wann es wieder so herrlichen Herbstsonnenschein gibt.« Sie schloss das Fenster und setzte sich wieder vor ihren Computer.

»Wir könnten Mittagspause machen und den Rest des Tages ausbüxen«, schlug Franzi vor. »Oder muss dein Projekt heute fertig werden?«

»Nein, das kann ich auch nächste Woche abschicken. Ach, das die beste Idee des Tages«, sagte Malin erfreut. Vor fast zwei Jahren hatten Franzi und sie sich gemeinsam mit einem Büro für Grafikdesign selbstständig gemacht und die Räume an der Wuppertaler Schlossbleiche angemietet. Davon hatten sie seit ihrem Studium geträumt. Es waren keine besonders großen Geschäftsräume, bloß ein Bürozimmer mit einem kleinen Besprechungsraum und einer separaten Teeküche. Klein, aber fein, beschrieb es am treffendsten.

Malin genoss den Umstand, endlich ihre eigene Chefin zu sein, hatte allerdings nie ausschließlich von zu Hause aus arbeiten wollen. Sie brauchte einen Ort, an den sie gehen konnte, um konzentriert an ihren Projekten zu arbeiten. In den eigenen vier Wänden hätte dies nicht so gut funktioniert.

»Den Entwurf für die Waschmittelverpackung muss ich erst in ein paar Tagen fertig haben«, sagte sie. »Ehrlich gesagt stecke ich gerade in einem kreativen Loch. Ein bisschen Zerstreuung käme mir wirklich gelegen. Also, was wollen wir anstellen?«

»Hm … der Weihnachtsmarkt eröffnet erst nächste Woche.«

Wieder musste Malin lachen. »Na, ein Glück aber auch! Du hättest dir womöglich einen Glühwein genehmigt.«

»Natürlich! Ein Besuch auf dem Weihnachtsmarkt ohne Glühwein ist doch wie Spaghetti ohne Bolognese.«

»Oder Carbonara.« Malin legte einige handgezeichnete Entwürfe in eine Mappe.

»Lass uns doch zu Milia's eine Kleinigkeit essen gehen«, schlug Franzi vor.

»Gebongt. Und was machen wir danach mit dem angebrochenen Nachmittag?«

Franzi verschränkte die Arme vor der Brust und runzelte die Stirn. »Heute ist doch Donnerstag.«

Malin nickte. »Den ganzen Tag lang.«

Keck grinste Franzi sie an und machte eine halbe Drehung auf ihrem Schreibtischstuhl. Von ihrer Pinnwand nahm sie eine rosa Pappkarte und hielt sie Malin demonstrativ entgegen. »Ich würde sagen, es ist höchste Zeit, dass ich einen meiner Gutscheine bei dir einlöse, bevor er verfällt.«

»Okay, welcher ist es denn?« Sie hatte ihrer Freundin zum letzten Geburtstag einen bepflanzten Blumenkasten geschenkt und zwischen den einzelnen Pflanzen bunte Gutscheine verteilt.

»Gutschein über ein verrücktes Erlebnis deiner Wahl«,

las Franzi laut vor und drehte ihn dann so, dass Malin den Text ebenfalls lesen konnte.

»Wie lautet deine Wahl?«

»Ich weiß noch nicht. Aber mit vollem Magen fällt mir bestimmt was Verrücktes ein.«

»Daran habe ich keinen Zweifel.« Beschwingt ging Malin zu der kleinen Garderobe, um ihre Jacke zu holen. »Dann nichts wie los in die Mittagspause!«

Malin schlug den Kragen ihrer Woll-Cabanjacke hoch, als sie das Lokal verließen, und blinzelte hoch zur Sonne. »Das war mal wieder lecker.«

»Ich hätte noch Platz für eine Strawberry Cheesecake Latte zum Dessert«, verkündete Franzi.

»Ist das etwa das verrückte Erlebnis, das dir vorschwebt?«, wollte Malin wissen.

»Zumindest verrückt, wenn ich daran denke, wie viele Kalorien ein einziger Becher davon hat.«

»Einer süßen Versuchung sollte man nicht widerstehen. Man weiß nie, wann sich die nächste ergibt«, sagte Malin gut gelaunt. »Gönnen wir uns diesen herrlichen Zuckerschock.«

Sie schlugen den Weg zum Wuppertaler Hauptbahnhof ein, der eine Filiale einer US-amerikanischen Kaffee- und Donuts-Kette beherbergte. Am Eingang des Bahnhofsgebäudes blieb Franzi unvermittelt vor einem Aufsteller stehen.

Malin schaute zu ihr. »Was ist?«

Franzi deutete auf den Text, der hinter einer transparenten Schutzfolie zu lesen war. »Heute findet um 15 Uhr eine Auktion im Zentralen Fundbüro der Deutschen Bahn statt.« Sie schaute hoch zur digitalen Zeitanzeige über dem Geschäft zu ihrer Rechten. »Das ist in einer guten Viertelstunde.«

»Ja, und?« Malin legte den Kopf schief. »Hast du etwa was in der Bahn verloren?«

»Quatsch! Wir gehen zu der Auktion. Das ist das verrückte Erlebnis meiner Wahl!«

»Wirklich abgefahren«, stimmte Malin überrascht zu. »Dann nichts wie hin.«

Bevor sie sich auf den Weg zum Versteigerungsraum der Deutschen Bahn machten, besorgten sie sich zwei süße Kaffeekreationen.

»Ich war noch nie bei einer Auktion.« Malin trank mit einem Strohhalm ihre Creme-Latte, auf der eine dicke Sahnehaube thronte.

»Geht mir genauso.«

»Wusstest du, dass bei Sotheby's in New York eine bekannte Harry-Potter-Illustration versteigert wurde? Am Ende hat die Grafik für fast zwei Millionen Dollar den Besitzer gewechselt.«

»Zwei Millionen?!« Franzi hob die Augenbrauen und blieb vor der Glastür stehen, um zuerst auszutrinken. »Ein wahres Schnäppchen.« Sie entsorgte den leeren Plastikbecher in einem Abfallbehälter in der Nähe. »Ich wäre dann so weit.«

»Einen Moment noch.« Geräuschvoll sog Malin durch den Strohhalm den verbliebenen Kaffee, bevor sie den leeren Behälter ebenfalls in den Müll warf. »Meinst du, da sind wirklich Leute drin?«, fragte sie argwöhnisch mit Blick auf die Tür.

»Entschuldigung, dürfte ich?« Eine ältere Dame in dunkelblauem Mantel war hinter ihnen aufgetaucht.

»Aber natürlich!« Malin und Franzi gaben für sie den Weg frei.

»Danke.« Die Frau zog die Tür auf und verschwand in den Räumlichkeiten des zentralen Fundbüros.

Herausfordernd schaute Franzi sie von der Seite an. »Eine Mitstreiterin wäre schon mal da.«

»Du willst da wirklich reingehen, oder?«, fragte Malin zögerlich.

»Na klar. Ich bin neugierig, was die Leute bei der Deutschen Bahn alles verlieren. Du etwa nicht?«

Malin hob unschlüssig die Schultern. »Ach, warum eigentlich nicht?«

Der Boden im Auktionsraum hatte ein Schachbrettmuster, es waren Stuhlreihen für circa hundert Personen aufgestellt worden. Ein Drittel der Plätze war bereits besetzt. Das Publikum war gemischt, wie Malin überrascht feststellte. Vom Studenten bis zum betagten Rentner war alles vertreten. Einige von ihnen waren in lebhafte Gespräche verwickelt. Sie schienen einander zu kennen.

Die Dame, die vor ihnen hineingegangen war, saß auf einem Stuhl in der ersten Reihe. Vor ihr erhob sich eine kleine Bühne mit zwei Tischen. Daneben war ein Schalter, an dem ein Mann gerade eine provisorische Kasse aufbaute. Dort konnten offensichtlich die ersteigerten Sachen bezahlt werden. Malin und Franzi nahmen auf zwei Stühlen in der zweiten Reihe Platz.

»Guck mal, da vorne«, raunte Malin ihrer Freundin zu und deutete auf einen Punkt schräg hinter der Bühne. »Das scheinen die Gepäckstücke zu sein, die heute unter den Hammer kommen sollen.«

»Wie spannend!« Franzi hatte vor Aufregung gerötete Wangen. »Das hat was von Wichteln.« Sie nahm ihr Portemonnaie aus ihrer Handtasche und zählte den Inhalt. »Gute hundertfünfzig Euro habe ich bar dabei.«

Malin konnte sich ein Grinsen nicht verkneifen. »Hast du wirklich vor mitzubieten?«

»Selbstverständlich! Du etwa nicht?«

Ein älterer Herr mit einer Schlägermütze setzte sich neben Franzi und nickte ihnen zu. Er öffnete die oberen zwei Knöpfe seiner Jacke, dann warf er einen prüfenden Blick zu den aufgestellten Fundstücken.

Malin lehnte sich an Franzi. »Wer weiß, was man am Ende ersteigert? Die dritten Zähne von Oma Elsbeth oder Jagdtrophäen von Onkel Theodor.«

»Oder Zahngold? Einen wertvollen Ring oder eine teure Kamera? Die Leute verlieren ja nicht nur Ramsch. Zumal ich davon ausgehe, dass die meisten Koffer unfreiwillig verloren gehen.«

»So ist es«, stimmte der ältere Herr zu. »Verzeihen Sie, wenn ich mich in Ihr Gespräch einmische, aber wenn Sie wüssten, was ich hier schon alles ersteigert habe! Vor zwei Wochen habe ich zwanzig Euro investiert und bin am Ende mit einer Reisetasche nach Hause gegangen. In ihr war ein nagelneues und originalverpacktes Handy. So etwas verliert niemand freiwillig. Mein Enkel hat sich gefreut.«

»Das kann ich mir vorstellen. Manchmal hat man Glück«, erwiderte Malin.

Der Herr wiegte den Kopf. »Glück gehört sicherlich auch dazu. Aber wenn Sie öfter an Versteigerungen teilnehmen, entwickeln Sie einen gewissen Blick für mögliche Inhalte. Heute habe ich den Auftrag von meinem Enkel erhalten, nach einem Tablet Ausschau zu halten. Wir haben uns zusammen im Internet Taschen mit integrierten Fächern für Laptops angesehen. Ich weiß also ungefähr, worauf ich zu achten habe.«

»Wir drücken Ihnen und Ihrem Enkel die Daumen!«, meinte Franzi zu ihm.

»Gleich geht es los«, bemerkte er und nickte Richtung Bühne.

Malin und Franzi folgten seinem Blick. Ein Mann in Jeans und weißem Hemd betrat das Podest. In seiner Rechten hielt er einen Holzhammer und legte ihn auf den Tisch neben der Kasse ab.

Malin blickte sich um. Inzwischen waren weitere Interessenten gekommen. Die meisten Stühle waren nun besetzt.

Der Mann auf der Bühne begrüßte die Anwesenden und erklärte die Auktionsregeln. »Gebote per Handzeichen sind verbindlich. Wer am meisten bietet, bekommt den Zuschlag.«

Ein stämmiger Mann mit Halbglatze hievte den ersten Koffer auf den Tisch. Das anthrazitfarbene Gepäckstück war wuchtig, wirkte aber gleichzeitig edel. Dies animierte mehrere Besucher dazu, hartnäckig zu bieten. Malin hatte Schwierigkeiten, bei dem Tempo den Überblick zu behalten. Die Gebote flogen nur so in dem Saal hin und her. Schließlich fiel der Hammer bei hundertfünf Euro. Der Koffer ging an einen Herrn in dunkelblauem Anzug. Hätte Malin ihn so auf dem Bahnsteig gesehen, hätte sie keinen Zweifel daran gehabt, dass genau der Koffer ihm gehörte.

Es ging weiter mit einer bunten Reisetasche, die rein optisch bereits in die Jahre gekommen war. Dementsprechend verhalten waren die Gebote. Doch am Ende bot noch eine Dame zehn Euro und konnte kurz darauf die Tasche in Empfang nehmen. Als Nächstes stellte der Mann einen hellblauen Rucksack einer schwedischen Firma für Outdoorbekleidung auf den Tisch. Auf den ersten Blick ein unscheinbares Fundstück, das keinen wertvollen Inhalt vermuten ließ.

Der ältere Herr neben Franzi wurde unruhig. »Da ist der Polarfuchs drauf«, raunte er ihr zu und deutete auf das Firmenlogo, das vorne auf die Tasche aufgenäht worden war. »Mein Enkel hat gesagt, wenn so eine Tasche kommt, soll ich bieten.« Schon schnellte sein rechter Arm in die Luft.

»Viel Glück«, wünschte Franzi ihm.

Die Gebote gingen zunächst zwischen dem älteren

Herrn und zwei jüngeren Männern hin und her. Doch sie stiegen beide bereits bei unter fünfzig Euro aus. Am Ende erhielt Franzis Sitznachbar tatsächlich den Zuschlag. Sichtlich erfreut nahm er den Rucksack vor der Bühne in Empfang, bezahlte dann den vereinbarten Preis und kam zurück an seinen Platz.

»Dann wollen wir mal schauen, was ich ersteigert habe.« Eifrig zog er den Reißverschluss auf und blickte hinein. Ein Lächeln glitt über sein Gesicht. Er griff hinein und beförderte einen HD-Bluetooth-Kopfhörer zutage und zog schließlich aus einem Fach ein fast neuwertiges iPad. »Mein Auftrag ist für heute erfüllt«, erklärte er strahlend.

»Bravo!« Franzi nickte ihm anerkennend zu.

Malin war von seiner Treffgenauigkeit beeindruckt. »Ihr Enkel wird sich bestimmt freuen.«

»Bestimmt. Opa, du machst das schon, hat er gestern noch zu mir gesagt.« Gut gelaunt verstaute der Mann den Kopfhörer und das Tablet wieder in der Tasche. »Ihnen wünsche ich genauso viel Glück. Und ein kleiner Tipp von mir: Lassen Sie sich vom äußeren Erscheinungsbild der Gepäckstücke nicht in die Irre führen. Meist sind es die unauffälligsten Fundstücke, die die größten Schätze bergen«, sagte er zum Abschied und verließ den Saal.

»Das war ein Profi«, stellte Franzi fest.

»Er wusste, was er wollte, und hat es bekommen«, stimmte Malin ihr zu. »Aber was wollen wir eigentlich?«

Franzi zog die Augenbrauen zusammen. »Ich glaube, ich will genau das da.« Sie schaute zum nächsten Fundstück, das auf dem Tisch präsentiert wurde.

Malin betrachtete die längliche olivgrüne Transporthülle und runzelte die Stirn. »Was willst du denn damit?«, fragte sie skeptisch.

Franzi reckte schon ihre Hand in die Luft, um zu bieten. »Sieht doch nach einer Angelausrüstung aus. Mein Vater meinte kürzlich, dass er seine im nächsten Jahr gegen ein neueres Modell austauschen will. Vielleicht habe ich Glück und die Ausrüstung ist tipptopp.«

Malin lächelte. »Dann mal Petri Heil!«

Nur ein Mann bot gegen Franzi und stieg bei fünfundzwanzig Euro aus. Ihre Freundin klatschte vor Begeisterung in beide Hände, als sie den Zuschlag erhielt. Freudig nahm sie die rustikale Angeltasche in Empfang. Nachdem sie gezahlt hatte, kam sie wieder zurück zu Malin.

»Jetzt bin ich aber gespannt!« Malin beobachtete neugierig, wie ihre Freundin den Reißverschluss der Transporthülle aufzog.

»Ein Volltreffer«, sagte Franzi strahlend. »Zwei Angelruten mit Rollen, ein Kescher und anderes Zubehör. Scheint alles in einwandfreiem Zustand zu sein. Mein Vater wird sich freuen.«

»Herzlichen Glückwunsch!« Malin rümpfte lachend die Nase. »Es riecht sogar noch nach Fisch.«

»Petri Dank!« Franzi zog die Reißverschlüsse wieder zu und legte die Transporttasche neben ihren Stuhl auf den Boden. »Nun fehlst nur noch du.«

»Ach!«, winkte Malin ab. »Von mir aus können wir auch gehen.«

Franzi schüttelte entschieden den Kopf. »Das kommt ja

gar nicht in die Tüte. Du hast dein Glück noch nicht mal versucht.«

Auch wenn sie sich nichts davon versprach, gab Malin sich geschlagen. »Also gut. Beim nächsten Fundstück biete ich mit. Und falls es nicht funktioniert, gehen wir.«

»Na gut«, versprach Franzi widerwillig.

Malin blickte zu dem Mann, der gerade das nächste Gepäckstück nach vorne trug. Er stellte einen kleinen roten Lackkoffer auf den Tisch. Der Koffer war deutlich kleiner als die bisherigen Fundstücke.

»Sieht für mich nach einem Kinderkoffer aus«, raunte Franzi ihr zu.

Malin nickte. »So einen hatte ich mal. Darin habe ich damals meine Legosteine aufbewahrt. Das Köfferchen habe ich überall mit hin geschleppt. Ohne ihn bin ich zu keinem Familienfest gegangen.«

»Weiter geht es mit der Nummer 1436. Das Startgebot liegt bei zehn Euro«, verkündete der Mann mit dem Hammer durch ein Mikrofon.

Franzi knuffte sie voller Tatendrang in die Seite. »Los!«

»Ja doch.« Pflichtbewusst hob Malin ihre Hand.

»Ich sehe zehn Euro. Sehe ich zwanzig?« Der Blick des Mannes schweifte durch den Saal. »Zehn Euro zum Ersten, zum Zweiten und zum Dritten – verkauft!« Der Hammer knallte geräuschvoll auf den Resonanzblock. »Der Koffer geht an die Dame in der braunen Jacke.« Er nickte Malin zu.

»An mich? So schnell?« Verdattert sah sie Franzi an.

»An wen sonst«, konterte diese. »Los, hol dir deine Legosteine ab!« Grinsend nickte sie ihr zu.

Malin griff nach ihrer Tasche und ging nach vorn, um den Koffer in Empfang zu nehmen und zu zahlen. Er war nicht allzu schwer, jedoch klapperte der Inhalt nicht. Legosteine schloss sie schon mal aus.

Nachdem sie ihre Schuld beglichen hatte, setzte sie sich mit dem Koffer wieder auf ihren Platz.

»Nun mach schon auf«, forderte Franzi ungeduldig.

»Keine Hektik!«

»Vielleicht befindet sich was Wertvolles in dem Koffer.«

»Legosteine sind jedenfalls nicht drin.« Malin legte ihn auf ihren Schoß und strich vorsichtig über das glatte Lackleder. Dann öffnete sie das Schnappschloss und klappte den Koffer vorsichtig ein Stück auf. Bevor sie ihn ganz öffnete, lugte sie vorsichtig hinein, erkannte jedoch nicht viel.

»Oh! Mir scheint, da war jemand an der Nordsee.« Franzi schaute neugierig zu ihr rüber.

»Offenbar.« Malin nahm ein Netz mit Muscheln in die Hand und eine schlanke Flasche mit einer orangen Flüssigkeit.

»Sanddornlikör«, las sie die Beschreibung auf dem Etikett vor.

»Alkohol und allerhand Dekokram. Damit kannst du im nächsten Sommer maritimes Flair in deine Wohnung zaubern. Für zehn Euro ist das ein guter Deal.«

»Stimmt. Ein guter Preis für ein verrücktes Erlebnis.« Malin klappte den Koffer wieder zu. »Dann können wir ja jetzt gehen.«

Kapitel 2

Als sie das Bahnhofsgebäude verließen, dämmerte es bereits. Die Temperaturen waren spürbar gesunken, und ein leichter Fisselregen hatte eingesetzt.

»Was nun?«, fragte Franzi. »Lassen wir den Nachmittag noch irgendwo gemütlich ausklingen?«

Malin hielt den roten Koffer mit beiden Händen vor der Brust. »Von mir aus gern. Ich habe heute nichts anderes geplant.«

Sie kehrten in eine kleine Pizzeria ein und stellten ihre neuen Besitztümer zu ihren Füßen ab. Nachdem sie bei einer freundlichen Kellnerin bestellt hatten, zückte Franzi ihr Handy. »Ich muss gleich mal meinem Vater eine Nachricht schreiben, dass ich demnächst mit neuen Angelruten vorbeikomme.«

Malin lächelte. »Ich überlege gerade, was ich machen würde, wenn in dem Koffer tatsächlich Legosteine wären.« Ihre Mutter hatte kürzlich erwähnt, dass im Haus gegenüber eine junge Familie mit zwei Kindern eingezogen war. Das wären unter Umständen passende Kandidaten gewesen.

»Das ist doch ganz einfach.« Franzi blickte von ihrem Handy auf. »Du hättest die Spielsteine Jessica schenken können. Sie bekommt doch im März ihr Baby.«

»Ja, stimmt. Daran habe ich gar nicht gedacht.« Nachdenklich griff Malin zu der kleinen Dessertkarte und überflog die darauf angebotenen süßen Speisen. Ihre gemeinsame Freundin aus Schulzeiten war ihnen kürzlich nach Feierabend begegnet und hatte ihnen überglücklich von ihrer Schwangerschaft berichtet. Sie waren alle Mitte dreißig, natürlich ein gutes Alter, um zum Beispiel eine Familie zu gründen.

»Oder du hättest sie mir geben können«, meinte Franzi unwillkürlich.

Abrupt ließ sie die Karte auf die Tischplatte fallen. »Willst du mir etwa sagen, dass auch du Mutter wirst?«

»Nein.« Franzi machte eine unwirsche Handbewegung. »Aber das kann in der Zukunft durchaus passieren. Immerhin heiraten Lukas und ich im Mai. Ein gemeinsames Kind wünschen wir uns beide sehr.«

»Klingt, als hättest du bereits alles durchgeplant«, merkte Malin schmunzelnd an.

»*Durchgespielt* trifft es eher. So was kann man ja nicht planen. Ein Glück, dass wir uns mit dem Grafikbüro selbstständig gemacht haben. So könnte ich auch mit Kind jederzeit dort arbeiten, wo ich will, und brauche mir keine Gedanken zu machen.«

Die Kellnerin brachte ihre Getränke und reichte eine Antipastiplatte.

Malin nahm sich ein Stück Brot aus dem Korb und bestrich es mit Butter. »Zur Geburt bekommst du von mir einen großen Wäschekorb voll mit Legosteinen. Versprochen!«

Schmunzelnd sah Franzi sie an. »Das wird teuer. Die kleinen Steinchen kosten inzwischen doch ein kleines Vermögen.«

»Nicht unbedingt. Ich kann ja vorher noch ein paarmal zur Auktion gehen und nach Kinderkoffern Ausschau halten«, sagte Malin und zwinkerte ihrer Freundin zu.

Am Abend hatte Malin sich ein Bad eingelassen. Der beruhigende Duft von Lavendel lag in der Luft, auf dem Badewannenrand brannten ein paar Teelichte und schufen eine entspannte Atmosphäre. Malin hatte den Kopf auf ihr Badekissen gelegt und hielt die Augen halb geschlossen. Ihre Gliedmaßen fühlten sich herrlich gelöst an, während sie den zurückliegenden Tag Revue passieren ließ.

Mit Franzi wurde es nie langweilig. Das würde sich vermutlich auch nicht ändern, wenn sie verheiratet und irgendwann auch Mutter war. Die Zukunftspläne zu hören hatte sie jedoch auch nachdenklich gestimmt. Was die Zukunft wohl für sie bereithielt? Ihre noch junge Firma lief gut. Innerhalb kurzer Zeit hatten Franzi und sie sich eine beachtliche Stammkundschaft erarbeitet. Beruflich sah sie ihren Weg klar vor sich, doch was ihr Privatleben betraf … Da trat sie schon seit Längerem auf der Stelle.

Lange, lange war es her, seit sie das letzte Mal verliebt gewesen war. Das bedeutete nicht, dass sie ohne Partner nicht zurechtkam. Im Grunde genommen war eher das Gegenteil der Fall. Sie managte ihr Leben als One-Woman-Show geradezu bravourös und war eigentlich mit ihrem

Leben zufrieden, so wie es war. Hin und wieder gab es dann aber doch diese Momente, in denen sie sich jemanden an ihrer Seite wünschte. Meist waren es bloß kurze Sehnsuchtsanfälle, die genauso schnell wieder verflogen, wie sie gekommen waren. Manchmal fragte sie sich jedoch, ob es sein konnte, dass sie irgendwann unbemerkt aus dem Alter herausgekommen war, in dem sich das Verliebtsein wie von selbst eingestellt hatte. Dachte sie länger darüber nach, erschien es ihr, als ob sie früher immer für jemanden eher geschwärmt hätte. Das Verlieben war fast im Vorbeigehen passiert und hatte wie selbstverständlich zu ihrem Leben gehört.

Inzwischen konnte sie nicht einmal mehr genau sagen, wann ihr das letzte Mal ein Mann begegnet war, der ihr Interesse auf sich gezogen hatte. Vielleicht lag es auch daran, dass sie nach zahlreichen schlechten Erfahrungen mit Männern irgendwann der Mut verlassen hatte, ihr Herz für eine neue Liebe zu öffnen.

Sie blickte an die Decke. Vielleicht hatte jeder Mensch ein spezielles Kontingent, das darüber entschied, wie oft man sich im Leben verlieben konnte. Womöglich war ihres inzwischen aufgebraucht? Oder hatte sie nur noch einen Versuch – dann sollte sie weise wählen.

Malin schüttelte über sich selbst den Kopf. Eine kluge Entscheidung wäre es auf jeden Fall, langsam die Badewanne zu verlassen, bevor ihre Haut noch so schrumpelig wie eine Rosine wurde.

Auf ihrem grauen Cordsofa kuschelte sie sich in eine weiche Decke ein und zappte durch die einzelnen TV-Programme. Bei einer Quizshow blieb sie schließlich hängen. Kurz darauf piepste ihr Handy, das neben ihr lag.

Hallöchen!
Ich war vorhin doch schon bei meinen Eltern. Die Angelruten sind super angekommen. Mein Vater meinte, dass er übrigens auch noch eine neue Bohrmaschine benötigt. Ob so was auch bei der Deutschen Bahn verloren geht?
Was war denn noch in deinem Köfferchen drin?
Franzi

Hallo, Franzi!
Vermutlich ist nichts unmöglich, und Versuch macht klug. Vor Weihnachten können wir uns ja noch einmal den Spaß bei der Deutschen Bahn gönnen. Denn wo Angelruten sind, ist eine Bohrmaschine bestimmt nicht weit. In das Köfferchen habe ich noch nicht geschaut, werde es aber gleich nachholen.
Liebe Grüße!

Malin richtete den Handtuchturban auf ihrem Kopf und blickte in ihre offene Küche, wo sie den kleinen roten Kinderkoffer auf dem Bistrotisch abgestellt hatte. Eigentlich wusste sie ja schon, was sich in ihm befand – jedenfalls ungefähr. Der erste Blick hatte ihr genügend Aufschluss darüber gegeben, dass sie ihn zur falschen Jahreszeit ersteigert hatte. Im Frühling hätte sie bestimmt Verwendung für den maritimen Inhalt gehabt. Aber Mitte November dachte sie eher an einen Adventskranz oder gemütliche Lichterketten, mit denen sie ihre Wohnung dekorieren konnte. Tatsächlich fehlten ihr derartige Artikel noch …

Nichtsdestotrotz schlug sie kurz entschlossen die Decke beiseite und ging zum Bistrotisch. Allein der nötige Respekt vor dem ursprünglichen Besitzer des Köfferchens gebot, dass sie sich den Inhalt genauer ansah. Malin entriegelte das Klappschloss und entnahm dem kleinen Behältnis das Netz mit Muscheln und das Fläschchen Sanddornlikör. Es folgte ein selbst gemaltes Kinderbild, das eine Familie am Meer zeigte. In der rechten Bildecke lachte eine freundliche Sonne, von links näherten sich ein paar blaue Regenwolken, die ebenfalls Gesichter hatten und kräftige Böen pusteten. Ein Seehund balancierte einen grünen Ball auf seiner Nase, und ein Kind ließ über dem Meer einen Drachen steigen.

Malin lächelte gerührt. Ob das Bild von dem jungen Besitzer des Koffers gemalt worden war? Der Sanddornlikör sprach dagegen, aber vielleicht war es bloß ein Mitbringsel für einen Erwachsenen. Malin betrachtete das selbst gemalte Bild noch einmal. Wie alt mochte das Kind sein, das in bunten Farben seine Urlaubseindrücke von der See zu Papier gebracht hatte? Für ein Kindergartenkind war die Umsetzung zu präzise, ein älteres Schulkind hätte vermutlich weniger Fantasieelemente wie eine lachende Sonne verwendet und sich stärker darauf konzentriert, die Umgebung möglichst realistisch darzustellen. Dass das Werk das

Ergebnis eines Grundschülers war, der vielleicht in die zweite oder dritte Klasse ging, schien ihr realistisch zu sein. Bei dem Gedanken überkam sie jedoch ein schlechtes Gewissen.

Bestimmt war das Kind unendlich traurig, weil ihm sein roter Koffer mit den Urlaubsandenken abhandengekommen war. Vor Malins innerem Augen nahm es schon Gestalt an. Sie konnte förmlich das Kind vor sich sehen, wie es mit seinen Eltern an einem Bahnsteig in einen anderen Zug umgestiegen war und in der allgemeinen Hektik das Köfferchen zurückgelassen hatte. Wie schlimm der Verlust das Kind getroffen hatte, konnte sie sich ungefähr vorstellen. Sie hatte als kleines Mädchen einmal ihren heiß geliebten Schnuffelhasen bei einem Ausflug zu einem Spielplatz verloren. Sobald der Verlust des Kuscheltieres aufgefallen war, hatten ihre Eltern gleich wieder den Weg zurück zum Kinderspielplatz eingeschlagen, doch der Hase blieb verschwunden. Malin war damals untröstlich gewesen, und kein neues Kuscheltier hatte jemals den Platz ihres Schnuffelhasen einnehmen können.

Noch heute dachte sie manchmal an den Verlust, der für sie als Kind ein fast traumatisches Erlebnis dargestellt hatte. Wie schön wäre es, wenn der rote Koffer am Ende doch noch seinen Weg zu dem Kind finden würde … Vielleicht hatten die Mitarbeiter der Deutschen Bahn einen wichtigen Hinweis übersehen, mit dem der wahre Besitzer ausfindig gemacht werden könnte.

Motiviert nahm Malin die restlichen Dinge aus dem Koffer: ein Magnet mit einem rot-weißen Leuchtturm, ein

Segelschiff aus Holz, darunter war der Koffer mit einer hellen Decke mit Seepferdchenaufdruck ausgelegt. Malin nahm das Deckchen heraus und schüttelte es auf. Es hatte ungefähr die Größe von zwei großen Zeichenblöcken. Sie begutachtete das Stück Stoff von allen Seiten, aber von möglichen Hinweisen auf den Besitzer fand sich keine Spur. Enttäuscht wollte sie die Decke schon wieder zurücklegen, da fiel ihr ein unbeschrifteter Briefumschlag auf, der noch im Koffer lag. Das Kuvert hatte die gleiche Farbe wie die Innenauskleidung des Köfferchens, deswegen hatte Malin es fast übersehen. Offensichtlich hatte sich der Brief auch der Aufmerksamkeit der Mitarbeiter der Deutschen Bundesbahn entzogen.

Als sie den Umschlag öffnete, klopfte ihr Herz schneller. Sie spürte, dass sie im Begriff war, der Identität des Besitzers auf die Schliche zu kommen. Zunächst zog sie ein Schriftstück heraus, danach folgten ein Foto und ein silberner Schlüssel. Malin runzelte die Stirn.

Hastig schaltete sie ihre Küchenleuchte ein, die unter dem Hängeschrank befestigt war. Im hellen Schein der Lampe betrachtete sie das schon leicht verblasste Foto, das unschwer erkennbar vor vielen Jahren mit einem Fotoapparat geknipst worden war. Eine Frau, ein Mann und ein Mädchen mit langen blonden Zöpfen standen vor einem weißen Reetdachhaus und lächelten in die Kamera.

Malin schaute genauer hin. Der Kleidung nach zu urteilen, handelte es sich um eine Aufnahme aus einem Sommer in den Achtzigerjahren. Um die Familie herum grünte und blühte es. Ihre Gesichter wirkten glücklich – und am Bildrand war ein Mercedes-Modell erkennbar, das heutzutage als Oldtimer galt. Sie drehte das Foto um. In ihrer Familie hatten ihre Großeltern, Tanten und Onkel oft Notizen auf Fotorückseiten hinterlassen, die Aufschluss über die Zeit, den Ort oder den Anlass der Aufnahme gaben. Tatsächlich. Auf der Fotorückseite war handschriftlich etwas vermerkt. Allerdings war es kaum lesbar.

Malin hielt es näher ans Licht. Ganz oben entzifferte sie mit Müh und Not die Zahlen 1, 9, 8 und 4. Ein weiterer Eintrag darunter war teilweise verwischt, teilweise verblichen, für Malin nicht lesbar. Darunter wiederum standen drei Wörter, von denen sich die ersten beiden ebenfalls als unleserlich erwiesen. Das dritte Wort entzifferte sie als *Ording*.

Stirnrunzelnd griff Malin zu dem Schriftstück. Nachdem sie es entfaltet hatte, las sie atemlos die Zeilen, die in einer gleichmäßig geschwungenen Schreibschrift verfasst worden waren.

Lieber Finder!

Ich freue mich, dass Sie den Koffer meiner Tochter gefunden haben. Ich wollte es so. Es ist kein Zufall, dass er verloren gegangen ist. Vor meiner Abreise habe ich beschlossen, ihn irgendwo »versehentlich« zu vergessen. Das tat ich aus purer Verzweiflung. Ich wusste mir keinen anderen Rat, als das Schicksal herauszufordern und zu hoffen, dass meine Gebete erhört werden und sich die Dinge doch noch zu einem glücklicheren Ende fügen können.

Sicherlich haben Sie den Schlüssel und das Foto entdeckt. Der Schlüssel gehört zu dem Haus, das Sie auf der Aufnahme sehen. Sie sehen mich und meine Familie vor unserem Heim. Dort lebe ich seit fünfzig Jahren – lebte ich jahrzehntelang. Nun soll es an eine Hotelkette verkauft werden, weil ich zu alt bin, um dort weiterhin allein zu leben. Mein Mann ist schon lange tot, und meine Tochter wohnt über tausend Kilometer von mir entfernt. Sie sagt, dass mir der Haushalt über den Kopf gewachsen ist und ich in meinem Alter ein ruhigeres Leben führen soll, wo mir vieles abgenommen werden kann. Ich soll es schön haben und mich nicht mit Haus- und Gartenarbeit plagen. Außerdem möchte sie mich in ihrer Nähe haben.

Ich weiß, dass sie mit allem recht hat und es nur gut mit mir meint. Trotzdem zerreißt es mir das Herz, wenn ich daran denke, dass bald eine Hotelkette mein Zuhause dem Erdboden gleichmachen wird, um auf dem Grundstück moderne Unterkünfte für Touristen zu bauen. Meine Tochter möchte von dem Verkaufserlös nichts abhaben, obwohl ihr ein Erbe zusteht. Sie sagt, es steht alles für mich zur Verfügung, damit ich in einer schönen Seniorenresidenz meinen Lebensabend ohne Sorgen verbringen kann. Sicherlich keine schlechte Vorstellung. Dennoch möchte ich eigentlich nur in meinem Zuhause sein, obwohl ich weiß, dass dies nicht mehr möglich sein wird.

Ich möchte nicht, dass das Häuschen, das mein Leben ist und mit all meinen Erinnerungen verknüpft ist, einfach dem Erdboden gleichgemacht wird, als hätte es all dies nie gegeben. Deswegen, lieber Finder, hoffe ich so sehr auf Sie. Ich möchte Ihnen mein über alles geliebtes Zuhause vermachen. Ich schenke

es Ihnen, wenn Sie es vor dem Abriss durch die Hotelkette bewahren. Bewohnen Sie es, und halten Sie es in liebevoller Erinnerung!
Leider bleibt Ihnen nicht mehr viel Zeit, um mein Heim vor dem Abriss zu bewahren. Nach Weihnachten soll es schon zu einer Vertragsunterzeichnung mit der Hotelkette kommen. Mir ist bewusst, dass nur ein Wunder den Lauf der Dinge umlenken kann. Aber daran glaube ich. Bis zur letzten Minute.
Dem Brief ist, wie schon erwähnt, ein Foto und der Schlüssel des Hauses beigefügt. Ich kann Ihnen leider keine weiteren Informationen geben, da ich nicht möchte, dass die Deutsche Bahn mich ausfindig macht, mir den Koffer zurückgibt und damit die einzige Chance zunichtemacht, mein Zuhause zu bewahren. Ich hoffe, dass Sie das Haus trotzdem finden werden und mir meinen letzten Wunsch erfüllen können.
Dies ist mein Vermächtnis, mein Letzter Wille, den ich jeden Abend in meine Gebete mit einschließe.
Ich bin sicher, dass ich aus meiner alten Heimat mehr erfahren werde, sobald Sie sich meines Heims angenommen haben.

Mit großer Hoffnung und den besten Wünschen,
Ihre unbekannte Briefeschreiberin

»Wow!«, entfuhr es Malin. Wie vom Donner gerührt las sie den Brief noch einmal. Kopfschüttelnd nahm sie schließlich das Foto und den Schlüssel in die Hände. Nun hatte sie doch nicht bloß einen Kinderkoffer mit ein paar Dekoartikeln ersteigert, sondern war unverhofft zur Hausbesitzerin geworden.

Was sollte sie tun? Sie konnte doch unmöglich dieses Geschenk einfach so annehmen, während die rechtmäßige Besitzerin todunglücklich und verzweifelt in einer Senioreneinrichtung saß und vermutlich immer mehr ihren Lebensmut verlor. Sie konnte auf der anderen Seite aber auch nicht einfach dasitzen und nichts tun. Die alte Dame hatte den Verbleib ihres geliebten Hauses und die damit verbundenen Erinnerungen vertrauensvoll in ihre Hände gelegt.

Sie war vom Schicksal auserkoren worden.

Erneut betrachtete Malin das Familienfoto aus glücklichen Tagen. Die Zeit drängte. Sie musste eine Entscheidung treffen.

Kapitel 3

»Dein Engagement in Ehren, aber das Reetdachhaus kann wirklich überall stehen«, sagte Franzi am nächsten Morgen im Büro. Sie schüttelte ratlos den Kopf und gab Malin den Brief zurück. »Die deutsche Nord- und Ostseeküste ist lang. Die kannst du unmöglich mit dem Foto in der Hand abklappern.«

»Das habe ich gar nicht vor.« Malin steckte den Brief zurück ins Kuvert.

»Was dann?« Franzi zog die Augenbrauen hoch und verschränkte die Arme vor der Brust. »Google Earth wird dir kaum eine Hilfe bei der Suche nach dem Reetdachhaus sein.«

»So weit war mir das schon klar.« Sie nahm das Foto und drehte ihrer Freundin die Rückseite zu. »Hier ist der Ort vermerkt, wo das Haus steht.«

Franzi setzte sich ihre Lesebrille auf und blickte dann konzentriert auf das Geschriebene. »Ich kann da beim besten Willen nichts erkennen. Dafür ist es viel zu verwischt und verblasst.«

»Du brauchst eindeutig neue Brillengläser, meine Liebe.« Malin stand von ihrem Bürostuhl auf und ging zu Franzi. »Schau!« Sie deutete mit dem Zeigefinger auf ein Wort.

»Das hier heißt *Ording*. Die beiden Wörter davor sind auch für mich unleserlich. Aber ich habe gestern Abend gegoogelt und des Rätsels Lösung gefunden. Der Ort heißt Sankt Peter-Ording und liegt an der Westküste in Nordfriesland. In der Nähe von Husum.«

»Für mich klingt der Name irgendwie bayerisch und nicht nordisch.«

»Ein Reetdachhaus in Bayern.« Malin verdrehte die Augen. »Ganz bestimmt.«

»War ja nur mein erster Gedanke.« Franzi tippte den Ortsnamen in die Suchmaschine ein und klickte dann auf die offizielle Seite des Orts. Eine Videosequenz startete, als sich die Homepage geöffnet hatte, die den Blick des Betrachters über den schier endlosen Strand lenkte, vorbei an Pfahlbauten bis hin zu einer Dünenlandschaft. »Oh, wow!«

»Irre, oder?«

»Ist das nur ein Strand, oder ist das schon eine Insel?«, fragte Franzi in unüberhörbarer Faszination.

»Soweit ich es recherchieren konnte, ist das der Strand. Zwölf Kilometer lang und bis zu zwei Kilometer breit, wenn ich mich nicht täusche.«

»Einfach wow!«, wiederholte Franzi ihre Worte. »Und da soll also irgendwo das Haus sein?«

Malin zuckte die Schulter, spürte jedoch eine gespannte Vorfreude in sich aufsteigen. »Scheint so.«

»Also, ich kann die alte Dame voll verstehen. Ich würde auch lieber dort wohnen als in irgendeiner noblen Seniorenresidenz.«

»Wer nicht«, stimmte Malin zu. Ihr hatte der Brief in der

vorherigen Nacht keine Ruhe gelassen. Statt zu schlafen, hatte sie sich allerhand Fotos und Videos über den Ort angesehen, wobei ihre Begeisterung stetig gestiegen war. »Deswegen muss ich ihr auch unbedingt helfen. Das Schicksal hat mich auserkoren, und deshalb werde ich mich dieser berührenden Geschichte annehmen. Was sagst du dazu?«

Franzi stützte ihr Kinn auf eine Hand und blickte Malin einen Augenblick forschend an, bevor sie antwortete: »Du meinst es wirklich ernst, oder?«

Malin nickte. »Ich fürchte, ja. Oder hältst du das für völlig geisteskrank?«

Franzi drehte sich zu der Pinnwand hinter ihr und pinnte die rosa Pappkarte ab. »Hier.« Sie hielt Malin das Stück Papier entgegen.

»Was soll ich mit deinem eingelösten Gutschein für ein verrücktes Erlebnis?«

»Ich gebe ihn feierlich weiter an dich. Das ist jetzt ein Gutschein von mir für dich, für ein verrücktes Erlebnis.«

Malin nahm das rosafarbene Pappstück und betrachtete es eingehend. »Es bleibt nicht mehr viel Zeit«, sagte sie nachdenklich. »Bis Weihnachten sind es nur noch knapp fünfeinhalb Wochen.«

»Die Zeit sollten wir nutzen, um der Sache auf den Grund zu gehen. Das schaffen wir!«

»Wir?« Erfreut blinzelte sie.

»Aber ja doch. Oder glaubst du etwa, ich lasse dich bei einem verrückten Erlebnis allein?« Franzi grinste sie breit an.

»Was habe ich doch für ein Glück, die verrückteste beste Freundin auf der ganzen Welt zu haben!« Malin umarmte Franzi und drückte sie einmal ganz fest.

»Wann wollen wir losfahren?«, fragte Franzi motiviert, als Malin sich wieder von ihr gelöst hatte.

»Sobald wie möglich? Wir können unsere Laptops überall mit hinnehmen und arbeiten.«

»Wir brauchen nur eine Unterkunft mit Internetzugang«, vollendete Franzi den Gedankengang und tippte schon eine Buchungsanfrage auf der Seite der Tourismuszentrale ein.

»Ganz genau«, stimmte Malin zu.

»Wie wäre es mit einem verlängerten Wochenende? Wir könnten gleich morgen losfahren.«

»Moment mal. Willst du vorher nicht vielleicht kurz mit Lukas deine Pläne abstimmen?«, warf Malin ein. »Nicht dass wegen unserer spontanen Reisepläne eure Hochzeit im Mai platzt.«

»Quatsch! Lukas fährt Sonntagmittag zu einer Fortbildung nach Berlin. Er wird froh sein, wenn ich mich abends nicht alleine auf der Couch langweile.«

»Na, dann ist ja alles klar.« Malin klatschte begeistert in die Hände und beugte sich über Franzis Schulter, um eine gute Sicht auf den Monitor zu haben.

»Was nehmen wir? Ein Hotel?«

»Oh ja! Buch doch am besten zwei Zimmer in einem Hotel mit Frühstücksbuffet.«

Franzi hob den Zeigefinger. »Mit Frühstückbuffet und mit Meerblick.«

»Das von mir aus auch!«

Malins Herz machte vor Freude einen Hüpfer. Sie konnte es kaum glauben, dass sie sich tatsächlich auf die Suche nach dem Reetdachhaus begeben würde, um zu versuchen, dem Schicksal der alten Dame eine erfreuliche Wendung zu geben. Natürlich hatte sie keinerlei Vorstellung davon, was sie vor Ort erwarten würde, noch hatte sie eine Idee, wie sie der Frau überhaupt helfen konnte. Doch von alldem wollte sie sich nicht abschrecken lassen. Sie wusste nur eins: Das Abenteuer rief. Und sie würde ihres Lebens nicht mehr froh werden, wenn sie nicht wenigstens versuchte, das Lebenswerk der Frau zu retten.

Mit Franzi an ihrer Seite hatte sie ohnehin schon fast gewonnen. Mit ihr zusammen hatte sie mehr als einmal das Unmögliche möglich gemacht – vielleicht war es am Ende die letzte gemeinsame Reise mit ihrer besten Freundin. Aber das kümmerte sie in diesem Moment wenig. Probleme waren dazu da, gelöst zu werden. Und ihr würde es guttun, dieses in Angriff zu nehmen.

Kapitel 4

»Ich glaube, da kommt endlich wieder Licht!« Franzi hockte auf dem Beifahrersitz von Malins kleinem Fiat und deutete in die Dunkelheit vor ihnen, wo sich entfernt ein heller Schimmer abzeichnete.

»Ein Glück. Die Fahrt durch den Elbtunnel ist immer das Schlimmste! Ich kann mich nicht daran erinnern, dass ich jemals ohne Stau durchfahren konnte. Selbst als wir damals mit der Jugendgruppe nach Dänemark gefahren sind, standen wir mit dem Bus auf der Hin- und Rückfahrt im Verkehrschaos. Weißt du noch?«

»Oh, ja! Daran kann ich mich lebhaft erinnern.« Franzi verdrehte die Augen. »Lukas hat mich heute Morgen noch gewarnt. Er meinte, es wäre mehr als leichtsinnig, an einem Samstagnachmittag durch die Röhre fahren zu wollen. Noch dazu, wenn der HSV ein Heimspiel hat.«

»Jaja, die Daheimgebliebenen haben immer gut reden.« Malin schaltete vom dritten in den vierten Gang und passte sich der Geschwindigkeit des Verkehrs an. »Was hätten wir denn stattdessen tun sollen? Laut meiner Recherche verfügt St. Peter-Ording zwar über einen Flugplatz, aber da landen bloß Hubschrauber und kleine Maschinen.«

Franzi zuckte die Achseln. »Du kennst doch Lukas. Vermutlich hätte er uns vorgeschlagen, stattdessen nachts zu fahren. Oder mit der Bahn.«

»Mit der Bahn, die ständig Verspätung hat. Nein danke«, erklärte Malin entschieden. »Und nachts schlafe ich – jedenfalls meistens. Wenn es dunkel ist, kann ich mich nicht auf eine so lange Fahrt bis nach Nordfriesland konzentrieren. Außerdem bin ich seit geraumer Zeit auch ein wenig nachtblind.«

»Wirklich?«, fragte Franzi verwundert. »Davon hast du mir ja noch gar nichts erzählt.«

»Na ja, in Wuppertal fällt das auch nicht allzu sehr ins Gewicht. Dort fahre ich sicher auf den bekannten Straßen. Aber bis nach St. Peter-Ording würde das anders aussehen.« Malin schüttelte sich leicht.

Als sie den Tunnel passiert hatten, zog Franzi die Nase kraus und blinzelte. »Ach, wie schön. Endlich wieder Tageslicht. Schau mal, da vorne, ein paar Sonnenstrahlen brechen durch die Wolken.«

»Wie toll!« Malin schaute auf das Navigationsgerät. »Nun ist es auch gar nicht mehr weit. Nur noch hundertdreißig Kilometer bis St. Peter-Ording.« Sie spürte, wie eine Art freudige Aufregung in ihr aufstieg. Was würde sie in dem Küstenort erwarten? Würden sie das Haus anhand des Fotos ausfindig machen? Und was dann?

Es war bereits nachmittags, als sie auf den Parkplatz des Hotels in St. Peter-Ording fuhren. Die Wolken hatten sich an der See verzogen. Ein klarer Himmel und sonniges Wetter begrüßten sie.

Franzi zog den Schal bis zu ihren Ohren hoch, nachdem sie aus dem Auto gestiegen war. »Brrr!« Sie rieb sich die Arme. »Ist das schattig!«

»Du alte Frostbeule, stell dich nicht so an, wegen der paar Grade weniger.« Lachend hob sie ihre Reisetasche aus dem Kofferraum.

»Ein paar Grade? Es ist eisig«, bibberte Franzi und nahm ihr Gepäck entgegen.

»Dafür haben wir herrlichsten Sonnenschein. Und zur Not ziehst du dir eben zwei Mützen übereinander und zwei Paar Handschuhe an.« Malin atmete tief ein und schloss dann schwungvoll den Kofferraum. Seltsam, an diesem Ort fühlte sie sich irgendwie … befreit. »Ich kann das Meer schon riechen.«

Sie checkten in das Hotel ein, das wie beschrieben im Zentrum von St. Peter-Ording und unmittelbar an den Salzwiesen lag. Sobald jede ihren Schlüssel erhalten hatte, trugen sie ihr Gepäck nach oben und verabschiedeten sich im Flur.

Ihr Zimmer gefiel Malin. Es verfügte neben einem Doppelbett und einem geräumigen Bad über ein gemütliches Sofa und TV sowie einen Schreibtisch. Sie stellte ihre Tasche neben dem Bett ab und ging auf die Fensterfront zu.

Nachdem sie eine der Türen geöffnet hatte, trat sie auf den kleinen Balkon. Herrlich klare Luft empfing sie, die noch mehr nach Nordsee roch als bei ihrer Ankunft. Die Salzwiesen leuchteten golden im Sonnenschein. Eine lange Brücke führte über das von Prielen zerklüftete Marschland. Sie endete weit hinten, wo Malin Pfahlbauten erspähte und den Strand vermutete. Das Glitzern des Meeres konnte sie nur erahnen.

Dies war also der Ort, in dem sie das Reetdachhaus der alten Dame finden musste. Der Gedanke daran, hoffentlich bald vor dem Häuschen zu stehen und den Schlüssel ins Schloss zu stecken, hatte etwas Zauberhaftes. In dem Augenblick war Malin fest überzeugt, dass irgendwo im Hintergrund eine geheime Magie wirkte, mit deren Hilfe Wunder vollbracht werden konnten.

Sie schüttelte über sich selbst den Kopf. Zuletzt an Wunder geglaubt hatte sie als kleines Mädchen. Sie konnte sich noch gut daran erinnern, wie ihre Eltern oder Großeltern ihr Märchen vorgelesen hatten, an ihr schönes großes Zimmer im Haus ihrer Eltern, mit dem großen Garten, und an das Baumhaus, das ihr Vater für sie gebaut hatte. Ihr hatte es an nichts gemangelt, und doch hatte sie sich manchmal Geschwister gewünscht. Nein, sie war wirklich dankbar für all die Erinnerungen an eine wahrhaft fast märchenhafte Kindheit. Eine Zeit, in der sie ihr Herz noch nicht vor Enttäuschungen hatte schützen müssen. In diesem Augenblick sehnte sie sich nach diesen längst vergangenen Tagen zurück.

Nachdem sie dem böigen Wind getrotzt und über die Seebrücke gewandert waren, krempelte Malin ihre Jeanshose hoch und setzte dann ihre bestiefelten Füße in den feinen hellen Sand. Sie drehte sich einmal um die eigene Achse und breitete die Arme aus. »Ist es nicht wunderschön hier?«

»Traumhaft!«, befand Franzi und blickte an ihr vorbei. »Ich glaube, dahinten ist das Meer.«

»Dann nichts wie hin!«

Sie stapften durch den Sand und blieben ein Stück vor der Brandung stehen, die schäumend an den Strand perlte. Malin legte den Kopf in den Nacken und blickte ein paar Möwen nach, die kreischend ihre Kreise in luftiger Höhe zogen. »Hast du schon mal so einen Strand gesehen, Franzi?«

»Nö!«, rief ihre Freundin gegen den Wind an. »Ich fühle mich fast ein bisschen wie auf dem Mond. Wären hier wenigstens ein paar Strandkörbe, könnte ich eher daran glauben, dass wir uns an einem Strand befinden.«

»Im Winter Strandkörbe?« Malin lachte. »Willst du dich bei der Kälte etwa in einen reinsetzen?«

»Gott bewahre!« Franzi hob beide behandschuhten Hände. »Ich möchte mich lieber dort reinsetzen.« Sie wies auf einen Pfahlbau, in dem ein Restaurant untergebracht war. »Gegen eine Tasse Tee zum Aufwärmen hätte ich jetzt nichts einzuwenden.«

»Klingt gut!« Malin blies warme Luft in ihre Hände und rieb sie dann aneinander. »Lass uns dann gleich auch mal beratschlagen, wie wir bei unserer Mission vorgehen wollen.«

»Unbedingt.«

Sie stiegen die Holztreppe hoch. Über dem Eingang des Restaurants war ein Schild befestigt: *Arche Noah – Restau-*

rant am Meer. Das Lokal empfing sie mit einer angenehmen Wärme und einem hyggeligen Strandhaus-Ambiente aus viel Holz, stimmungsvollen Lichterketten und leuchtenden Kerzen auf den Tischen. Die Sicht durch die Fensterfronten bot einen atemberaubenden Ausblick auf den Strand und das Meer. Trotz der Nebensaison waren nicht wenige der Tische besetzt, was der gemütlichen Atmosphäre keinen Abbruch tat. Von der Speisekarte wählten Malin und Franzi frisch gebackene Waffeln mit Vanilleeis, heißen Kirschen und Sahne. Malin bestellte dazu einen großen Becher mit heißer Schokolade und Sahne, Franzis Wahl fiel auf Lumumba – den heißen Tee verschob sie auf das Frühstück am nächsten Morgen.

Während sie auf Speis und Trank warteten, ließ Malin den Blick durch das Lokal gleiten. »Die Leute wirken alle irgendwie … glücklich. Findest du nicht auch?«

Franzi beäugte unauffällig ein paar Gäste an den Nachbartischen. »Sie haben zufriedene Mienen, stimmt. Vielleicht liegt das an dem appetitlichen Essen oder an den leckeren Getränken?«

»Du musst nicht traurig sein«, entgegnete Malin. »Unsere kommen auch schon.« Sie lächelte die Bedienung an, die ihnen die Heißgetränke servierte. Mit einem langstieligen Löffel probierte sie etwas von der Sahne ihres Kakaos.

Franzi nahm direkt einen großen Schluck von ihrem Lumumba und legte beide Hände um die warme Tasse. »Tut das gut! Meine Finger sind gleich viel weniger eisig.«

»Zu Weihnachten bekommst du von mir beheizbare Handschuhe«, merkte Malin kopfschüttelnd an.

»Oh, ja! Das wäre ein tolles Geschenk«, sagte Franzi begeistert. »Ich überlege noch, was ich dir schenken könnte.«

»Das schönste Geschenk für mich wäre, wenn wir das Haus finden und der alten Dame helfen. Bis jetzt habe ich aber kaum Reetdachhäuser gesehen … Hoffentlich haben wir uns nicht getäuscht.«

»Wir sind an ein paar vorbeigekommen, als wir nach St. Peter-Ording reingefahren sind. Erinnerst du dich? Vielleicht war es schon dabei?«

»Nein. Da war kein weißes Haus. Ich habe extra darauf geachtet«, entgegnete Malin.

»Hast du das Foto mit?«, wollte Franzi wissen.

»Sicher.« Malin öffnete den Reißverschluss ihrer Tasche und zog den Briefumschlag hervor. »Hier ist es.« Sie legte das Foto vor Franzi auf den Tisch. »Ein weißes Häuschen mit Reetdach.«

»Du hast recht, an so ein Haus kann ich mich auch nicht erinnern. Die meisten hatten Rotklinker und eine erste oder sogar auch zweite Etage. Ziemlich neu sahen sie auch aus.« Sie drehte das Foto um und versuchte, die verblichene Schrift zu entziffern. Schließlich nahm sie ihr Handy zur Hand.

Neugierig beobachtete Malin ihre Freundin. »Was hast du vor?«

»Ich schalte die Lupenfunktion ein. Vielleicht wird die Notiz dadurch lesbarer.«

»Das ist eine gute Idee.« Malin rückte näher und versuchte, einen Blick auf den kleinen Bildschirm zu erhaschen.

»Der Anfang des Wortes könnte *Morder* heißen. Vielleicht auch *Worder*«, überlegte Franzi.

»Oder *Norder*«, schlug Malin vor. »Am besten, wir legen uns einen gedruckten Ortsplan zu, auf dem wir alle Straßennamen auf einem Blick haben und markieren können, wo wir schon gesucht haben. Eine digitale Straßenkarte ist für unsere Zwecke ungeeignet.«

»Hey, die Idee ist gut«, fand Franzi und gab Malin das Foto zurück. »So viele Straßen hat St. Peter-Ording bestimmt nicht.«

»Dein Wort in Gottes Ohren.« Malin lächelte ihr zu und trank einen Schluck Schokolade. Als die Bedienung ihre Waffeln brachte, fragte Malin nach dem Weg zur Tourismusinformation. Es stellte sich heraus, dass eine Niederlassung der Tourismuszentrale unweit ihres Hotels lag.

Sobald sie die Waffeln verzehrt und die Getränke ausgetrunken und bezahlt hatten, machten sie sich auf den Weg zur Touristeninfo im Ortsteil Bad. Das Büro lag neben dem Nationalpark-Haus am Maleens Knoll. Es dämmerte bereits, als sie dort ankamen. Die Tür war geschlossen, und es brannte kein Licht im Innenraum.

Malin warf einen Blick auf die angeschlagenen Öffnungszeiten. »So ein Mist! Die Tourist-Info hat seit einer guten halben Stunde geschlossen.«

»Da kann man nichts machen. Wir müssen morgen ab zehn Uhr wiederkommen«, sagte Franzi.

Malin nickte ergeben. »Gleich nach einem ausgiebigen Frühstück sind wir am Start.« Zu gern hätte sie schon jetzt eine Faltkarte besorgt.

»Jetzt guck nicht so enttäuscht. Es wird schon langsam dunkel. Für unsere Suche nach dem Haus brauchen wir Tageslicht«, meinte Franzi.

»Du hast recht. Mit Taschenlampen fremde Häuser abzuleuchten, das könnte leicht zu Missverständnissen führen«, scherzte Malin. »Aber ein bisschen herumschlendern und die Schaufenster der kleinen Lädchen inspizieren, das können wir noch.«

»Ich hätte nicht gedacht, dass es in so einem kleinen Ort so viele Geschäfte gibt«, sagte Franzi, als sie die Hotellobby betraten. Sie wollten ihren ersten Abend in St. Peter-Ording an der Hotelbar ausklingen lassen und auf ihr verlängertes Freundinnen-Wochenende anstoßen.

Bei einem sympathischen Barkeeper, der offensichtlich viel Freude an seinem Job hatte, bestellten sie zwei Cocktails. Er mixte die Getränke voller Elan und verzierte sie anschließend liebevoll mit Früchten und bunten Schirmchen, bevor er ihnen die Cocktails auf Servietten kredenzte.

»Wohl bekomm's!«, sagte er fröhlich.

»Die sehen ja wirklich klasse aus!« Malin nickte ihm anerkennend zu.

»Wie von einem echten Profi gemixt«, fügte Franzi hinzu und zwinkerte ihm zu.

Der Barkeeper stützte sich mit beiden Händen hinter der Bar ab. »Ein bisschen Profi bin ich schon.«

»Wie lange machen Sie das denn schon?«

»Insgesamt seit acht Jahren und hier im Hotel seit mehr als fünf«, erzählte er. »Angefangen habe ich auf Sylt. Aber dann hat es mich doch wieder aufs Festland verschlagen. Ursprünglich komme ich aus Kiel.« Er stellte sich ihnen als Jörn vor.

»Toll! Es ist bestimmt wunderbar, wenn man in St. Peter-Ording leben und arbeiten kann. Das Meer hat man direkt vor der Haustür, und wahrscheinlich ist jeder Tag wie ein bisschen Urlaub?« Malin trank einen großen Schluck durch den gestreiften Strohhalm.

Jörn schürzte die Lippen. »Es ist schon schön hier, aber ganz so romantisch nun auch nicht. Ich wohne nämlich gar nicht in St. Peter-Ording.«

»Nein? Ich dachte …« Malin war überrascht.

»Ist es nicht so, dass Hotelangestellte oftmals ein Zimmer bei ihrem Arbeitgeber haben?«, fragte Franzi.

Jörn nickte. »Das war damals auf Sylt so. Und das war auch okay. Es wäre viel zu umständlich gewesen, jeden Tag vom Festland auf die Insel zur Arbeit zu kommen. Und dann noch die unchristlichen Arbeitszeiten. Auf Sylt kann man sich als Normalsterblicher nämlich keine Unterkunft zur Miete leisten.«

»Und in St. Peter-Ording?«, wollte Malin wissen.

»Same story.« Er lächelte sie schief an. »Hier gibt es Ferienunterkünfte in rauen Mengen, aber die Wohnsituation für Einheimische oder Leute mit Job im Ort ist mehr als schwierig. Es ist im normalen Preissegment nichts zu bekommen. Deswegen wohne ich selbst im Hinterland und fahre jeden Tag von Tönning hierher. Das sind ungefähr zwanzig Kilometer. Kein besonders weiter Arbeitsweg, aber schöner wäre es natürlich schon, wenn ich hier in SPO eine Wohnung hätte.«

»Ach, das wird sich bestimmt noch ergeben«, meinte Franzi zuversichtlich.

Er lachte bitter auf. »Ich suche schon seit mehr als fünf Jahren nach einer bezahlbaren Wohnung im Ort. Aber man soll die Hoffnung ja nicht aufgeben. Wenngleich ich natürlich weiß, dass die Ferienvermietung lukrativer ist, als monatlich die paar Kröten von einem Dauermieter zu kassieren.«

»Und was passiert mit den Häusern von älteren Einwohnern, die sich zum Beispiel verkleinern wollen? Könnte da nicht ein Mietverhältnis zustande kommen?«, fragte Malin, obwohl sie sich die Antwort schon denken konnte.

»Auf gar keinen Fall.« Jörn schüttelte den Kopf. »Die meisten Objekte werden samt Grundstück lukrativ verkauft, dann abgerissen. Und danach wird dort eine schicke Ferienunterkunft errichtet. Meistens unter Reet, weil das romantischer im Urlaub ist.«

Später lag Malin in ihrem kuscheligen Hotelbett. Sie lauschte dem Wind, der um das Hotel strich und bildete sich dabei ein, dass eine Lokomotive pfiff. Das Gespräch mit Jörn hatte sie nachdenklich gestimmt und gleichzeitig motiviert.

Sie musste das Reetdachhaus finden, koste es, was es wolle. Es musste eine Lösung für die alte Dame geben. Wie traurig wäre es doch, wenn auch ihr Zuhause abgerissen und an eine Hotelkette verkauft werden würde. Jedes Haus, das nicht gerettet wurde, war doch wie ein Stück Seele, die St. Peter-Ording für immer genommen wurde.

Malin drehte sich auf die Seite und blickte im Schein der Nachttischlampe auf das alte Foto. Nachdenklich strich sie mit einem Finger darüber. Sie fühlte sich der Rettung so nah und gleichzeitig meilenweit entfernt. Und doch gab sie in dieser Nacht der unbekannten Frau in Gedanken das Versprechen, dass am Ende alles gut werden würde.

Kapitel 5

Malin trank den letzten Schluck ihres Kaffees und stellte die Tasse zurück auf die Untertasse. »Das hat richtig gutgetan. An so ein reichhaltiges Frühstück könnte ich mich gewöhnen.« Zufrieden lächelnd legte sie eine Hand auf ihren Bauch.

Franzi köpfte nickend ein Ei mit ihrem Messer. »Wir hatten ein glückliches Händchen bei der Wahl des Hotels. Das Buffet ist außerordentlich umfangreich. Ich habe allein acht verschiedene Käsesorten gezählt. Von der Auswahl an Müsli mal ganz abgesehen.«

Lächelnd nickte sie. »Mir gefällt St. Peter-Ording jetzt schon. Obwohl wir noch nicht viel gesehen haben.« Malin drehte ihren Kopf zur Fensterfront, durch die sie auf den Seebrücken-Vorplatz schauen konnte. So früh am Morgen waren wenig Leute unterwegs, aber dafür umso mehr Möwen, die ihre Runden über den Salzwiesen drehten. »Ob ich wohl jemals hierhergefahren wäre, wenn ich nicht den Koffer ersteigert hätte?«, fügte sie nachdenklich hinzu.

»Wer weiß«, sagte Franzi achselzuckend. »Meine Eltern meinten vorgestern zu mir, sie waren mal als noch unverheiratetes Pärchen hier. Habe ich das eigentlich erzählt?«

Interessiert horchte Malin auf. »Nicht dass ich wüsste.«

»Sie sind damals in ihrem klapprigen Käfer in den Urlaub nach Dänemark unterwegs gewesen. Auf dem Rückweg haben sie hier einen zweiten Stopp mit ihrem Zelt eingelegt, weil sie von Freunden den Tipp bekommen hatten. Meine Mutter sagte, dass sie den Strand nie wieder vergessen hat.«

»Wer könnte das schon?« Malin lächelte und dachte an für sie unvergessliche Urlaube mit ihren Eltern. Früher waren sie in den Sommerferien oft auf Formentera gewesen. Malin konnte sich noch gut an das kristallklare Meerwasser erinnern, in dem kleine Fische schwammen, und an eine kleine Insel, die ebenfalls in der Strandbucht lag, zu der sie oft geschwommen war oder die sie mit Schwimmflossen und einem Schnorchel umrundet hatte. »Ich habe jedenfalls auch sehr gut geschlafen und vor dem Frühstück sogar eine halbe Stunde gearbeitet.«

»Du fleißiges Lieschen.« Franzi grinste und tupfte sich dann den Mund mit der Serviette ab. »Ich wäre dann fertig mit Frühstücken.«

»Sehr gut!« Malin sprang sogleich von ihrem Platz auf und langte nach ihrem Teller.

»Na, du scheinst aber die ganze Zeit auf glühenden Kohlen gesessen zu haben«, stellte Franzi belustigt fest.

»Ach, tut mir leid. Ich wollte nicht drängeln.« Sie hob eine Schulter. »Die Suche nach dem Haus brennt mir einfach unter den Nägeln. Und irgendwie … Weißt du, ich fühle mich irgendwie berufen, es wirklich zu finden. Ich weiß auch nicht, wieso das so ist. Klingt doof, oder?«

»Finde ich überhaupt nicht! Und ich will es doch auch entdecken.« Franzi stellte ihre Tasse auf den benutzten Teller.

»Ich wünschte, wir hätten es schon gefunden.«

»Keine Sorge! Wir werden es finden«, sagte Franzi voller Überzeugung. »Von mir aus können wir sofort zur Tourist-Info gehen und gleich lossuchen.«

Nachdem sie sich einen kostenlosen Prospekt im Fremdenverkehrsamt besorgt hatten, hatten sie sich mit dem Auto auf den Weg in den Ortsteil Dorf gemacht. Dort gab es zwei Straßen, die mit *Norder* begannen. Im *Norderwohld* wollten sie mit ihrer Suche beginnen. Die Sackgasse lag unweit des Westküstenparks und dem Robbarium und machte auf den ersten Blick einen eher privaten Eindruck. Trotzdem scannte Malin während der Fahrt über die Straße *Im Bad* jedes Gebäude, an dem sie vorbeifuhren.

»Guck mal da! Wie niedlich.« Sie deutete mit der Hand nach rechts auf eine gepflegte Backsteinhausanlage. »Die Häuser haben sogar Türmchen. Das ist ja romantisch. Fast wie im Märchen. Dort würde ich gerne mal wohnen wollen.«

Franzi verrenkte sich fast, um das Schild lesen zu können, das vor der Anlage aufgestellt worden war. »Als Tourist wäre das kein Problem. Es handelt sich nämlich um eine Appartementanlage.«

»Das war ja zu erwarten, schade.« Malin verzog missmutig den Mund. »Für Einheimische scheint die Lage in St. Peter-Ording wirklich schwierig zu sein. Ich frage mich, ob wir überhaupt schon privaten Wohnraum gesehen haben oder alles bloß Ferienunterkünfte waren.«

Franzi schüttelte den Kopf. »Das kann ich dir auch nicht sagen. Aber die großzügigen Parkflächen vor den Häusern an dieser Straße scheinen mir ein sicheres Indiz für Ferienvermietungen zu sein.«

Kurz nachdem sie die Zufahrt zu einer Rehaklinik passiert hatten, schien sich das Straßenbild allmählich zu ändern. Zwischen Touristenherbergen, Restaurants und Geschäften tauchten nun vereinzelt offensichtlich private Wohnhäuser auf. Auch waren hier kaum mit Reet gedeckte Häuser. Die meisten Gebäude hatten Hartdächer und wirkten eher praktisch als romantisch. Um die Grundstücke herum zogen sich wahlweise hohe Hecken oder Zäune, die vor manch neugierigem Blick schützten.

Ihre Fahrt ging weiter in Richtung St. Peter-Böhl. Vor der Sackgasse *Norderwohld* parkte Malin das Auto auf einem Parkplatz, der ursprünglich für Besucher des Westküstenparks gedacht war. Da kaum Autos dort abgestellt waren, tat sie dies ohne schlechtes Gewissen. Nachdem sie ausgestiegen waren, schloss Malin den Wagen ab und nahm das Foto, auf dem das gesuchte Haus abgebildet war, aus ihrem Rucksack. Sie atmete einmal tief durch und schaute dann ihre Freundin unsicher an. »Jetzt bin ich wirklich ein bisschen nervös.«

»Ich doch auch.« Franzi hakte sich lächelnd bei ihr ein und wollte losgehen.

Aber Malin hielt sie zurück. »Was machen wir denn, wenn wir das Reetdachhaus tatsächlich finden?«, fragte sie, ein wenig von der Rolle.

»Vielleicht erst mal klingeln?«, schlug Franzi vor, nachdem sie kurz überlegt hatte.

»Und wenn keiner öffnet?«

»Den Schlüssel ins Schloss stecken und schauen, ob er sich drehen lässt.« Schulterzuckend sah Franzi sie an. »Du hast ihn doch dabei, oder?«

»Ja … ja, habe ich.« Malin warf sicherheitshalber einen letzten Blick in ein seitliches Fach ihres Rucksacks. »Da ist er.«

»Dann kann doch nichts mehr bei unserer Rettungsaktion missglücken.« Franzi schaute sie aufmunternd an. »Wird schon schiefgehen.«

Sie nickte. »Auf in den Kampf!« Mit beherzten Schritten gingen sie auf die schmale Zufahrt der Sackgasse zu. Die wenig belaubten Bäume gaben die Sicht auf das erste Haus der linken Seite frei. Malins Hand berührte den Oberarm ihrer Freundin. »Franzi!«, wisperte sie mit klopfenden Herzen. »Ich kann ein weißes Haus erkennen!«

»Ja. Jetzt sehe ich es auch. Komm! Lass uns schnell nachsehen!«

Im Laufschritt näherten sie sich der Sackgasse. Das weiße Haus lag nur noch wenige Meter von ihnen entfernt.

Malin blieb erst direkt vor dem Gebäude stehen und verglich es mit dem auf dem Foto. Langsam schaute sie an der Fassade empor. »Das ist es nicht«, sagte sie noch immer ein wenig atemlos. »Es hat eine obere Etage und ein Ziegeldach. Außerdem ist es auch ganz allgemein viel zu groß.«

»Und tipptopp in Schuss. Der flotte Kombi scheint auch nicht zu einer alten Dame zu passen.« Franzi deutete auf einen Wagen, der seitlich des Hauses abgestellt worden war. »Da wohnt garantiert eine Familie mit Kindern.«

Malin drehte sich in die entgegengesetzte Richtung. »Da vorne ist noch ein weißes, aber auch zu groß und mit Hartdach.«

»Lass uns weitergehen und schauen, was es hier noch für Häuser gibt«, schlug Franzi vor.

»Ist gut. Wenn es dir nicht zu kalt wird?«

Darauf erwiderte ihre Freundin nichts, sondern zog sie einfach weiter die Straße entlang.

Viel gab es allerdings nicht zu sehen. In der Sackgasse befanden sich noch weitere sieben Häuser. Zwei davon waren mit Reet gedeckt, glichen aber in keinster Weise dem Haus auf dem Foto.

»Die erste Straße mit *Norder* können wir getrost abhaken«, sagte Malin, als sie wieder am Auto ankamen. »Schade! Das war ein ganz schöner Schuss in den Ofen.«

»Nun sei doch nicht gleich so pessimistisch.« Sie stiegen in den Wagen ein. »Nur weil es nicht beim ersten Mal geklappt hat, ist es noch lange kein Schuss in den Ofen gewesen. Zweimal Norder steht noch auf unserer Liste.« Franzi nahm das Gastgeberverzeichnis vom Armaturenbrett und studierte das Straßenverzeichnis. »Der Nordergeest liegt in D 5.« Mit dem Finger fuhr sie über den Plan. »Hey, die

Straße ist quasi um die Ecke. Das sind bestimmt keine fünf Minuten mit dem Auto.«

»Prima!« Malin schnallte sich an und startete den Wagen. »Da fahren wir sofort hin.«

Sie bogen einmal links und im Kreisverkehr rechts ab. Bald kamen sie an die Stelle, an der sie abermals nach rechts fahren mussten. Malin runzelte die Stirn. »Gewerbegebiet?«, fragte sie, nachdem sie das Schild in Form eines Pfeils gelesen hatte.

»Und ein Bahnübergang.« Franzi zeigte auf die Schienen, die die Straße kreuzten.

»Was sollen wir in einem Gewerbegebiet? Hier sind ja nur Supermärkte«, meinte Malin. »Ich kann mir nicht vorstellen, dass hier irgendwo ein verlassenes kleines Reetdachhaus steht. Du etwa?«

»Ausschließen kann man es nicht. Wer weiß, was sich zwischen den Lebensmittelgeschäften versteckt. Fahr doch am besten auf einen der Parkplätze. Zu Fuß können wir die Gegend besser inspizieren«, schlug Franzi vor.

»Okay.« Malin tat wie ihr geheißen und stellte den Wagen in der Nähe eines Drogeriemarkts ab, vor dessen Eingang ein mit einer Lichterkette geschmückter Tannenbaum stand, die jedoch ausgeschaltet war, weil das Geschäft am Sonntag geschlossen hatte.

»Schau! Langsam geht es mit den Weihnachtsbäumen los.« Sie löste ihren Gurt und griff hinter den Sitz, um ihren Rucksack von der Rückbank zu nehmen.

»Das wundert mich nicht wirklich. Immerhin ist nächsten Sonntag schon der erste Advent. Wahrscheinlich beginnen die meisten Läden morgen mit der Schmückerei. An Weihnachten wird doch jedes Jahr der meiste Umsatz gemacht.« Franzi zog ihre wollweiße Bommelmütze über die Ohren und drückte die Autotür auf. »Stell dir mal vor, die Geschäfte würden auf Weihnachtsdeko und Musik verzichten. Dann wäre das Shopping nur halb so schön.«

»Die Kunden würden vermutlich nur halb so viel ausgeben, weil niemand in Weihnachtsstimmung wäre.« Malin verriegelte die Autotür und schaute nachdenklich zu dem kleinen Weihnachtsbaum, der etwas verloren vor dem Geschäft wirkte. Unwillkürlich musste sie wieder an die alte Dame denken, und gleich wurde ihr Herz schwerer. Bestimmt graute es der Frau vor dem Anbruch der Weihnachtszeit, sollte ihr Reetdachhaus nach den Feiertagen doch an die Hotelkette verkauft werden.

Sie selbst freute sich wie jedes Jahr auf die Weihnachtsfeiertage, die sie immer mit ihrer Familie verbrachte. Im Laufe der Zeit war die Anzahl der Familienmitglieder geschrumpft, und seit drei Jahren feierte sie Weihnachten nur noch im überschaubaren Kreis mit ihren Eltern und Oma Gerda. Trotzdem genoss sie die Tage bis Weihnachten in vollen Zügen mit allen Traditionen.

Hätte sie doch wenigstens die Möglichkeit, sich mit der Hausbesitzerin telefonisch in Verbindung zu setzen. Das hätte einiges leichter gemacht. Sie hätte nach der Adresse fragen und ihr auch gleich mitteilen können, dass Franzi und sie sich der Rettung des Hauses annehmen würden. Sie hätten ihr Zuversicht schenken können. Aber unter den gegebenen Umständen ahnte sie von nichts. Vielleicht hatte die Hoffnung auf ein Weihnachtswunder sie längst verlassen.

»Kommst du? Sonst frier ich hier noch fest.« Franzis Stimme bebte leicht.

Malin lachte auf. Irgendwie war es schon lustig, dass sie in der Hinsicht das genaue Gegenteil von Franzi war: Ihr war eigentlich immer warm. Deshalb kam sie jetzt im November auch noch ganz ohne Schal und Mütze aus. »Na klar! Ich will dich ja nicht hier vom Asphalt kratzen müssen.«

Die Straße war ebenfalls nicht sonderlich lang und mündete am Ende in den Bövergeest. Zwischen Supermärkten, Getränkeläden, einem Souvenirshop, einer Apotheke, einem Optiker und einem Bekleidungsgeschäft gab es keinen Hinweis auf das gesuchte Reetdachhaus. Das optisch privateste Gebäude beherbergte einen Malereibetrieb. Malin und Franzi liefen ein paar Meter den Bövergeest entlang, um noch weiter Ausschau zu halten, doch auch dort sah es nicht nach einer typischen Wohngegend aus. »Ein Sonnenstudio, ein Elektrofachgeschäft und ein Kaufhaus. Aber keine Reetdachhäuser. Noch nicht mal für Feriengäste. Langsam frage ich mich, ob auf der Rückseite des Fotos wirklich Norder steht oder ich es doch falsch entziffert habe.«

»Und wenn schon.« Franzi zuckte mit den Schultern.

Sie machten sich auf den Rückweg zum Auto.

»Notfalls suchen wir eben alle Straßen in St. Peter-Ording nach dem Häuschen ab.«

»Ob wir das bis Mittwoch überhaupt schaffen?«, fragte Malin, als sie wieder im Auto saßen. »Im Verzeichnis stehen nämlich nicht nur zehn Straßen.« Sie gab Franzi das Heft mit der Auflistung.

»Hm. Das sind in der Tat ein paar mehr. Am besten, wir gehen strategisch vor und legen genau fest, welche Straßen an welchem Tag abgeklappert werden müssen. Ohne das Häuschen gefunden zu haben, reisen wir nicht ab.«

»Nein, das tun wir nicht«, stimmte Malin ihr zu. »Wenigstens war das Wort Ording einwandfrei lesbar, sodass wir schon mal im richtigen Ort sind.«

»Ein nicht zu unterschätzender Punkt, wie ich finde. Und einmal Norder steht halt noch aus. Der Norderdeich ist im H 2–3.« Sie schlug die Seite um und suchte nach der Straße. »Oh! Der Straßenname macht seiner Bedeutung wirklich alle Ehre. Wir landen tatsächlich ganz im Norden von St. Peter-Ording, noch dazu am Deich.« Franzi zeigte mit einem Finger auf die betreffende Stelle der Karte.

»Ah! Im Ortsteil Ording.« Malin nickte. »Das ist doch eigentlich ein perfekter Startpunkt, um systematisch den nördlichen Bereich abzusuchen, oder?«

»Stimmt«, fand Franzi. »Der Norderdeich scheint übrigens nicht weit entfernt von unserer Unterkunft zu sein.«

»Wie praktisch. Dann können wir den Wagen doch getrost auf dem Hotelparkplatz abstellen und uns zu Fuß auf die Suche begeben. Das kalte klare Sonnenwetter ist wirklich herrlich zum Spazieren.«

»Ganz deiner Meinung. Die Wetterlage ist viel zu schade, um in einem Auto rumzugurken. Außerdem lernen wir den Ort gleich besser kennen und übersehen nicht so leicht etwas. Nebenbei friere ich beim Laufen auch nicht.«

»Dann ist ja alles klar!« Malin startete den Motor. Im Radio erklang das Lied *Do They Know It's Christmas?* von Band Aid.

Am frühen Nachmittag zogen Malin und Franzi dick eingemummelt vom Ortsteil Bad ins nördliche Ording los. Franzi hatte sich tatsächlich zusätzlich eine Fliesmütze unter ihre wollene gezogen, was Malin mit einem Grinsen quittierte. Sie selbst hatte sich nur eine dünne Mütze aufgesetzt, um sich vor dem Wind zu schützen.

Bevor sie aufbrachen, waren sie in einem Fischrestaurant auf der Seebrücke eingekehrt, wo sie sich mit einem Mittagessen gestärkt und Straßen auf der Karte mit einem farbigen Stift markiert hatten, die sie in Ording abklappern wollten, falls ihre Suche auf dem Norderdeich erfolglos verlaufen sollte. Weil sie nicht wussten, wie lange sie unterwegs sein würden, steckte Malin vorsorglich die Taschenlampe ein, die sie stets in der Beifahrertür aufbewahrte. Nach dem Essen gingen sie am Fahrradparkplatz vorbei und folgten dem Weg, der am Deich entlangführte und sie alsbald in einen Kiefernwald führte.

Malin sog den erdigen Duft des Waldbodens ein. »Ach, wie herrlich! Ich liebe diesen Geruch. Hättest du gedacht, dass es gleich hinter dem Deich einen Wald gibt?«

Franzi schüttelte den Kopf. »Niemals. Eher hätte ich mit einem weiteren Fischrestaurant oder einem Café gerechnet, aber bestimmt nicht mit einem hübschen Gehölz –

quasi gleich am Strand. St. Peter-Ording scheint für Überraschungen gut zu sein.«

Wenig später schlugen sie einen Pfad zurück zum Deich ein. Vorbei ging es an einem Jachthafen für Strandsegler und dann weiter über den *Strandweg* bis *Am Deich*. Die Straße war ausschließlich auf der gegenüberliegenden Seite des Seedamms bebaut. Dort reihte sich eine Urlaubsunterkunft an die nächste. Von Ferienhäusern bis zum coolen Surferhotel, das den Anschein erweckte, geradewegs von der Ostküste der USA nach St. Peter-Ording versetzt worden zu sein, oder einem Campingplatz war alles dabei.

Auf der Höhe eines Kreisverkehrs, an dem eine Auffahrt zum Strand führte und ein stilvolles Hotel lag, blickte Malin von der Straßenkarte auf. »Ab hier beginnt der Norderdeich. Jetzt wird's ernst.«

»Dann heißt es: Adleraugen auf!« Franzi richtete ihre Mütze und schaute konzentriert zu den ersten Häusern der Straße. »Hm, die gehören vermutlich zum Campingplatz.« Sie legte eine Hand gegen die Stirn, um sich vor einer Windböe abzuschirmen. »Und das nächste Haus hat ein rotes Dach. Das scheidet aus.«

Malin nickte. »Die Länge der Straße gibt mir aber Hoffnung, dass wir vielleicht doch entdecken werden, wonach wir suchen.«

Der stürmische Westwind zerrte an ihren dicken Winterjacken und schob sie die Straße weiter entlang.

»Hier scheint auch alles für Touristen reserviert zu sein«, meinte Franzi, als sie an der Stelle waren, wo die Straße einen Knick nach rechts machte.

»Klar! Die Lage direkt am Deich ist für Urlauber bestimmt verlockend.«

»Und für Normalsterbliche vermutlich unbezahlbar«, ergänzte Franzi.

»Die hübschen Reetdachhäuser sehen nicht günstig aus«, stimmte Malin zu.

»Da vorne ist sogar ein weißes.«

»Ach, das ist viel zu groß«, stellte Malin mit einer ihr selbst unangenehmen Resignation in der Stimme fest. »Das Haus auf dem Foto ist beschaulich und klein.« Ihr entfuhr ein Seufzer, der sogleich vom Wind davongetragen wurde. Hätte sie einen Weihnachtswunsch frei, dann würde sie ihn für die alte Dame einsetzen. Das Haus zu entdecken und eine Lösung zu finden, wie die Frau weiterhin in ihrem Zuhause leben konnte, das wäre das schönste Weihnachtsgeschenk für sie. Malins Blick glitt wieder zu dem Grundstück mit dem Reetdachhaus. »Halt!« Sofort griff sie nach Franzis Arm.

Ihre Freundin fasste sich keuchend mit einer Hand ans Herz. »Du liebe Güte! Erschreck mich doch nicht so! Was ist denn?«

»Da vorne!« Sie schaute an dem Reetdachhaus vorbei. »Ich glaube, da hinten steht noch ein Haus. Ich kann es kaum sehen.«

Nun sah auch Franzi, was Malins Aufmerksamkeit erregt hatte. Zwischen Bäumen und Sträuchern schimmerte etwas Weißes hindurch. »Tatsächlich … Los! Lass uns gleich nachsehen.«

Hinter hohen Sträuchern und Bäumen lag tatsächlich

eine kleine Reetdachkate. Fast wären sie an dem unscheinbaren Haus vorbeigelaufen. Die Kate war von der Straße zurückgesetzt errichtet worden, fast gänzlich versteckt hinter Büschen. Der Vorgarten wirkte auf den ersten Blick verwildert, und alles in allem machte das Häuschen einen ziemlich verlassenen Eindruck.

Mit klopfendem Herzen holte Malin das Foto aus ihrem Rucksack. »Das ist es!«, brach es aus ihr heraus. »Das ist es wirklich!«

»Bist du dir sicher?« Franzi lugte über ihre Schulter, um auch einen Blick auf die Aufnahme zu werfen.

»Ganz sicher!« Malin machte zwei Schritte zur Seite. »Der Fotograf muss damals ungefähr hier gestanden haben.« Sie strahlte ihre Freundin an. »Franzi, wir haben das Haus gefunden!«

»Donnerwetter!« Franzi schien für einen Moment sprachlos zu sein.

»Was sollen wir denn jetzt machen?« Unsicher ließ sie die Schultern sinken.

»Das, was wir besprochen haben, natürlich.« Franzi hatte sich wieder gefangen, verlagerte aber ungeduldig ihr Gewicht von einem Bein auf das andere. »Gucken, ob der Schlüssel passt. Das Klingeln können wir uns wohl sparen. Hier war schon länger keiner mehr.«

»Also gut.« Aus dem Seitenfach ihres Rucksacks beförderte Malin den Schlüssel zutage. Sie gingen auf die Kate zu, blieben aber einen Augenblick schweigend vor der Haustür stehen. Außer dem Wind, der um das Gebäude strich, war nichts zu hören.

»Hier wohnt jemand mit dem Nachnamen Witt.« Malin hatte neben der Klingel ein Namensschild entdeckt. Vorsichtig linste sie durch ein Fenster ins Haus, konnte jedoch keine Bewegungen ausmachen.

»Jetzt guck schon, ob der Schlüssel passt«, forderte Franzi ungeduldig.

»Ja, ja!« Mit vor Aufregung zitternder Hand steckte Malin den silbernen Schlüssel ins Schloss. Und tatsächlich. Er ließ sich nach rechts drehen, und mit einem klackernden Geräusch sprang die Tür auf.

»Mensch, Franzi! Wir haben das Haus tatsächlich gefunden«, flüsterte Malin.

Kapitel 6

»Das sieht auf den ersten Blick winziger aus als gedacht«, meinte Malin. Sie waren in der kleinen Diele stehen geblieben. Zögerlich schaute sie sich um. Sie fühlte sich wie ein Eindringlich in einem fremden Haus.

»Ein Palast ist größer«, stimmte Franzi ihr zu. »Trotzdem macht auch ein kleines Häuschen viel Arbeit. Bestimmt geht nach hinten raus noch ein Garten.«

»Wahrscheinlich. Für eine Seniorin reicht das allemal, um jeden Tag genug zu tun zu haben.« Ehrfürchtig betrachtete Malin das fremde Eigentum.

An einer Seite stand eine schmale Sitzbank aus Holz, daneben ein Schuhschrank aus Kirschbaumholz und eine Garderobe. Alles schien an seinem eigens für ihn bestimmten Platz zu sein.

Malin strich mit der Hand über die glatte Oberfläche des Schranks. »Hier wurde länger kein Staub mehr gewischt.« Sie zeigte ihrer Freundin ihre Finger, deren Kuppen nun dunkelgrau waren. Auf der anderen Seite der Diele hing ein Ganzkörperspiegel an der Wand, eine braune Matte lag auf dem Natursteinboden, auf der ordentlich ein Paar dunkle Damenschnürschuhe und violette Plüschpantoffeln nebeneinandergereiht waren.

Franzi legte den Kopf in den Nacken. »Die Zimmerdecken sind sehr niedrig. Dadurch wirkt der Raum noch gedrungener.« Sie stellte sich auf die Zehenspitzen und streckte den Arm nach oben aus. »Ich kann die Decke sogar berühren. Größere Menschen müssten wahrscheinlich aufpassen, sich hier nicht den Kopf zu stoßen.«

»Mir gefallen die grauen Bodenfliesen. Vermutlich verlegt man sie einmal, und dann halten sie ein Leben lang oder für immer.«

Franzi zog sich die Mützen vom Kopf und steckte sie in eine Jackentasche. »Damit liegst du wahrscheinlich richtig. So ähnliche Fliesen haben meine Tante und mein Onkel in ihrem Fachwerkhaus. Sie sind aus Sandstein, wenn ich mich richtig erinnere, und der Meinung meines Onkels nach robuster als Holz.«

»Ob Frau Witt hier irgendwo einen Zettel mit einer Telefonnummer hinterlassen hat, unter der wir sie erreichen können?«, dachte Malin laut nach.

»Vielleicht.« Franzi öffnete eine Tür, die ein leises Knarren von sich gab. »Hier geht es in die Küche.« Schon war sie in dem Raum verschwunden.

Malin folgte ihr und klatschte kurz darauf vor Begeisterung in die Hände. »Nein, ist das hübsch!« Bewundernd begutachtete sie die friesischen Küchenfliesen in Delfterblau, auf denen teilweise historische Motive abgebildet waren, die allesamt eine Verbindung zur Nordseeküste darstellten. Es gab Fliesen mit Leuchttürmen, Segelschiffen, Mühlen, Fischern und mythologischen Meeresfiguren. »Sieht irgendwie antik aus.«

»Passend zu den Küchenmöbeln und Geräten.« Franzi kratzte sich am Kopf. »So eine Küche hatten meine Großeltern auch mal. Die Einrichtung müsste aus den Anfangsjahren der Achtziger stammen.«

Malin nickte. »Stimmt! Meine verstorbenen Großeltern hatten auch so eine.«

»Aber der Herd und das Ceranfeld sehen moderner aus.«

»Wahrscheinlich wurden die Geräte im Laufe der Zeit mal erneuert.«

Franzi betätigte einen Schalter neben der Tür, und sogleich erhellte das warme Licht einer Deckenlampe den Raum. »Oh! Den Strom hat Frau Witt bisher nicht abstellen lassen. Sie scheint wirklich auf die Rettung durch unbekannt zu hoffen.«

Malin schaute Zeitungen durch, die auf einer Sitzbank sorgfältig aufeinandergestapelt lagen. »Das sind alles Ausgaben aus dem letzten Sommer.«

Franzi zog ein paar Schubladen auf und blickte hinein. »Besteck, Krimskrams, Scheren, Bonbons … oh, hier sind ein paar Briefe. Telefonrechnungen, adressiert an Frau Irma Witt. Na bitte! Nun kennen wir schon mal ihren vollen Namen. Das ist doch ein Anfang.«

Malin ging zu ihrer Freundin und besah das Schriftstück, das sie in der Hand hielt. »Vielleicht haben die Rechnungen Einzelverbindungsnachweise, und wir können so die Telefonnummer ihrer Tochter herausfinden. Ich kann mich daran erinnern, dass meine Eltern solche Auflistungen bei ihren monatlichen Rechnungen dabeihatten.«

»Hey, gute Idee. Das machen wir.« Sie drückte Malin ein paar Umschläge des Telefonanbieters in die Hand.

Eine Viertelstunde saßen sie einander gegenüber am Küchentisch und schauten die Rechnungen nach möglichen Hinweisen auf Listen mit Nummern durch. »Mist!« Malin kapitulierte irgendwann und steckte seufzend den letzten Schrieb zurück ins Kuvert. »Bloß reine Rechnungsaufstellungen, keine Nachweise.«

»Bei mir auch nicht«, sagte Franzi kopfschüttelnd. »Vermutlich zahlt Frau Witt jeden Monat einen festen Betrag, so wie alle anderen auch. Da sind gesonderte Auflistungen überflüssig.«

»Stimmt. Dadurch erübrigen sich Einzelnachweise. Wenn ich mich recht entsinne, ist es auch schon etliche Jahre her, dass meine Eltern diese Aufstellungen bekommen haben. Wahrscheinlich erhalten sie heute auch keine mehr. Ich habe sie nie danach gefragt.« Malin sammelte die Rechnungen zusammen und legte sie zurück an ihren Platz in der Schublade. »Das Ganze hat ein bisschen was von einer Schnitzeljagd oder von der Suche nach der berühmten Nadel im Heuhaufen.«

»Hoffentlich sind wir nicht auf einem Irrweg und enden in einer Sackgasse.« Franzi nahm einen Apothekenkalender von der Wand. »Das Kalenderblatt ist von Juni, aber es gibt nur Einträge zum Wetter.« Sie blätterte durch die vorherigen Monate. »Frau Witt hat jeden Tag protokolliert, wie das Wetter morgens, mittags und abends war. Inklusive Temperaturangaben. Aber es gibt keinerlei private Einträge.«

»Wir müssen weitersuchen.« Malin drückte die Schublade des Küchenschranks zu. »Irgendwo liegt vielleicht ein neuer Hinweis in Form eines Adressbuchs. Lass uns doch mal im Wohnzimmer nachsehen, da waren wir noch nicht.«

Die Wohnstube bot ein ähnliches Bild wie die Küche. Der Raum war ebenfalls nicht sonderlich groß, strahlte jedoch eine behagliche Gemütlichkeit aus. Die Möbel waren nicht neuer als die in der Küche, und die Wände hätten längst neu gestrichen werden müssen. In einer Ecke befand sich eine Rattancouch samt passendem Tisch, daneben stand ein Kachelofen, schräg gegenüber fand ein Esstisch mit vier Stühlen Platz. Neben dem Zugang zur Terrasse stand ein Sekretär, auf ihm waren gerahmte Bilder aufgestellt worden. Die Frauen sahen sie sich an und lächelten hoffnungsvoll.

»Ein Hochzeitsfoto.« Malin ging näher heran, um Details der Aufnahme besser erkennen zu können. Die Braut trug einen bunten Blumenkranz auf dem Kopf und strahlte in die Kamera. Ihr Ehemann lächelte ein wenig verschmitzt, doch auch ihm war anzusehen, wie viel ihm der Moment bedeutete. »Glücklich sehen die beiden aus.«

»Wie auch auf den anderen Fotos. Schau hier.« Franzi nahm eine der gerahmten Aufnahmen in die Hand. »Herr und Frau Witt bei der Taufe ihres Kindes. Oder hier.« Sie stellte das Foto zurück und zeigte auf den Rahmen daneben. »Bei der Einschulung ihrer Tochter. So schöne blonde Haare wie das Mädchen habe ich mir auch immer gewünscht.« Sie zog an einer ihrer braunen Haarsträhnen.

»Eine Familie wie aus dem Bilderbuch. Sehr sympathisch. Bestimmt hatten sie zusammen eine wunderbare Zeit in dem Haus – und nun soll all dies zu Frau Witts Lebzeiten verschwinden.« Malin seufzte. »So traurig darf die Geschichte einfach nicht für sie enden.«

Sie öffnete den Sekretär. Neben Schreibutensilien, Klebstoff und einem Teeservice aus Porzellan entdeckte sie noch einen Schuhkarton voller selbst gemalter Bilder von Kindern und Grundschulbücher. »Kein Adressbuch weit und breit. Aber Schulbücher.« Sie zeigte Franzi ein Mathebuch für die dritte Klasse, bevor sie es wieder zurücklegte und die Klappe des Sekretärs verschloss. »Normalerweise würde ich ja sagen, wir klingeln mal bei den Nachbarn an und fragen nach, ob sie was wissen. Aber mein Eindruck ist, Frau Witt hält eigentlich als einzige Einheimische auf dem Norderdeich die Stellung.«

»Noch sind wir nicht die ganze Straße abgelaufen. Es könnte also doch Nachbarn geben«, merkte Franzi an. »Falls nicht, müssen wir uns eben im Ort umhören, ob jemand Frau Witt kennt. Vielleicht finden wir so auch etwas über ihre Tochter heraus, oder jemand hat zufällig Kontakt zu ihr und kann uns eine Telefonnummer geben.«

»Das ist ein guter Plan«, fand Malin. »Wir waren allerdings noch nicht im Schlafzimmer. Dort könnte sich noch ein Hinweis verbergen.«

Auch im Schlafzimmer kamen sie mit ihrer Suche nicht weiter. In den beiden Nachtschränkchen, die neben einem hölzernen Ungetüm von Bett standen, entdeckten sie lediglich einen Elektrorasierer und einen Wecker, dazu noch ein paar Toilettenartikel, Medikamente und ein Buch mit Gedichten von Theodor Storm.

Malin schlug das Buch an der Stelle auf, die durch ein Lesebändchen markiert war. »Oh! Frau Witt scheint zuletzt ein Gedicht mit dem Titel *Das Weihnachtsfest* gelesen zu haben.«

»Und wir sorgen dafür, dass diese Weihnachten wieder ein Fest für sie werden kann.« Franzi nahm ein paar Pullover aus dem Kleiderschrank, schaute hinein und legte sie wieder ordentlich zurück. »Irgendwie ist es komisch, in den Sachen von fremden Leuten zu wühlen. Ich komme mir wie ein Einbrecher vor.«

»Wir wühlen ja nicht. Alles wird wieder so zurückgelassen, wie wir es vorgefunden haben«, versuchte Malin, die Gewissensbisse ihrer Freundin zu zerstreuen, wenngleich sie bereits ähnliche Gedanken gehabt hatte, als sie das Haus betreten hatten. Doch was sollten sie sonst tun, als Frau Witts Schränke unter die Lupe zu nehmen? Irgendwie mussten sie doch herausfinden, wo die alte Dame sich aufhielt. »Hier ist leider auch nichts«, sagte sie schließlich und schloss die Tür des Nachtschranks. »Das Bett ist ziemlich tief, oder? Nicht gerade praktisch für eine ältere Frau. Sogar ich bin froh, dass ich ein Boxspringbett habe.«

»Du bist ja auch eine Oma.« Franzi grinste sie provokant an.

»Ha, ha.« Malin verdrehte die Augen. Sie war ein halbes Jahr älter als Franzi, und das schmierte ihre Freundin ihr gerne gelegentlich aufs Brötchen.

»Dann bliebe nur noch das Badezimmer zu begutachten.«

Franzi verließ das Schlafzimmer, Malin folgte ihr. Das Bad lag gegenüber der Küche. Es war ebenfalls in die Jahre gekommen. Einige der hellblauen Fliesen hatten sich inzwischen von der Wand abgelöst, der Wasserhahn am Waschtisch tropfte. Als Franzi ihn aufdrehte, trat ein kräftiger Wasserstrahl hervor.

»Das Wasser funktioniert einwandfrei«, kommentierte sie das Offensichtliche. »Der Luftsprudler könnte verkalkt sein.«

Malin war vor der Badewanne stehen geblieben und stemmte die Hände in die Hüften. »Duschen kann man nur, wenn man es schafft, über den hohen Rand der Badewanne zu steigen. Das ist doch lebensgefährlich für eine ältere Frau. Hier müsste eine ebenerdige Dusche mit Sitzgelegenheit hin.«

Sie sprach ihre Gedanken weiter laut aus. »Das Haus ist in großen Teilen nicht seniorengerecht. Damit Frau Witt hier gut wohnen kann, müssten einige Dinge erneuert und renoviert werden. Eine Putzhilfe bräuchte sie auch, für den Garten einen Gärtner. Vielleicht wäre auch pflegerische Unterstützung angebracht. Wir wissen ja gar nicht, in welchem gesundheitlichen Zustand sie sich befindet.«

Nachdenklich ging sie ein paar Schritte auf und ab, bevor sie fest erklärte: »Unabhängig davon sollten wir eine Bestandsaufnahme davon machen, was alles renoviert oder erneuert werden müsste. Wir brauchen wenigstens einen groben Überblick, bevor wir uns ans Werk machen.«

Franzi schüttelte grinsend den Kopf. »Du bist ja süß. Wie sollen wir das denn alles bis Mittwoch schaffen? Das ist doch unmöglich. Außerdem wird es eine Menge Geld kosten, das Haus so weit auf Vordermann zu bringen, dass eine Seniorin problemlos klarkommt«, gab sie zu bedenken.

»Das ist mir klar. Aber ich habe mir vorgenommen, nicht abzureisen, bevor ich Frau Witts Wunsch erfüllt habe. Die Wände kann ich streichen. Ein paar Eimer Farbe kosten nicht so viel Geld. Den Garten kann ich auch in Ordnung bringen, und das Haus putze ich einmal gründlich durch.«

»Und der Rest? Ein neues Bett, eine seniorengerechte Dusche … oder am besten gleich ein neues Bad. Wie willst du das alles finanzieren? Oder hast du mir etwa einen Lottogewinn verheimlicht?«

»Unsinn!« Malin verzog den Mund. »Eins nach dem anderen. Wir fangen mit den Dingen an, die wir aus eigener Kraft bewerkstelligen können. Um den Rest mache ich mir später Gedanken. Kommt Zeit, kommt Rat.«

Franzi schüttelte abermals den Kopf über sie. »Du bist unverbesserlich, Malin. Aber du bist und bleibst meine beste Freundin. Also, na gut. Ich werde einen ersten Beitrag leisten und den Wasserhahn reparieren. Gut, dass mein Vater mir das früher beigebracht hat. Irgendwo gibt es bestimmt noch Werkzeug von Herrn Witt.«

Franzi sollte recht behalten. In dem Gartenhäuschen stand unter anderem ein alter Werkzeugkasten in einem Regal. Sie war damit im Bad verschwunden, während Malin sich einen Besen geschnappt hatte, um die Terrasse gründlich zu fegen. Danach machte sie sich mit Wasser und einem Schuss Spülmittel an die ersten Fenster. Dabei entdeckte sie zufällig eine kleine Einliegerwohnung in einem Anbau, in dem sie zuvor eine Garage vermutet hatte. Auf kaum mehr als zehn Quadratmeter schätzte sie die Größe des Miniappartements. Neben einer Nasszelle mit Waschbecken und Toilette verfügte die Unterkunft über einen Wohnschlafraum mit einer Klappcouch und einer integrierten Pantryküche. Das Bad und die Möbel schienen etwa zehn Jahre neuer zu sein als die Ausstattung des Haupthauses. Nicht schlecht, dachte Malin.

Sie vermutete, dass dies früher das Reich der Tochter gewesen sein könnte. Vielleicht waren hier später auch Feriengäste beherbergt worden, die auf Komfort nicht so viel Wert legten. Für zwei Personen war der Platz ausreichend.

Malin putzte das eine Fenster der Miniwohnung und schüttete danach das schmutzige Wasser in die Toilette. Mittlerweile zog der Abend über die flache Landschaft, und morgen war schließlich auch noch ein Tag.

Weiße Farbe wollte sie im Baumarkt besorgen. Frisch gestrichene Wände werteten eine Immobilie doch gleich auf. Sie stellte den leeren Eimer, in dem das nasse Fensterleder lag, neben dem schmalen Kleiderschrank ab. Bestimmt war nichts drin.

Malin öffnete ihn trotzdem und war überrascht. Statt gähnender Leere erwartete sie ein Stapel neben dem nächsten. Der Schrank war vollgestopft mit Kartons und Kisten, die unter anderem Weihnachtsschmuck enthielten. Teilweise waren es historische Stücke, die vermutlich von Generation zu Generation weitervererbt worden waren.

Gedankenverloren betrachtete Malin eine kunstvoll verzierte Christbaumspitze, als ihr plötzlich eine zündende Idee kam. Ein breites Lächeln legte sich auf ihr Gesicht.

Sie würde die Reetdachkate in ein Weihnachtshaus verwandeln.

Kapitel 7

Malin hatte die schönsten Teile des Weihnachtsschmucks auf dem Küchentisch arrangiert und wies triumphierend auf ihr Werk. »Frau Witt könnte eines der schönsten Weihnachtsfeste ihres Lebens bekommen. Und wenn wir es irgendwie hinbekommen, dass sie wieder zurück nach St. Peter-Ording kommt, könnte es auch ein wunderbarer Neuanfang für sie in ihrem hübschen alten Häuschen werden«, verkündete sie ihrer Freundin.

»Das klingt nach einem zauberhaften Weihnachtswunder, was du dir, so wie ich dich kenne, fest in den Kopf gesetzt hast.« Franzi begutachtete eine Porzellan-Christbaumkugel, die kunstvoll mit einem Schaukelpferd bemalt worden war.

Malin hob überrascht die Augenbrauen. »Willst du es mir denn gar nicht ausreden, weil es zu unrealistisch ist?«

»Nö.« Franzi legte die Christbaumkugel zurück in eine Schachtel.

»Warum? Sonst holst du mich doch immer auf den Boden der Tatsachen zurück.«

»Dieses Mal eben nicht.« Sie seufzte. »Ich wünsche mir nämlich genauso wie du, dass dieses Weihnachtswunder in Erfüllung geht. Auch wenn ich überhaupt keine Ahnung habe, wie es uns gelingen könnte.« Sie wirkte nachdenklich. »Weißt du, ich möchte einfach daran glauben, dass es geschehen wird und Frau Witt in ihrem Zuhause noch viele schöne und glückliche Jahre verbringen kann – auch wenn ich den Weg dahin nicht kenne. Auf meine Hilfe kannst du in jedem Fall zählen. Allerdings müsste ich am Mittwoch erst mal nach Wuppertal zurückfahren.«

»Ich fahre dich natürlich«, sagte Malin, ohne lange zu überlegen.

»Quatsch! Ich nehme den Zug, und du bleibst schön hier. Es gilt keine Zeit zu verschwenden«, erklärte Franzi entschieden. »Ich werde mit Lukas sprechen und zwischenzeitlich immer wieder hier aufkreuzen, um dir zu helfen. Im Zug kann ich problemlos am Laptop arbeiten, und die Zeit vergeht dabei wie im Flug. Ab dem 13. Dezember haben wir doch eh unser Büro bis ins neue Jahr geschlossen und können beim Projekt *Weihnachtswunder Witt* richtig Gas geben. Lukas hat erst ab dem Einundzwanzigsten frei. Auf ihn können wir leider nicht bauen.«

»Ach, ich bin so froh, dass ich immer auf dich zählen kann! Egal, was für verrückte Einfälle ich habe.« Malin nahm die Hände ihrer Freundin und drückte sie dankbar. »Was würde ich nur ohne dich machen, Franzi?« Sie lächelte sie an. Franzi war mehr als ihre beste Freundin. Im Grunde war sie die Schwester, die sie sich immer gewünscht hatte.

Ihre Freundin wirkte ein wenig ergriffen und räusperte sich umständlich. »Jetzt wollen wir aber nicht rührselig werden, meine Liebe, sonst kommen mir gleich noch die Tränen.«

Ein lautes Klingeln ließ sie aufschrecken. Verwundert schauten sie sich an.

»Was war das?«

»Ich glaube, es hat an der Tür geklingelt«, flüsterte Malin und fühlte sich ertappt.

»Vielleicht ist es jemand, der Frau Witt kennt«, vermutete Franzi.

»Das wäre der rettende Hinweis.« Malin nickte, lief zur Haustür und öffnete sie schwungvoll. Eine Frau und ein Junge standen vor ihr. »Guten Abend.«

»Guten Abend.« Die Frau wirkte verunsichert und versuchte, an ihr vorbei ins Innere des Hauses zu schauen. »Entschuldigen Sie bitte die Störung, wir sind gerade mit dem Auto hier vorbeigekommen und haben Licht brennen sehen. Wir dachten, Frau Witt wäre vielleicht wieder zurück …?«

Bedauernd sah Malin sie an. Vermutlich wussten sie beide gleich wenig über den Verbleib von Frau Witt. »Leider nicht. Aber kommen Sie doch rein. Draußen ist es ziemlich kalt und windig.«

»Danke.« Die Frau schob den Jungen vor sich in die Stube und zog dann die Tür ins Schloss.

»Kennen Sie Frau Witt gut?«, erkundigte Malin sich.

»Oh ja. Mein Sohn Mika ist bis Ende letzten Schuljahres zur Hausaufgabenbetreuung von Frau Witt gegangen«, erzählte die Frau.

»Ach, deswegen liegen in dem Schrank Schulbücher«, merkte Franzi an, die nun zu ihnen in die Diele trat und die Besucher mit einem Lächeln begrüßte.

»Ja, ja. Frau Witt ist pensionierte Grundschullehrerin. Sie war früher auch meine Klassenlehrerin, und mein Bruder hatte sie zwei Jahre im Mathematikunterricht. Wir kennen sie, seit wir Kinder waren. Ich glaube, sie kannte zur damaligen Zeit alle Schüler, die es in St. Peter gab. Jedem hat sie mal irgendwann was beigebracht.«

»Kommt Frau Witt bald wieder? Ich möchte ihr doch erzählen, wie es mir auf dem Gymnasium gefällt«, schaltete sich Mika nun ins Gespräch ein.

»Das hoffen wir.« Malin lächelte ihn an, dann schaute sie zu seiner Mutter. »Entschuldigung, wir haben uns noch gar nicht vorgestellt. Ich bin Malin Ewald, und das ist meine Freundin Franziska Winkler.«

»Sanne Telöken.« Sie schüttelte ihnen die Hände. »Ich muss gestehen, ich bin etwas verwirrt, Sie hier anzutreffen. Hat Frau Witt denn das Haus an Sie verkauft?«

»Nein, nein. Vielleicht setzen wir uns eben in die Küche. Dann können wir alles aufklären«, schlug Malin vor.

»Sehr gern.«

Während Malin und Franzi ihre unglaubliche Geschichte erzählten, kam Sanne Telöken aus dem Kopfschütteln nicht mehr heraus. »Das ist ja total verrückt. Aber irgendwie passt es zu Frau Witt. Sie war schon immer sehr kreativ, ihr Unterricht war oft recht unkonventionell. Eigentlich sollte es mich da nicht wundern, dass sie zu solchen Mitteln greift.«

»Für uns war es bisher auch ein Abenteuer. Das Haus haben wir vorhin erst ausfindig gemacht. Wir hatten nur dieses Foto mit den verblassten Notizen auf der Rückseite.« Malin zeigte Sanne Telöken die alte Aufnahme.

»Ach, das sind Frau und Herr Witt mit ihrer Tochter«, sagte Mikas Mutter. »Das Foto ist bestimmt schon vierzig Jahre alt.«

»Wir haben gehofft, Hinweise zu ihrem Aufenthaltsort zu finden. Leider haben wir bis jetzt keine weiteren Anhaltspunkte. Wissen Sie eventuell, wohin sie gefahren sein könnte?«, fragte Malin hoffnungsvoll. »Sie schrieb nur, dass sie zu ihrer Tochter fährt.«

»Nein, leider nicht. Soweit ich weiß, wohnt die Tochter irgendwo in Süddeutschland. Allerdings kenne ich nicht den aktuellen Wohnort. Ich weiß nur, dass sie mehrmals wegen ihres Jobs umgezogen ist.«

Sie faltete die Hände und betrachtete ihren Sohn, der neben ihr am Tisch saß. »Aber nun ergibt ihr ausweichendes Verhalten Sinn. Als Mika sie fragte, ob er auch in diesem Schuljahr zum Hausaufgabenmachen kommen könne, hat sie nicht direkt geantwortet …« Sie strich ihrem Sohn sanft über den Kopf. »Das ist ja wirklich eine verrückte Geschichte. Ich frage mich nur, warum sie mir nie von ihren Problemen erzählt hat. Sie hat so viel für so viele St. Peteraner getan. Bestimmt hätten wir gemeinsam eine Lösung gefunden, damit sie in ihrer Fischerkate bleiben kann. Es wäre nur gerecht gewesen, denn Frau Witt ist im Ort sehr beliebt, müssen Sie wissen. Ich kann mir St. Peter-Ording gar nicht ohne sie vorstellen. Sie war immer da, solange ich denken kann. Mika und ich konnten es nicht glauben, als sie auf einmal weg war …«

Hoffnung schimmerte in ihren Augen, als sie den Blick nun auf Malin richtete. »Und Sie wollen wirklich Frau Witts Kate retten? Ich meine, immerhin kennen Sie sie überhaupt nicht.«

Malin nickte entschlossen. »Wir werden alles tun, was in unserer Macht steht, um ihr zu helfen. Dazu müssen wir sie nicht kennen. Es reicht ja, dass der Koffer seinen Weg zu mir gefunden hat.« Ihr Gefühl sagte, dass das Schicksal sie nicht grundlos nach St. Peter-Ording geführt hat, verstärkte sich. Instinktiv spürte sie, dass sie auf dem richtigen Weg war. Irgendetwas Wichtiges schien hier auf sie zu warten. »Allerdings wäre es hilfreich herausfinden, wie Frau Witt kontaktiert werden kann. Sie ahnt bis jetzt wohl nicht, dass inzwischen jemand ihr Häuschen gefunden hat. Vielleicht hat sie die Hoffnung schon aufgegeben …«

»Wissen Sie zufällig, mit wem Frau Witt näheren Kontakt hatte?«, fügte Franzi hinzu. »Gibt es vielleicht eine gute Freundin, an die wir uns wenden könnten?«

»Sie hat sich häufig mit gleichaltrigen Frauen im Ort getroffen, glaube ich. Aber das ist nichts Besonderes. Wie ich schon erwähnte, sie ist bekannt in St. Peter. Schwer zu sagen, wer zu ihren wirklich engen Kontakten zählt.« Sanne Telöken überlegte einen Augenblick, bevor sie sich etwas mehr aufrichtete. »Ich könnte mal meinen Bruder fragen, ob er was weiß. Durch seine Arbeit bekommt er viel mit und trifft allerhand Leute. Es würde mich nicht wundern, wenn er auch über Frau Witts engeren Freundeskreis Bescheid weiß. Einen Versuch ist es auf jeden Fall wert.«

Malin lächelte. »Es ist sehr nett von Ihnen, dass Sie uns Ihre Hilfe anbieten. Das Angebot nehmen wir natürlich liebend gern an.«

»Das ist doch selbstverständlich. Mir ist ja auch sehr daran gelegen, sie zu finden.« Sanne Telöken grinste. »Und wenn Frau Witt zurückkommt, kann Mika wieder mit ihr üben.« Sie lächelte ihren Sohn an.

»Am besten kommt Frau Witt vor der nächsten Mathearbeit zurück«, meldete sich Mika zu Wort. »Dann wird das eine Eins.«

Franzi musste lachen. »Das ist ja noch ein triftiger Grund mehr, warum wir sie aufspüren und zurückbringen müssen.«

Wenig später brachen Sanne Telöken und ihr Sohn auf. Beim Abschied bekräftigte Mikas Mutter, dass sie gleich am nächsten Tag ihren Bruder befragen würde, und ließ sich Malins Handynummer geben. »Sobald ich etwas in Erfahrung gebracht habe, melde ich mich«, versprach sie.

Malin räumte den Weihnachtsschmuck zurück in den Schrank, während Franzi ein letztes Mal den reparierten Wasserhahn im Bad überprüfte. Danach machten sie sich auf den Rückweg zum Hotel. Die Straßenbeleuchtung warf Licht auf den Weg. Es war inzwischen so dunkel geworden, dass sie im Wald und auf dem Deichweg die Taschenlampe aus Malins Wagen gebraucht hatten.

»Was für ein ereignisreicher Tag. Noch am Morgen hätte ich nicht für möglich gehalten, dass wir das Haus finden werden. Ich war sogar ein bisschen hoffnungslos, als wir den Nordergeest vergeblich abgesucht hatten«, gab Malin zu.

Franzi lachte. »Das ist so typisch für dich. In deiner Welt muss alles immer sofort klappen, sonst wirfst du die Flinte ins Korn. Das war damals in der Schule schon so.«

Sie nickte lächelnd. »Stimmt. Entweder ich habe den Schulstoff sofort kapiert, oder ich wollte nichts davon hören. Gelernt habe ich nie als Schülerin.«

»Beneidenswert.« Franzi zog einen Mundwinkel nach oben.

Als sie das Hotelrestaurant erreicht hatten, hielt Franzi ihr die Tür auf. Leckerer Essensduft empfing sie. »Ich weiß ja nicht, wie es dir geht, aber mein Magen hängt mir in den Kniekehlen. Ich muss unbedingt was essen.«

»Oh ja! Jetzt, wo du es sagst, merke ich erst, wie hungrig ich bin.« Sie betraten das Restaurant und fanden einen freien Tisch. Ihre Jacken legten sie auf einen freien Stuhl neben sich.

»Als wir in Frau Witts Haus waren, habe ich alles um mich herum vergessen«, gestand Malin. »Und als dann noch Frau Telöken mit ihrem Sohn aufgetaucht ist, war Essen so ziemlich das Letzte, was mir in den Sinn gekommen wäre.«

Franzi setzte sich und nahm gleich die Speisekarte zur Hand. »Was für ein verrückter Zufall.«

»Meinst du, die Begegnung führt uns zu dem fehlenden Schnitzel, um endlich Kontakt zu Frau Witt zu bekommen?«

»Na klar, es könnte gut möglich sein. Und ich hoffe es.«

Franzi schaute wieder in die Speisekarte. »Apropos Schnitzel. Wiener Schnitzel mit Bio-Karotten-Rahmgemüse und Bio-Kartoffelstampf, das klingt doch ziemlich gut. Das nehme ich.« Sie klappte die Karte zu.

»Ich schließe mich an.« Malin hob einen Finger. »Dazu spendiere ich uns zwei Gläser Roséwein. Zum Anstoßen, auf unseren heutigen Etappensieg und auf Frau Witt. Möge sie bald wieder nach St. Peter-Ording zurückkehren.«

Es war kurz nach Mitternacht, als Malin per E-Mail das letzte fertige Projekt für dieses Jahr an ihren Kunden schickte. Sie war innerlich viel zu aufgekratzt, um müde zu sein. In Gedanken spielte sie immer wieder die Ereignisse des Tages durch.

Ein möglicher Kontakt zu Frau Witt schien ihr fast zum Greifen nah zu sein. Am liebsten hätte sie im Internet nach ihr gesucht, doch Malin war klar, dass eine alte Dame wohl kaum ein Profil bei Facebook oder Instagram hatte.

Hätte sie wenigstens den Vornamen der Tochter gekannt, hätte sie eventuell schon mehr erreicht. Wobei sie womöglich längst geheiratet und ihren Mädchennamen abgelegt hatte.

Malin trommelte ungeduldig mit den Fingern auf dem Schreibtisch und schaute auf ihr Handy – das keine neue Nachricht anzeigte.

Geduld gehörte wirklich nicht zu ihren Stärken.

Einfach um irgendetwas zu tun, gab sie den Nachnamen

Witt trotzdem in eine Suchmaschine ein. Ein paar Minuten später hatte sie zumindest recherchiert, dass es diesen Familiennamen ganze zehntausendvierhundertundsechsmal in Deutschland gab. Das brachte sie nicht weiter, wie erwartet.

Letztendlich klappte sie seufzend den Laptop zu, ging zu der großen Fensterfront vor dem Balkon und schaute hinaus in die Nacht. Über den Salzwiesen lag dichter Nebel. Das Licht der gelben Laternen, die die Seebrücke beleuchteten, schimmerte nur schemenhaft durch den dichten Dunst. Es herrschte eine schaurig-schöne Stimmung, die sie tief in sich hineinhorchen ließ. Sie konnte es nicht genau erklären, doch schien die Suche nach Frau Witts Haus auch eine sehr persönliche Bedeutung für sie zu haben. Es fühlte sich für sie an, als käme sie dabei auch sich wieder ein Stück näher. Die alte Malin hatte immer an das Gute geglaubt, während sie in den letzten Jahren stets Zweifel geplagt hatten. Sie sehnte sich nach dieser unbekümmerten Art zurück, die sie viele Jahre durch ihr Leben getragen hatte. Als sie vor Frau Witts Haus gestanden hatte, hatte sie für einen kurzen Augenblick wieder diese positive Grundstimmung verspürt, die sie schon fast verloren geglaubt hatte. Sie stellte für sich fest, dass St. Peter-Ording ihr unglaublich gut gefiel und hatte den Eindruck, dass der stürmische Wind schon einigen Ballast von ihrem Herzen geweht hatte, der sich dort in den letzten Jahren hartnäckig festgesetzt hatte. Wenn ich mich nun noch in ein wenig mehr Geduld übe, wird alles gut werden, sagte sie sich, atmete tief ein und ging zu Bett.

Kapitel 8

Am nächsten Morgen rieb sich Malin müde über die Augen. Durch den Spalt zwischen den Vorhängen drang ein heller Sonnenstrahl. Es deutete alles auf einen weiteren wunderschönen Wintertag in St. Peter-Ording hin.

Mit frischem Elan schwang sie die Beine aus dem Bett. Als sie kurz darauf die Vorhänge zur Seite zog, traute sie für einen Moment ihren Augen nicht.

Über Nacht hatte es geschneit. Die Salzwiesen lagen wie mit weißem Zuckerguss überzogen vor ihr, die gelben Laternen trugen Schneemützen, und auf der Seebrücke wurde ein Weg in der Mitte für Spaziergänger freigeräumt. Der Anblick der traumhaften Winterlandschaft öffnete Malins Herz ganz weit. Sie spürte eine bisher ungekannte Freiheit in sich, gepaart mit einer freudigen Aufbruchsstimmung.

In diesem Moment empfand sie tiefste Dankbarkeit, dass sie jetzt hier sein konnte. Alles schien möglich zu sein, allen Widerständen zum Trotz.

Sie nahm ihr Smartphone, um ihren Tatendurst zu nutzen und direkt nach einem Baumarkt in der Nähe zu suchen. Als sie ein Geschäft entdeckt hatte, stellte sie fest, dass sie am vorherigen Tag schon in der Nähe gewesen war.

Lächelnd blickte sie abermals aus dem Fenster und genoss den Anblick des blauen Himmels über der Nordsee und das Sonnenlicht, das von der weißen Schneepracht reflektiert wurde. Tief in sich hatte sie das Gefühl, dass es nicht mehr lange dauern würde, bis der Kontakt zu Frau Witt hergestellt war.

Am liebsten wäre Malin gleich nach dem Frühstück zum Baumarkt gefahren, um die notwendigen Utensilien für die Renovierungsarbeiten zu besorgen. Doch Franzi hatte darauf bestanden, zuerst einen kleinen Verdauungsspaziergang zu unternehmen.

Franzi lief rückwärts vor ihr auf der Seebrücke her. Sie hatte die Arme ausgebreitet und lächelte. »Ein paar Genussmomente dürfen wir uns auch gönnen. Der Himmel hat so ein klares Blau wie in den Bergen. Es ist einfach superromantisch hier. Findest du nicht?«

»Und wie! Die weißen Dünen sehen tatsächlich ein bisschen wie ein kleines Gebirge aus.« Malin blinzelte gegen das Sonnenlicht an. »Ich glaube, ich bin gerade dabei, mich in St. Peter-Ording zu verlieben.«

»Eine kleine Schwärmerei ist total in Ordnung. Nur verliebe dich nicht Hals über Kopf«, mahnte Franzi mit erhobenem Zeigefinger, lächelte jedoch dabei.

»Wieso?«

»Na, weil du am Ende sonst noch hierbleibst und ich mit Lukas Hunderte von Kilometern entfernt bin.«

Malin schüttelte lachend den Kopf. »Ich kann für nichts garantieren.« Sie blieb stehen, lehnte sich mit dem Oberkörper über das Geländer und ließ den Blick über die verschneite Marschlandschaft gleiten. »Eine Zweigstelle unseres Büros in St. Peter-Ording, das wäre was. Ich wollte schon immer gern am Meer arbeiten.«

Franzi trat neben sie. »Ob ich hier so produktiv wäre, weiß ich nicht. Dafür ist der Strand viel zu nah. Es ist doch weitaus verlockender, im Strandkorb zu sitzen als vor einem Computer.« Sie zog sich ihre Wollmütze tiefer über die Ohren. »Außer bei diesen kalten Temperaturen natürlich.«

»Oder du nimmst deinen Laptop mit an den Strand«, schlug Malin vor.

»Das wäre eine Möglichkeit.« Franzi blickte einer Möwe nach und schaute dann zu Malin. »Was müssen wir nachher im Baumarkt besorgen?«

Malin musterte ihre Freundin und dachte daran, wie glücklich sie sich schätzen konnte, sie zu haben. Franzi hätte mit Sicherheit lieber Geocaches gesucht oder einen Wellnesstag mit ihr verbracht. Aber ihr zuliebe renovierte sie jetzt Frau Witts alte Fischerkate. »Alles zum Streichen. Farbe, Pinsel, Klebeband, Abdeckfolie, ein Abstreifgitter und so weiter. Das Haus ist wirklich nicht besonders groß. Ich könnte in ein paar Tagen mit den Malerarbeiten fertig sein, wenn ich mich ranhalte. Was hast du dir vorgenommen?«

»Ich dachte, ich bringe die Fliesen wieder an, die sich im Bad gelöst haben, und dichte sie ab.«

»Gute Idee, Handwerksmeister-Tochter«, lobte Malin.

»Finde ich auch.«

»Mit Fliesen kenne ich mich überhaupt nicht aus. Ich wüsste gar nicht, wie das funktioniert.«

»Es hat durchaus seine Vorteile, wenn der Vater einen Handwerksbetrieb hat. Damals als Kind wollte ich unbedingt alles von ihm lernen. Heute zahlt es sich für mich aus, dass ich so wissbegierig war und mein Vater mir vieles beigebracht hat. Ich kann so einiges in der Wohnung selbst erledigen und spare Geld. Lukas hat dafür zwei linke Hände, aber als Assistent macht er sich inzwischen auch ganz gut.«

»So hat jeder seine Talente, ihr beide ergänzt euch gut.« Malin nahm ihr Handy aus der Jackentasche. »Hoffentlich meldet sich Frau Telöken bald mit guten Nachrichten.«

»Bestimmt wird sie was herausbekommen. Du hast doch gehört, Frau Witt ist hier bekannt wie ein bunter Hund. Da wäre es doch höchst ungewöhnlich, wenn niemand etwas über ihre Tochter wüsste. Anders wäre es, wenn die Frau ein zurückgezogenes Leben geführt und wenig Sozialkontakte gepflegt hätte.«

»Das ist ja leider bei vielen älteren Menschen der Fall«, warf Malin ein und dachte dabei an ihre verstorbene Großmutter Lore, die am Ende ihres Lebens nicht mehr die Wohnung verlassen hatte, weil sie kaum mehr hatte laufen können.

Franzi nickte. »Leider. Aber glücklicherweise nicht bei Frau Witt.« Sie schüttelte sich und bibberte. »Lass uns mal zurückgehen. Mir wird langsam kalt.«

Malin fuhr langsam auf den Parkplatz des Baumarktes am Bövergeest. »Bin ich froh, dass ich seit Mitte Oktober meine Winterreifen drauf habe. Die Fahrt hätte sonst rutschig werden können.«

»Da sagst du was! Mit Schnee habe ich an der Nordsee im Leben nicht gerechnet. Eher mit durchwachsenem Schietwetter.« Franzi reckte den Hals. »Auch nicht damit, dass hier montags so viel los ist. Da vorne ist, glaub ich, noch eine Lücke.«

»Kunststück. Es gibt ja bloß zehn Parkboxen. Die sind schnell besetzt.« Malin fuhr zwischen einem Kastenwagen und einem Pick-up auf eine der gekennzeichneten Parkflächen.

Im Baumarkt nahm jede von ihnen einen Einkaufswagen, weil sie in verschiedene Abteilungen mussten, um das geplante Material zu besorgen.

Malin schlenderte gemächlich durch einen der Gänge und hielt Ausschau nach Farbeimern und Malerzubehör. Dabei musste sie die Gartenabteilung durchqueren. Die Regale waren voll mit weihnachtlich gestalteten Blumentöpfen. Einige glitzerten in Gold und Silber, andere hatten Motive mit Engeln, geschmückten Tannenbäumen oder dem Nikolaus.

In der Luft lag der Duft von Erde und frischem Holz, sodass Malin wieder an ihren Waldspaziergang denken musste. Irgendwo plätscherte leise ein Springbrunnen, und aus einem Lautsprecher erklangen Weihnachtsmelodien.

Weil sie Zeit hatte, sah sie sich in der Gartenabteilung um. Ihr Blick fiel auf einen Mann, der seinerseits ein Holzbrett begutachtete. Er hatte hellblondes Haar, das ihm leicht ins Gesicht fiel, trug einen lässigen Parka und lockere Jeans – Typ Surfer, dachte Malin. Sie konnte nicht anders, als ihn aus den Augenwinkeln zu beobachten, während er ein Maßband aus seiner Jackentasche beförderte und damit die Länge des Holzbretts überprüfte. Er schien ganz ins Ausmessen vertieft zu sein.

Langsam näherte sie sich ihm, blieb in seiner Nähe stehen und blickte sich suchend um. Bevor sie einen weiteren Gedanken fassen konnte, sprach sie ihn an. »Entschuldigen Sie bitte, wissen Sie zufällig, ob es hier irgendwo Christsterne zu kaufen gibt?«

Er schaute von dem Holzbrett auf, und ein warmes Lächeln breitete sich auf seinem Gesicht aus, seine blauen Augen funkelten dunkel. »Moin! Christsterne gibt es, glaube ich, bei der Erde, neben Dünger und Mulch. Wissen Sie, wo das ist?«

Seine Stimme hatte einen angenehmen Klang, der ein wohliges Gefühl in ihr auslöste. Malin schüttelte den Kopf. »Leider nein. Ich bin zum ersten Mal hier.«

»Ach so. Ich kann Sie zu den Pflanzen führen, wenn Sie möchten.« Er legte das Holzbrett zurück auf den Stapel und lächelte sie abwartend an.

Malin konnte nicht anders, als ihn auch anzulächeln. »Ja, gerne. Das ist aber sehr nett!«

Während sie zusammen in die Pflanzenabteilung gingen, spürte Malin ein Kribbeln im Bauch, wie sie es seit Jahren nicht mehr erlebt hatte.

»Sie mögen also Christsterne?«, fragte er.

»In der Weihnachtszeit gehören sie doch dazu. Genau wie ein Adventskranz. Finden Sie nicht?«

»Kommt drauf an. In meiner Wohnung gibt es nicht viele Pflanzen. Ich habe zwei Katzen, und Weihnachtssterne sind giftig. Wenn sie sie anknabbern, wäre es nicht so gut.« Er lachte auf und unterstrich seine Worte mit Gesten. »Dafür stehen bei mir einige Töpfe mit Katzengras rum.«

»Ah, ich verstehe. Ich hatte als Kind auch mal Katzen.« Je mehr sie redeten, umso stärker fühlte sie sich zu ihm hingezogen. Es war fast schon magisch und erinnerte sie an frühere Zeiten, in denen sie sich auf den ersten Blick hatte verlieben können. Dieser Mann hatte ein faszinierendes Lächeln und strahlte eine Vertrautheit aus, dass sie sich unsinnigerweise fragte, ob sie sich von irgendwoher kannten. Dabei wusste sie, dass das ausgeschlossen war.

Als sie bei den Christsternen angekommen waren, hob er zwei Töpfe mit Pflanzen hoch. »Welche Farbe darf es denn für Sie sein? Leuchtendes Rot oder Weiß mit rosa Akzenten?«

»Hm, schwer zu sagen.« Malin fasste sich lächelnd ans Kinn. »Welche würden Sie denn nehmen – wenn Sie keine Katzen hätten?«

»Ich finde die Kombination aus Rot und Weiß perfekt. Das bringt Farbe und Freude!«, erklärte er mit einem Augenzwinkern.

Malin konnte nicht anders, als noch breiter zu lächeln. »Ich denke, ich werde sie beide nehmen«, antwortete sie, und ihr Herz schlug ein wenig schneller.

Er lächelte sie schief an. »Eine sehr gute Wahl.« Ohne zu zögern, stellte er beide Blumentöpfe in ihren Einkaufswagen.

»Ich hatte ja auch einen guten Berater«, entgegnete Malin. »Danke dafür.«

»Sagen Sie das nicht zu laut, sonst wollen die mich hier noch einstellen«, raunte er ihr mit einem charmanten Grinsen zu. »Dann viel Spaß mit den Weihnachtssternen!«

»Danke. Und hoffentlich finden Sie ein passendes Holzbrett«, sagte sie noch, bevor sich ihre Wege trennten.

Während Malin mit einem breiten Lächeln beschwingt die Christsterne durch den Baumarkt schob, konnte sie nicht aufhören, an ihre Begegnung mit dem Mann zu denken. Sie war so in Gedanken, dass sie fast mit Franzi zusammengestoßen wäre.

»Huch!« Franzi machte mit ihrem Einkaufswagen eine Vollbremsung. »Das war aber knapp.«

»Ist ja nichts passiert.« Malin lächelte sie bloß gelassen an.

Franzi schaute in ihren Einkaufswagen und zog die Augenbrauen zusammen. »Weihnachtssterne? Wolltest du nicht eigentlich Farbeimer und Pinsel besorgen?«

Schulterzuckend antwortete Malin: »Ich war gerade im Begriff, in die Malerabteilung zu gehen. Aber ich dachte, zu einem richtigen, gemütlichen Weihnachtshaus gehören auch passende Pflanzen. Ist dir nicht aufgefallen, dass es keine einzige Blume in Frau Witts Haus gibt?«

Malin steuerte mit ihrem Wagen nun zielstrebig auf die Abteilung für Farben und Lacke zu. Dass sie gerade einen höchst interessanten Mann getroffen hatte und er in Wirklichkeit der Grund dafür war, weswegen die Christsterne in ihrem Einkaufswagen gelandet waren, wollte sie Franzi noch nicht verraten. Beste Freundin hin oder her, die Begegnung wollte sie eine Weile ganz für sich allein auskosten, bevor sie jemandem davon erzählte.

Im Vorbeigehen warf sie einen Blick zu dem Stapel von Holzbrettern, doch der Mann war inzwischen verschwunden.

Kapitel 9

Konzentriert, nichts anzustoßen, trug Malin eine Trittleiter, die sie im Schuppen neben der Terrasse entdeckt hatte, in die Küche.

»Bevor du mit der Streicherei loslegst, rücken wir aber noch sämtliche Möbel von den Wänden ab«, verkündete Franzi.

Sie nickte. »Zuallererst müssen die Gardinen abgehängt werden.« Behutsam stellte sie die Leiter neben einem Fenster auf, stellte sich auf die mittlere Stufe und begann, die karierten Vorhänge abzunehmen. Dabei bekam sie einen Hustenanfall. »Meine Güte! Was sind die Dinger staubig!«, krächzte sie. »Die Vorhänge müssen gleich in die Waschmaschine.«

Franzi hielt ihr bereitwillig einen Wäschekorb entgegen, in den sie die Gardinen legen konnte. »Findest du nicht auch, dass der Kühlschrank ziemlich laute Geräusche von sich gibt?«

Malin stieg von der Leiter und ließ den letzten Vorhang in den Korb gleiten. »Hm, jetzt, wo du es sagst.« Sie horchte einen Moment, ging dann zum Eisschrank und öffnete ihn. Prüfend hielt sie die Hand in den leeren Kühlschrank. »Er ist nur mäßig kalt.« Dann zog sie die

Tür zum Gefrierschrank auf. »Puh! Das Teil ist komplett vereist.«

Franzi kam zu ihr und stemmte beide Hände in die Hüften. »Das dachte ich mir. Ich fürchte, wir müssen einen neuen Kühlschrank auf unsere Liste setzen. Dieser ist schon längst über seine reguläre Lebenszeit hinaus.«

Malin schürzte die Lippen. »Das wird teuer. Aber ohne einen funktionierenden Kühlschrank kann Frau Witt hier unmöglich wohnen.« Schwungvoll hob sie den Wäschekorb vom Boden hoch. »Hoffentlich funktioniert die Waschmaschine wenigstens.«

Während die Gardinen wuschen, begannen sie, die Möbel im Wohnzimmer abzurücken.

»Zum Glück fehlt der obligatorische Barockschrank aus antikem Eichenholz«, merkte Franzi an, nachdem sie das Sofa in die Mitte des Raumes geschoben hatten. »Den hätten wir kaum ohne zusätzliche Hilfe bewegen können.«

»Oh, mein Handy vibriert.« Malin zog das Telefon aus ihrer Jeanstasche und wischte mit einem Finger über den Bildschirm. »Frau Telöken ist in der Nähe und fragt, ob sie vorbeikommen kann.«

»Dann hat sie bestimmt neue Nachrichten über Frau Witt! Das ist ja super«, vermutete Franzi.

»Das hoffe ich«, sagte Malin, während sie zurückschrieb.

Hallo, Frau Telöken,
wir sind im Reetdachhaus. Kommen Sie gern vorbei.
Viele Grüße und bis gleich!

Es dauerte keine zehn Minuten, bis Sanne Telöken in der Diele des Hauses stand. »Ich komme gerade von meinem Bruder. Leider bin ich mit meinen Nachforschungen noch nicht weitergekommen«, begann sie ohne Umschweife. »Er wusste nichts Genaues, hat mir aber versprochen, sich bei seinen Kollegen zu erkundigen. Da sind einige älteren Semesters dabei, deren Ehefrauen nähere Informationen haben könnten. Wir müssen uns noch eine Weile gedulden. Ich hoffe, Sie sind jetzt nicht allzu enttäuscht.« Bedauernd ließ sie den Blick von einer zur anderen schweifen.

Malin zuckte mit den Schultern und lächelte. »Mühsam ernährt sich das Eichhörnchen, oder wie heißt der Spruch noch mal? Hauptsache, es ergibt sich irgendwann eine Möglichkeit für eine Kontaktaufnahme.« Das Treffen im Baumarkt wirkte in ihr positiv nach, wie ihr bewusst wurde. Unter normalen Umständen wäre nun ihre Ungeduld durchgebrochen.

Franzi fiel es ebenfalls auf, sie runzelte die Stirn. »Die Nordseeluft scheint dich gelassener zu machen.«

»Ich bin einfach optimistisch, dass am Ende alles gut werden wird.«

»Das bin ich auch«, pflichtete Sanne Telöken ihr lächelnd bei und folgte den beiden in die Küche. »Gibt es denn irgendeine Arbeit im Haus, bei der ich mich noch mit einbringen kann?«

Franzi verzog den Mund. »Wir haben gerade festgestellt, dass der Kühlschrank scheintot ist. Falls Sie zufällig ein neueres Fabrikat bei sich zu Hause rumstehen haben, das nicht gebraucht wird, wir würden es mit großer Dankbarkeit nehmen.«

»Bei mir nicht direkt. Aber ich frage mal bei meinen Bekannten nach, die Ferienwohnungen in St. Peter-Ording vermieten. In den Häusern und Wohnungen werden für die Feriengäste regelmäßig einzelne Geräte ausgetauscht.« Sie schaute zur Küchenzeile. »Der Herd sieht auch schon älter aus.«

»Oh, ja. Einen neueren Herd nehmen wir natürlich auch mit Kusshand.« Malin fuhr sich mit einer Hand durchs Haar. »Wer weiß, was wir noch finden, das ausgetauscht werden müsste.«

Nachdem Frau Telöken wieder gegangen war, rückten Malin und Franzi die restlichen Möbel von den Wänden und deckten sie mit Folie ab.

»Das Streichen hebe ich mir für morgen auf«, sagte Malin. »Es dämmert ja schon.«

»Und für übermorgen wahrscheinlich auch noch«, ergänzte Franzi. »Ich werde mich gleich morgen früh um die Fliesen im Bad kümmern, damit sich wenigstens diese Baustelle bis zu meiner Abfahrt erledigt hat.«

Später am Abend lag Malin in dem großen Hotelbett und hatte die Bettdecke bis zum Kinn hochgezogen. Obwohl sie die Fenster geschlossen hatte, hörte sie das Brausen des Windes, der um das Hotel fegte.

Sie hatte sich tief in die weichen Kissen gekuschelt, doch

an Schlaf war nicht zu denken. Stattdessen kreisten ihre Gedanken weiter um Frau Witts Reetdachkate, um die Arbeiten, die dort anstanden – und vor allem um den Unbekannten, den sie am Morgen im Baumarkt getroffen hatte.

Sein Lächeln ging ihr nicht mehr aus dem Kopf. Es war wie ein warmer Sonnenstrahl gewesen, mit dem er ihr Herz ohne Vorwarnung berührt hatte. Noch dazu hatte er diese gewisse entspannte Ausstrahlung, mit der er sie sofort in seinen Bann gezogen hatte. In seiner Aura hatte ein Hauch von Freiheit gelegen, und obwohl er so offen aufgetreten war, hatte er gleichzeitig etwas Geheimnisvolles ausgestrahlt.

Ihr gefiel seine Art, mit den Händen zu sprechen, wenn er von seinen Katzen erzählte. Die Erinnerung daran ließ ihr Herz schneller schlagen. Im Nachhinein kam es ihr vor, als ob die Zeit für einen Moment stillgestanden hätte und alles andere um sie herum verblasst war.

Sie seufzte und schloss die Augen. In ihrer Fantasie stellte sie sich einen warmen Sommertag in St. Peter-Ording vor. Sie konnte ihn förmlich sehen, wie er dort stand – mit seinem sonnengebleichten Haar und einem lässigen T-Shirt, das seine durchtrainierte Figur umschmeichelte. Ein seliges Lächeln legte sich auf ihre Züge. In diesem Moment fühlte sie sich lebendig und voller Hoffnung.

Was wäre, wenn sie ihn wiedersehen würde? In einem beschaulichen Ort wie St. Peter-Ording war es zumindest nicht unmöglich, sich ein zweites Mal über den Weg zu laufen. Vielleicht war ihre Begegnung im Baumarkt sogar Schicksal gewesen, so wie die Ersteigerung des kleinen roten Koffers.

Bei dem Gedanken, dass das Schicksal so viel Gutes für sie bereithalten könnte, schlug ihr Herz abermals höher. Es war lange her, dass sie sich glücklich gefühlt und so positiv in die Zukunft geblickt hatte.

Sie stellte sich vor, wie sie gemeinsam mit ihm am Strand spazieren ging, Hand in Hand, den salzigen Wind in den Haaren und das sanfte Rauschen der Wellen im Hintergrund. Inständig hoffte sie auf einen weiteren Blick in seine Augen, die sie als tiefblau in Erinnerung hatte. Ein kleines bisschen hoffte sie auch darauf, dass er ebenfalls an sie dachte.

»Bitte lass es geschehen«, flüsterte sie kaum hörbar in die Dunkelheit des Zimmers. »Lass mich ihn wiedersehen.«

Sie griff nach einem Kissen und umschloss es mit den Armen. Ihre Gedanken waren völlig verrückt. Sie kannte den Mann überhaupt nicht, trotzdem konnte sie sich gegen ihre Emotionen nicht wehren.

Theoretisch konnte er sich beim zweiten Treffen als großer Idiot entpuppen und ihre Schwärmerei im Keim ersticken. Doch dieser Möglichkeit schenkte Malin keinerlei Beachtung. In ihrem Herz tobte ein kleiner Sturm aus Sehnsucht und vorsichtiger Vorfreude. Vielleicht war ihre Reise nach St. Peter-Ording wirklich der Beginn von etwas Neuem – etwas Wundervollem, dessen Bedeutung sie noch nicht erahnen konnte.

Ach, es wäre zu schön, dachte Malin und fiel in einen tiefen Schlaf.

Kapitel 10

Franzi hievte ihr Reisegepäck aus dem Kofferraum von Malins Auto. »Bist du dir wirklich sicher, dass du ohne mich zurechtkommst?«, fragte sie grinsend. Es war Mittwochfrüh, und ihr Zug zurück in die Heimat ging in einer Viertelstunde.

»Natürlich. Du kannst beruhigt fahren«, versicherte Malin ihr, obwohl es ihr wirklich lieber gewesen wäre, wenn Franzi hätte bleiben können. Aber sie hatte Verständnis dafür, dass sie andere Verpflichtungen hatte, unter anderem ihre Beziehung mit Lukas. Außerdem war so wenigstens das Büro für die nächste Zeit besetzt.

»Und was ist, wenn du beim Streichen von der Leiter fällst und dir etwas brichst? Wer kümmert sich dann um dich?« Franzi zog ihre Reisetasche auf Rollen hinter sich her.

Malin verdrehte die Augen und steckte ihre Hände tief in die warmen Taschen ihrer Jacke. »So tollpatschig bin ich nun auch wieder nicht. Du immer mit deinen Katastrophenszenarien.«

»Solche Unglücke sind schon ganz anderen passiert, meine Liebe. Statistisch gesehen passieren die meisten Unfälle im eigenen Haus oder eben in der Wohnung«, entgegnete Franzi.

»Dann trifft es sich ja gut, dass ich nicht bei mir zu Hause streiche, sondern bei Frau Witt.« Als sie den Bahnsteig erreichten, blieben sie stehen. Außer ihnen warteten noch zwei Frauen auf den Zug.

Ernst sah Malin ihre Freundin an. »Ich habe mein Handy doch immer in meiner Hosentasche. Notfalls rufe ich darüber Hilfe.«

»Theoretisch klappt so was.«

Malin schüttelte den Kopf. »Sag mal. Kann es sein, dass du einen Grund suchst, um nicht abzureisen?«

Schuldbewusst zuckte Franzi die Schultern. »Na ja, schon möglich. Ich war gerade so schön in Schwung beim Renovieren, und nun fahre ich abrupt zurück nach Wuppertal. Das Bad in dem kleinen Appartement knöpfe ich mir als Nächstes vor, sobald ich wieder da bin. Da sitzen auch einige Fliesen ziemlich locker. Gestern ist mir noch aufgefallen, dass ein Scharnier in der kleinen Küche kaputt ist.«

»Es gibt einiges für uns zu tun, obwohl wir wirklich schon viel vollbracht haben«, stimmte Malin zu. »Ich freue mich schon darauf, wenn du wiederkommst. Bis dahin werde ich hoffentlich eine kostengünstigere Unterkunft für uns gefunden haben. Die Hotelpreise sind auf die Dauer gesalzen, obwohl es natürlich auch äußerst komfortabel ist.«

»Wie lange hast du vor, noch dortzubleiben?«

»Ich habe vorhin meine Buchung für das Zimmer bis zum kommenden Samstag verlängert. Danach möchte ich in eine preiswertere Ferienwohnung umziehen.«

»Frag doch mal Frau Telöken. Sie sagte doch beim letzten Mal, dass sie Vermieter von Ferienunterkünften kennt«, erinnerte Franzi sie.

»Oh ja, stimmt! Das werde ich machen. Das heißt, sobald sie sich meldet.« Seit ihrem letzten Gespräch hatte Malin nichts mehr von Sanne Telöken gehört, was sie insgeheim etwas beunruhigte.

So geduldig wie noch vor wenigen Tagen war sie nun doch wieder nicht. Im Hinterkopf hatte sie die ihr verbleibende Zeit fest im Blick. In dreieinhalb Wochen war schon Weihnachten. Bis dahin musste das Haus hergerichtet sein, der Kontakt zu Frau Witt stehen und vor allem auch eine dauerhafte Lösung gefunden sein, damit die alte Dame möglichst unbeschwert ihren Lebensabend in dem Reetdachhaus verbringen konnte. Woher die dafür nötigen finanziellen Mittel kommen sollten, wusste Malin zwar noch nicht, aber da würde ihr noch etwas einfallen. Hoffte sie zumindest.

»Jetzt guck nicht so bedröppelt. Sie wird sich schon melden.« Aufmunternd strich Franzi ihr über die Schulter.

Malin nickte. »Hoffentlich noch vor Weihnachten.«

»Wahrscheinlich hat Frau Telöken einfach noch nichts Neues in Erfahrung bringen können. Und sich täglich zu melden, bloß um Bescheid zu sagen, dass sich noch nichts weiter ergeben hat, macht doch auch keinen Sinn.«

Malin seufzte und nickte. »Das leuchtet mir alles ein. Trotzdem habe ich mein eigenes inneres Tempo, und das ist eben keine Turboschnecke.« Sie blickte die Bahnstrecke entlang. »Da hinten kommt schon dein Zug.«

Franzi berührte sie am Oberarm und warf ihr ein verständnisvolles Lächeln zu. »Mach dich nicht so verrückt. Hörst du?«

»Ich gebe mir Mühe«, versicherte Malin und erwiderte das Lächeln. »Wann kann ich denn voraussichtlich wieder mit dir rechnen?«

»Vielleicht an Nikolaus für ein Wochenende. Danach haben wir ohnehin unsere letzte Geschäftswoche.«

»Sollten noch Schnellschüsse vor den Feiertagen reinkommen, bin ich natürlich am Start.«

Sie traten zwei große Schritte zurück, als der Zug auf dem einzigen Gleis des Bahnhofs einfuhr.

Franzi umarmte Malin zum Abschied noch einmal fest. »Sag mir sofort Bescheid, sobald es Neuigkeiten gibt.«

»Mach ich.«

Die Schiebetür der Bahn öffnete sich mit einem Zischlaut. Franzi nahm ihre Tasche und stieg in den Zug. »Bis bald!« Sie winkte Malin zu.

»Bis hoffentlich spätestens Nikolaus!«

Die Türen schlossen sich. Malin ging ein paar Schritte in die Richtung, in die Franzi sich gewendet hatte, und sah sie, wie sie sich auf einen Fensterplatz setzte. Als der Zug losfuhr, winkte Malin mit beiden Armen.

Dann war der Zug nicht mehr zu sehen. Nun war sie allein auf sich gestellt.

Bevor Malin sich auf den Weg zurück zur Reetdachkate am Norderdeich machte, fuhr sie zum Baumarkt in den Bövergeest. Es hatte sich gezeigt, dass die gekaufte Farbe bei Weitem nicht ausreichte. Denn sie hatte die Wände doppelt streichen müssen, damit die Farbe richtig deckte.

An diesem Tag war der Parkplatz zur Hälfte mit Autos belegt. Im Geschäft nahm Malin einen Einkaufswagen und steuerte abermals auf die Farben- und Lackabteilung zu. Als sie an der Gartenabteilung vorbeikam, blickte sie sehnsuchtsvoll auf die Stelle, an der immer noch Holzbretter übereinandergestapelt lagen. Natürlich stand der nette Mann von Montag nicht dort. Selbst in den schnulzigsten Hollywood-Liebesfilmen wäre das nicht geschehen.

Malin ging seufzend weiter. Von ihrer Begegnung mit dem attraktiven Surfertypen hatte sie Franzi nichts erzählt. Mit ein paar Tagen Abstand hatte sie sich gefragt, ob sie vielleicht emotional etwas überreagiert und viel mehr in die zufällige Begegnung hineininterpretiert hatte, als die Realität hergab. Wahrscheinlich war sie einfach von der Tatsache überwältigt gewesen, dass ihr nach vielen Jahren plötzlich wieder jemand über den Weg lief, der ihr auf Anhieb gefiel – und dass dies ausgerechnet in St. Peter-Ording passierte, wohin sie eine nicht von der Hand zu weisende schicksalshafte Fügung verschlagen hatte.

Sie blieb vor dem Regal mit den Farben stehen und wuchtete vier große Eimer in den Einkaufswagen.

Keine halbe Stunde später parkte sie vor dem Haus am Norderdeich. Über den Seedamm pfiff ein kräftiger Wind, der die umliegenden Bäume und Sträucher regelrecht durchrüttelte. Zielstrebig lud Malin die Eimer aus dem Auto und schleppte sie in die Diele der Kate. Einen Eimer brachte sie direkt ins Wohnzimmer, wo sie die Wand, vor der sonst das Rattansofa stand, weiterstreichen wollte.

Als ihr Blick durch die Terrassentür in den Garten fiel, stutzte sie. Eine Frau in einem langen Steppmantel stand mit wehendem Haar neben dem runden Vogelhaus, das ebenfalls mit einem Reetdach ausgestattet war. In einer Hand hielt sie einen Eimer, aus dem sie etwas in das Futterhaus streute.

Malins Herz schlug sofort schneller. War das etwa Frau Witt? War sie doch zurückgekommen, weil sie ihr Häuschen nicht aufgeben konnte? Malin hoffte es so sehr! Sie atmete tief durch und öffnete dann die Tür zur Terrasse.

Langsam ging sie auf die Frau zu, die mit dem Rücken zu ihr dastand. Um sie nicht zu erschrecken, sprach Malin sie aus der Ferne an. »Hallo! Guten Tag!«, rief sie.

Die Frau schwang zu ihr herum und sah ihr überrascht entgegen. »Moin!«, erwiderte sie Malins Gruß und musste gleich heftig husten. »Dieser blöde Husten«, fluchte sie krächzend.

»Gute Besserung«, sagte Malin und betrachtete die Dame, die sie ihrerseits argwöhnisch musterte.

Sie legte den Kopf schräg. »Darf ich fragen, wer Sie sind und was Sie im Garten meiner Freundin machen?«

»Ja, natürlich. Ich bin Malin Ewald.« Sie lächelte und jubelte innerlich. Es war zwar nicht Frau Witt, aber eine

Freundin von ihr. »Ich dachte zuerst, Sie wären vielleicht Frau Witt.«

»Nein.« Die Frau schüttelte den Kopf. »Ich bin Lilo Ampütte und versorge in Frau Witts Abwesenheit unter anderem die Vögel mit Futter. In den letzten Tagen allerdings nicht, weil ich mit einem grippalen Infekt das Bett hüten musste.« Sie hustete wieder.

»Oje! Dann hoffe ich, dass bald auch Ihr Husten wieder weg ist.«

»Das hoffe ich auch.« Sie stellte den Eimer neben dem Vogelhaus ab. »Aber was machen Sie nun hier?«, fragte sie erneut.

»Das ist eine etwas längere Geschichte. Wahrscheinlich wird das, was ich Ihnen erzählen werde, für Sie ziemlich unglaubwürdig klingen, aber ich kann alles beweisen.«

»Aha?« Lilo Ampütte verschränkte die Arme vor der Brust und schaute sie mit wachem Blick an. »Na, dann schießen Sie mal los. Ich bin ganz Ohr.«

Malin überlegte kurz, ob sie sie erst einmal hereinbitten sollte, entschied sich dann aber dagegen. Stattdessen schilderte sie in kurzen Worten, aber detailliert, was sich zugetragen hatte. Sie erzählte von der Auktion bei der Deutschen Bahn, vom roten Koffer, dessen Inhalt und wie sie sich auf den Weg nach St. Peter-Ording gemacht hatten, um das Haus zu finden, um sich des Schicksals von Frau Witt anzunehmen.

Während Malin berichtete, wurden Lilo Ampüttes Augen immer größer. Schließlich gingen sie doch ins Haus, wo Malin ihr das Foto, den Brief und den Schlüssel zur Reetdachkate zeigte.

»Da hol mich doch der Teufel!«, sagte Lilo Ampütte mit Blick auf den Schlüssel, den sie in der Hand wog. »Das ist die verrückteste Geschichte, die ich jemals gehört habe. Und glauben Sie mir, ich habe schon viele in meinem Leben gehört.« Sie betrachtete das Foto, das die Familie Witt vor ihrem Haus zeigte. »Ich kann mich noch genau an den Tag erinnern, an dem das Foto entstanden ist. Es war Irmas fünfunddreißigster Geburtstag.«

»Sie waren dabei?« Freudig hörte Malin zu.

»Könnte man so sagen.« Lilo Ampütte nickte und lächelte dann verträumt. »Ich habe das Foto geknipst.«

»Oh, dann kennen Sie Frau Witt schon sehr lange und vermutlich auch sehr gut.«

»Sozusagen. Meine Freundin Irma war schon immer eine verrückte Nudel, aber das hier ist sogar fast ein bisschen zu verrückt für ihre Verhältnisse.« Sie schüttelte lächelnd den Kopf.

»Haben Sie denn noch Kontakt zu ihr?«, platzte es aus Malin heraus.

»Selbstverständlich. Mehrmals die Woche telefonieren wir. Gestern hat sie noch angerufen, um sich zu erkundigen, ob es mir besser geht.«

»Ach, und hat Sie Ihnen gegenüber nie erwähnt, dass sie einen roten Koffer absichtlich am Bahnhof verloren hat?«, fragte Malin erstaunt.

»Mit keinem Wort. Ich war bis vor wenigen Minuten völlig ahnungslos.« Lilo Ampütte schüttelte immer noch fassungslos den Kopf. »Ich habe sie gefragt, wann sie denn wieder zurück nach St. Peter kommt. Sie meinte bloß, das stehe noch nicht fest. Gewundert habe ich mich natürlich schon, weil sie dieses Mal so lange bei ihrer Tochter bleibt, aber ich habe mir keine weiteren Gedanken darüber gemacht. Vielleicht hätte ich das tun sollen.« Sie verschränkte die Arme vor der Brust und schaute nachdenklich auf die abgedeckten Möbel. »Ich wusste bis jetzt noch nicht einmal, dass sie Schwierigkeiten hatte, alleine klarzukommen, und das Haus an eine Hotelkette veräußert werden soll. Mir gegenüber hat sie sich nie begeklagt.«

Malin erkannte an Frau Ampüttes Gesichtsausdruck, dass sie nicht viel von der Aussicht hielt. »Ich bin froh, dass wir uns über den Weg gelaufen sind.«

Lilo Ampütte nickte heftig. »Und ich erst! Ich werde meiner Freundin Irma am Telefon tüchtig die Leviten lesen. Wofür hat man denn Freundinnen, wenn man sich ihnen in der Not nicht anvertraut?«, schimpfte sie. »Aber auch das ist wieder typisch für Irma. Ihr ganzes Leben lang hat sie jedem geholfen. Egal ob Hund, Katze oder Maus. Alleinerziehenden Müttern hat sie Unterschlupf mit ihren Kindern gewährt, wenn sie nach einer Trennung nicht gleich eine Bleibe gefunden haben. Von den ganzen kostenlosen Nachhilfestunden und Hausaufgabenbetreuungen möchte ich gar nicht reden.«

Sie schüttelte den Kopf. »Und nun, da sie selbst in eine Notlage geraten ist, bittet sie niemanden um Hilfe, sondern lässt ein rotes Köfferchen auf einem Bahnsteig zurück und hofft auf das Schicksal.« Lilo Ampütte rang die Hände, sie hatte sich in Rage geredet. Dann sah sie Malin fest an und schenkte ihr ein warmes Lächeln. »Aber das wirklich Verrückte ist ja, Irma scheint am Ende sogar auf das richtige Pferd gesetzt zu haben. Sonst wären Sie nun nicht hier.«

»Hm, ja.« Malin senkte leicht verschämt den Blick. »Können Sie ihr denn sagen, dass ich mich nun um die Renovierung ihres Hauses kümmere? Für Frau Witt ist es doch bestimmt wichtig zu erfahren, dass jemand sich der Sache angenommen hat.«

»Im Grunde genommen ist es ja nun Ihr Haus. Meine Freundin hat Ihnen das Haus ja quasi im Brief vermacht«, erinnerte Lilo Ampütte.

Malin hob abwehrend die Hände. »Oh nein! Nicht dass Sie mich falsch verstehen. Ich möchte das Haus gar nicht geschenkt haben.«

Lilo Ampütte runzelte die Stirn. »Nicht?«

»Auf keinen Fall.«

»Was möchten Sie denn?«

»Ich möchte nur helfen, das Haus so weit herzurichten, dass Frau Witt wieder zurückkehren kann. Außerdem möchte ich alles so organisieren, dass sie hier weitgehend selbstständig wohnen kann. So wie ich es in dem Brief verstanden habe, ist das doch ihr größter Wunsch. Und wenn sie selbst Ihnen gegenüber bisher verschwiegen hat, dass sie nicht zurückkommt, dann scheine ich mit meiner Annahme wohl richtigzuliegen.«

Lilo Ampütte nickte langsam. »Das wird wohl so sein. Ach, ich mache mir solche Vorwürfe, dass mir Irmas Bredouille nicht aufgefallen ist. Was bin ich für eine Freundin, wenn das an mir vorbeigegangen ist? Wir hätten mit vereinten Kräften bestimmt ihre Abreise verhindern und ihr helfen können.«

»Dafür ist es ja noch nicht zu spät«, versuchte Malin, sie aufzumuntern. »Bis Weihnachten haben wir Zeit, das Haus an die Bedürfnisse ihrer Freundin anzupassen.«

Lilo Ampütte gab Malin das Foto zurück. »Das ist ein sportliches Ziel, aber nicht unerreichbar.« Sie schlug die flachen Hände auf die Tischplatte. »Ich werde nun zurückgehen und gleich versuchen, meine Freundin bei ihrer Tochter zu erreichen.«

»Ich dachte, sie wäre schon in einer Senioreneinrichtung«, sagte Malin überrascht.

»Bis jetzt wohnt sie im Gästezimmer. Bestimmt wäre sie nach dem Hausverkauf umgezogen«, vermutete Lilo Ampütte. »Falls Sie mich suchen, finden Sie mich übrigens auf meinem Campingplatz *Strandperle*. Das ist der Platz am Kreisverkehr. Einfach nach Lilo fragen. Mich kennt dort jeder.«

»Okay. Ich weiß, welchen Platz Sie meinen.« Malin begleitete sie zur Tür.

»Das Vogelfutter lasse ich hier. Vielleicht können Sie ja ab sofort darauf achten, dass die Piepmätze immer was zum Picken haben.«

»Aber ja. Das ist kein Problem. Sie können sich auf mich verlassen«, versicherte Malin, ohne zu zögern.

Lilo Ampütte wandte sich von ihr ab, blieb dann noch einmal stehen und drehte sich wieder zu ihr. »Darf ich Sie fragen, wo Sie aktuell übernachten?«

»Nicht hier«, erklärte Malin hastig. »Ich habe ein Zimmer in einem Hotel, gleich an der Seebrücke.«

Frau Ampütte nicke. »Dort gibt es schöne Hotels mit stolzen Preisen.«

Malin nickte. »Das Zimmer ist nichts für die Dauer.«

»Sollten Sie nach einer anderen Unterkunft suchen, auf unserem Campingplatz vermieten wir auch ein paar Ferienwohnungen. Für Sie wäre die Unterkunft selbstverständlich kostenfrei.«

»Was für ein tolles Angebot! Vielen Dank«, sagte Malin erfreut. »Das Zimmer habe ich tatsächlich nur noch bis Samstag gebucht.«

»Na, dann wissen Sie ja, wo Sie danach unterkommen können.« In Frau Ampüttes Augen strahlte eine mütterliche Fürsorge, die Malin sofort für sie einnahm. »Ich darf gar nicht daran denken, was passiert wäre, wenn der Koffer in andere Hände gelangt wäre.«

Sie lächelte sie noch einmal an, dann schloss sie die Tür hinter sich, und Malin blieb allein zurück in der Fischerkate.

Kapitel 11

»Puh! Das wäre geschafft!« Malin wischte sich mit der Hand über die Stirn.

»Der Kleiderschrank und das Bett waren am schlimmsten«, sagte Sanne Telöken.

»Definitiv.« Malin massierte sich die Handgelenke.

Es war Samstagmittag. Am Vortag war Malin mit den Malerarbeiten im Reetdachhaus fertig geworden. Zwischenzeitlich hatte Sanne Telöken sich gemeldet, um ihr zu berichten, was sie längst wusste: Lilo Ampütte war Irma Witts engste Vertraute in St. Peter-Ording. Malin hatte ihr wiederum von ihrer Begegnung mit der Inhaberin des Campingplatzes erzählt. Da Franzi seit ein paar Tagen abgereist war, hatte Sanne Telöken spontan ihre Unterstützung beim Möbelrücken angeboten und auch vorgeschlagen, dass sie sich duzen könnten. Das Angebot hatte Malin erfreut angenommen.

Sanne Telöken setzte sich auf das Bett. »Eine neue Matratze wäre auch keine schlechte Idee. Oder besser gleich eine neue Schlafmöglichkeit?«

»Am besten wäre ein höhenverstellbares Boxspringbett. Es gibt spezielle Varianten, die an die Bedürfnisse von älteren Menschen angepasst sind.«

Sanne erhob sich wieder. »Das wäre natürlich optimal«, stimmte sie zu.

»Vorher müssten wir aber erst dieses Ungetüm von Bett aus dem Haus bekommen«, gab Malin zu bedenken. »Das Schieben ist schon ein echter Kraftakt gewesen. Ich möchte nicht wissen, was für Kräfte man aufbringen muss, um es aus dem Haus zu tragen. Das schaffen unmöglich zwei Frauen. Es ist alles massives Holz, und viel auseinandernehmen kann man hier nicht.«

»Ach, mache dir darüber mal keine Gedanken.« Sanne Telöken winkte ab. »Für meinen Bruder und seine Kollegen wäre das ein Klacks. Sie haben täglich mit schweren Gegenständen zu tun, die sie von A nach B bewegen. Notfalls würden sie das Bett bestimmt auch zerlegen.«

Malin freute sich sehr darüber, nicht mehr allein vor dem Berg Arbeit zu stehen. Sie spürte, dass Sanne genau wie sie an dieses Projekt glaubte, und war sicher, auf ihre Unterstützung zählen zu können. »Gut zu wissen, dass du Profis kennst. Sollte ein neues Bett gekauft werden, werde ich darauf zurückkommen. Vorher müssten wir uns natürlich das Okay von Frau Witt einholen. Ich möchte ja nicht eigenmächtig ihr Zuhause verändern. Ein frischer Farbanstrich, ein neuer Kühlschrank oder Herd, das bewegt sich gerade noch so an der Grenze. Aber bei einem neuen Bett möchte ich erst ihre Zustimmung haben.«

Sie gingen vom Schlafzimmer ins Wohnzimmer und setzten sich an den Esstisch, auf dem zwei Tassen und eine Thermoskanne heißer Pfefferminztee standen, die Sanne mitgebracht hatte.

»Ihre Zustimmung wirst du bestimmt bekommen. Weißt du denn schon, wie sie auf die Nachricht reagiert hat, dass ihr Koffer bei dir gelandet ist? Hat Lilo irgendwas erzählt?« Sie schraubte die Thermoskanne auf und goss Malin und sich Tee ein.

»Bisher hatten wir noch keine Gelegenheit, ausführlich zu sprechen.« Malin zog eine der Tassen zu sich ran und legte beide Hände um sie. »Ich platze allerdings vor Neugier und fahre ohnehin später zum Campingplatz, weil ich dort eine der Ferienwohnungen beziehe. Dann frage ich sie noch mal. Hoffentlich hat sie sie inzwischen überhaupt erreicht.«

»Oh, toll, die Ferienwohnungen kenne ich. Sie sind in dem großen Haupthaus und sehr gemütlich, außerdem hat man alles, was man braucht. Du wirst dich bestimmt wohlfühlen. Mit Lilo als Gastgeberin brauchst du dir keine Sorgen zu machen. Sie ist eine ähnlich gute Seele wie Frau Witt.«

Malin nippte an ihrem Tee. »Das klingt gut. Vielleicht kann ich dort ja bis Weihnachten bleiben.«

»Bestimmt. Im Winter ist es in St. Peter eher ruhig. Der große Urlauberansturm kommt erst wieder im nächsten Jahr.« Sanne nahm ihr Smartphone in die Hand. »Ich muss Mika erst in zwei Stunden bei seinen Großeltern abholen. Was gibt es bis dahin noch zu tun?«

»Hm.« Malin überlegte kurz. »Du könntest die Türen abwaschen, während ich den Fußboden nach Farbflecken absuche.«

»Ist schon in der Mache.« Sanne zwinkerte ihr gut gelaunt zu.

Am Nachmittag stellte Malin ihr Gepäck neben einem schwarzen Klappsofa in einem gemütlichen Wohnschlafraum ab. Ihre neue Bleibe war zweckmäßig eingerichtet, ohne überflüssigen Schnickschnack. Übersichtlich, aber schön, befand Malin.

»Die Küche ist hier.« Frau Ampütte öffnete mit Schwung eine Tür, die von dem Zimmer abging.

Malin trat neben sie und warf einen Blick in einen länglichen Raum mit einer Küchenzeile. »Prima! Dann kann ich endlich wieder selbst kochen und bin nicht mehr auf Fischbrötchen und Pizza auf die Hand angewiesen.«

Frau Ampütte machte einen geringschätzigen Laut. »Das ist auf die Dauer kein Essen. In der Küche finden Sie genügend Kochutensilien. Sollte was fehlen, dann melden Sie sich einfach bei mir«, bot sie an. »Zum Bad geht es da entlang.« Sie deutete auf eine weitere Tür. »Ich hoffe, es wird Ihnen bei uns gefallen.«

»Aber natürlich«, versicherte Malin ihr schnell. »Nochmals vielen Dank, Frau Ampütte, für Ihr großzügiges Angebot. Ich weiß es wirklich zu schätzen. Hotels sind auf die Dauer doch auch recht anonym. Hier fühle ich mich schon fast wie in den eigenen vier Wänden.«

Die ältere Dame lächelte zufrieden. »So soll es sein. Wir haben unten die *Miesmuschel*, unseren Imbiss, und ein paar Schritte weiter finden Sie einen Laden mit allem, was man so braucht.«

»Perfekt.« Malin schaute aus dem Fenster. Sie konnte direkt auf den Campingplatz blicken, auf dem tatsächlich einige Wohnwagen standen. »Sogar im Winter gibt es hier ja Camper. Ist das nicht zu kalt?«

Kurz lachte Frau Ampütte auf, bevor sie sich zu ihr stellte. »I wo! Das sind unsere Dauercamper, die haben alle Heizungen in ihren Wohnmobilen und sind hartgesotten. Von denen hat sich noch keiner beschwert, egal, wie die Witterung war.«

»Zur Not könnten sie ja auch in eine der Ferienwohnungen ziehen?«, merkte Malin an.

Sie schüttelte den Kopf. »Nie im Leben! Solange keiner der Vans vom Sturm weggeweht wird, sind die Leute glücklich und zufrieden.«

Nun musste Malin auch lachen. »Na dann.«

»Wir von der Küste sind einiges gewohnt.«

»Ja, bestimmt.« Malin lächelte. Ihr Gegenüber schien Zeit zu haben, deshalb stellte sie die Frage, die ihr unter den Nägeln brannte, besser jetzt. »Ich möchte ja nicht ungeduldig wirken, aber haben Sie inzwischen mit Frau Witt telefoniert?«

Mit ernster Miene richtete Frau Ampütte eine ihrer langen Perlenketten, die sie über einem bunten Strickpullover trug, und hob dann den Blick. »Mehrmals sogar. Deswegen möchte ich Sie einladen, gegen fünf zu meiner Wohnung zu kommen. Zwei weitere Frauen, die ebenfalls mit Irma und mir befreundet sind, werden auch da sein. Ich werde dann berichten, was bei den Telefongesprächen rausgekommen ist. Das ist einfacher, als alles dreimal zu erzählen.«

»Natürlich komme ich«, sicherte Malin zu.

Frau Ampütte nickte zufrieden. »Gut. Dann lasse ich Sie mal in Ruhe ankommen und sage: bis später.«

»Bis später.« Als die Tür von außen zugezogen worden war, holte Malin ihr Handy hervor und setzte sich auf das Sofa. Vielleicht wendete sich bald alles zum Guten, oder würde Frau Witt am Ende alle Unterstützung ablehnen, sodass sie umsonst hierhergereist war?

Sie hatte das dringende Bedürfnis, mit Franzi zu sprechen. Erst jetzt im Sitzen merkte sie, wie sehr ihr die Glieder von der Arbeit der letzten Tage schmerzten. Eine warme Dusche und kurzes Ausruhen würden helfen. Sie nahm sich vor, Franzi später anzurufen, und schrieb ihr nur eine kurze Nachricht.

Pünktlich um kurz vor fünf stand Malin vor Frau Ampüttes Wohnungstür. Dahinter konnte sie Frauenstimmen hören. Sie war so neugierig darauf, was die Inhaberin des Campingplatzes zu erzählen hatte. Es schien wichtig zu sein, wenn sie gleich mehrere Leute zu dem Treffen einlud. Malin drückte auf die Klingel.

Wenig später betrat sie den Raum und sah um einen runden Esstisch zwei Frauen sitzen, die sich ihr als Gertrud Möbius und Ditte Wilhelm vorstellten. »Guten Abend«, grüßte Malin und nahm ebenfalls Platz.

Nachdem Frau Ampütte jedem etwas zu trinken angeboten hatte, setzte sie sich zu ihnen. Sie schloss für einen

Moment die Augen, dann atmete sie hörbar aus. »Danke, dass ihr heute alle gekommen seid.« Sie blickte in die Runde, schaute dann auf Malin. »Ich sage jetzt einfach mal Du, weil es einfacher für mich ist.«

»Kein Problem. Das ist okay«, sagte Malin.

»Eins vorneweg: Der Grund, weswegen ich euch heute eingeladen habe, sitzt todunglücklich in München und spielt Prinzessin auf der Erbse.« Sie verdrehte die Augen. »Ich habe Irma mitgeteilt, dass ihr Koffer tatsächlich gefunden wurde und Malin extra nach St. Peter-Ording gekommen ist, um sich um das Haus zu kümmern.«

»Darüber hat sie sich doch bestimmt gefreut«, meinte Ditte Wilhelm und lächelte.

»Hat sie«, bestätigte Lilo Ampütte. »Aber als sie hörte, dass Malin das Haus für sie auf Vordermann bringt, damit sie wieder zurückkommen kann, ist sie ziemlich einsilbig geworden.« Sie nahm einen Spekulatius von dem Teller, der mitten auf dem Tisch neben einem Adventskranz platziert war, und biss hinein.

Gertrud Möbius strich eine ihrer roten Haarlocken nach hinten. »Die Spannung ist ja kaum auszuhalten, Lilo. Was hat sie denn gesagt?«, fragte sie mit leicht ironischem Unterton.

»Irma will kein Mitleid«, antwortete die Angesprochene knapp. »Von niemandem.«

»Was?«, fragte Ditte Wilhelm ungläubig. »Also, ihr Verhalten ist doch kindisch.«

»Ich bin zwar für vieles bekannt, allerdings sicherlich nicht dafür, dass ich schnell Mitleid mit jemandem habe«, erklärte Frau Möbius, bevor sie zu ihrer Tasse Kaffee griff. »Irma soll sich mal nicht so zieren.«

»Möchte sie denn gar nicht mehr zurück nach St. Peter-Ording?«, schaltete sich nun Malin ein. Ihr war ein gehöriger Schreck in die Glieder gefahren, als Frau Ampütte Frau Witts Reaktion zusammengefasst hatte. Für Malin stand fest, dass sie selbst unmöglich das Haus übernehmen konnte. Was würde denn dann geschehen, wenn es nicht verkauft werden sollte?

»Natürlich will sie das. Aber am besten ohne fremde Hilfe.« Lilo Ampütte schnippte mit den Fingern. »Am liebsten würde sie einmal *so* machen, und dann soll sich alles auf wundersame Weise von allein regeln. Irma bräuchte nur einen Zauberstab.«

»Das ist doch Blödsinn! Für mich hört sich das eher nach einer depressiven Verstimmung an. Bestimmt glaubt sie nicht mehr daran, dass sie jemals wieder nach Hause kommen wird«, warf Frau Wilhelm verständnisvoll ein.

»Tja.« Frau Möbius schürzte ihre rot geschminkten Lippen. »Wenn Irma so weitermacht, dann wird es wohl auch so kommen.«

»Das können wir doch unmöglich zulassen«, fand Frau Wilhelm. »Manchmal müssen die Leute zu ihrem Glück gezwungen werden. Was soll sie denn in Bayern? Irma gehört nicht in die Berge, sondern an die Nordsee. Ohne den Strand geht sie doch ein wie eine Primel.«

»Wie dem auch sei. Das Haus ist renovierungsbedürftig und müsste an Irmas Alter angepasst werden«, fuhr Lilo Ampütte fort. »Vielleicht kann Malin uns einen groben Überblick darüber geben, was erneuert werden müsste.«

»Ich kann sagen, was uns spontan aufgefallen ist. Natürlich kann ich nicht versprechen, dass das vollständig ist, weil ich kein Fachmann bin«, schob Malin voraus und berichtete dann ausführlich über den Zustand des Hauses und darüber, welche Renovierungen sie seit ihrer Ankunft vorgenommen hatte. »Trotzdem müsste noch einiges getan werden. Eine ebenerdige Dusche wäre zum Beispiel unverzichtbar. Außerdem müsste jemand bei dem großen Garten helfen, eventuell noch beim Putzen. Und natürlich kostet das alles Geld«, schloss sie.

Frau Wilhelm legte sich eine Hand ans Kinn. »Wer soll das denn bezahlen? Und dann wissen wir nicht, ob der Verkauf nun wirklich vom Tisch ist oder sich Irmas Tochter gegen ihren Willen durchsetzt. Ach, hätten wir nur das Geld für die Renovierungen, dann könnte Irma vielleicht umgestimmt werden.«

»Geld regiert die Welt«, kommentierte Frau Möbius schlicht.

»Wir werden das Geld schon beschaffen, und Irma wird wieder zur Vernunft kommen.« Ohne die Miene zu verziehen, schüttete Lilo Ampütte einen Schluck Rum in ihre Tasse.

»Wie willst du das denn anstellen? Willst du etwa eine Bank überfallen?« Frau Wilhelm sah ihre Sitznachbarin fragend an.

Den Einwand fand Malin nicht ganz unberechtigt, hoffte aber auf eine schlüssige Antwort auf die Frage.

Als Lilo Ampütte den Blick hob, funkelten ihre Augen vergnügt. »Wir organisieren eine Wohltätigkeitsveranstaltung. Das haben wir in der Vergangenheit doch auch immer gemacht, wenn es irgendwo gebrannt hat. Einen Tag lang Weihnachtsmarkt auf dem Parkplatz Hungerhamm. Alle Erlöse gehen in die Renovierung von Irmas Haus.«

Sofort hob Frau Möbius anerkennend die Augenbrauen. »Genug Platz ist da ja im Winter. Also, ich bin dabei.«

Frau Wilhelm nickte. »Ich auch. Nun brauchen wir noch ein gutes Konzept, um den Weihnachtsmarkt in der Kürze der Zeit auf die Beine zu stellen – und natürlich die Zustimmung der Leute am Hungerhamm.«

»Darum kümmere ich mich schon«, winkte Lilo Ampütte ab. »Ich kenne die Truppe gut, sie werden mir den Wunsch nicht abschlagen. Vorher müssen wir nur unsere grauen Zellen anstrengen und planen, was wir den Besuchern bieten wollen.« Sie holte aus einer Schublade Schreibpapier und Stifte hervor.

Voller Elan meldete sich Frau Möbius. »Ich mache den Schriftführer.«

Malin ließ sich von der Begeisterung der Frauen anstecken. Obwohl sie sich nicht sonderlich gut in dem Küstenort auskannte und über keine wertvollen Kontakte verfügte, steuerte sie eigene Ideen bei. Als Grafikdesignerin konnte sie sich ebenfalls nützlich machen. Sie erklärte sich bereit, Flyer zu entwerfen und deren Verteilung zu organisieren. Außerdem wollte sie den wohltätigen Weihnachtsmarkt im Internet bekannt machen.

Malins Vorschläge wurden positiv von Frau Witts Freundinnen aufgenommen. Der Hoffnungsfunke schien jede von ihnen erfasst zu haben.

Als Malin in die Gesichter der um den Tisch versammelten Frauen blickte, lächelte sie. Eine so großartige Gemeinschaft wie diese zu haben, war doch mehr wert als alles Geld der Welt. Das müsste Frau Witts Tochter doch einsehen.

Kapitel 12

Der eisige Wind brauste um ihre Ohren, und die salzige Seeluft durchströmte ihre Lungen. Malin hatte sich warm eingepackt und sogar eine Thermostrumpfhose angezogen, um bei den inzwischen doch fast frostigen Temperaturen nicht zu frieren. Während sie sich angezogen hatte, hatte sie sich amüsiert gefragt, was Franzi alles anziehen würde an diesem Tag. Sicher drei Kleidungsschichten.

Es war der erste Advent, deshalb hatte sie sich einen freien Tag geschenkt. Nachdem sie gefrühstückt hatte, war sie aufgebrochen und an der Strandüberfahrt Ording zum Meer gelaufen.

Der Himmel war an diesem Morgen von einem so klaren Blau, dass der Anblick fast in den Augen wehtat. Über den weiten Sandstrand war sie bis nah an die Wasserkante gelaufen, ging dann weiter Richtung Norden.

Das Treffen mit Lilo Ampütte und ihren Freundinnen hatte sie hoffnungsvoll gestimmt, gemeinsam das Ziel erreichen zu können. Auf der anderen Seite hatte es Malin aber auch unglaublich traurig gemacht. Es bekümmerte sie ungemein, dass Frau Witt ihr Zuhause und somit auch ihre Heimat anscheinend aufgegeben hatte, obwohl es nun mehrere helfende Hände gab, die alles Nötige in

Bewegung setzen wollten, damit sie wieder in ihre gewohnte Umgebung zurückkehren und dort dauerhaft leben konnte.

Trotz der Ungewissheit, ob das Geschenk angenommen würde, blieb Malin fest entschlossen, die Reetdachkate herzurichten. Sie wollte es so schön machen, dass Frau Witt am Ende gar nicht anders konnte, als wieder einzuziehen. Sobald alles fertig war, würde sie mit ihrem Handy Fotos machen. Frau Witts Tochter hatte sicherlich ein Handy oder zumindest eine E-Mail-Adresse, an die sie die Aufnahmen senden konnte.

Aufgeben war also keine Option. Als Kind war sie viele Jahre im Schwimmverein gewesen und auch bei Wettkämpfen gestartet. »Wer aufgibt, hat immer verloren«, hatte ihre damalige Trainerin ihnen eingebläut. Diese Lebensweisheit hatte sie seitdem verinnerlicht. Es hatte bisher viele Situationen in ihrem Leben gegeben, in denen sie trotz großer Widerstände zum Ziel gekommen war. Aber nur, weil sie nicht aufgegeben hatte.

Mit Frau Ampütte und ihren Freundinnen, Sanne und auch Franzi hatte sie außerdem starke Verbündete. Jede von ihnen wünschte sich aus tiefstem Herzen ein Happy End für die alte Dame.

Obwohl Malin Frau Witt noch nie begegnet war, hatte sie das Gefühl, dass trotzdem eine gewisse Verbindung zwischen ihnen bestand. Nichts geschah im Leben zufällig. Der rote Koffer sollte ihr in die Hände fallen, daran bestand für sie nicht mehr der geringste Zweifel. Denn damit hatte alles seinen Anfang genommen, sie hierher an diesen wundervollen Ort geführt und sie die Gemeinschaft starker Frauen erleben lassen.

Sie gelangte nun auf einen Strandabschnitt, an dem sie bisher noch nicht gewesen war. Ihr kamen einige Spaziergänger entgegen, die ihre Hunde ausführten. Die meisten Tiere tollten an dem weitläufigen Winterstrand ohne Leine umher. Ihre Herrchen und Frauchen warfen Spielzeuge, denen die Hunde voller Begeisterung nachjagten, um sie wenig später zu apportieren.

Malin beobachtete lächelnd einen Bobtail, der ein hellblaues Bandana mit weißen Wellen um den Hals trug und zu einem Pärchen mittleren Alters gehörte. Schnell wie der Wind hechtete er einem Spielzeug in Form eines Leuchtturms aus Gummi hinterher, nahm ihn in sein Maul und warf ihn kurze Zeit später vor die Füße seiner Besitzer.

Sie nickte der Frau grüßend zu. »Ihr Hund scheint Leuchttürme zu mögen«, rief sie gegen Böen an.

Die Frau nahm den Gummileuchtturm in die Hand. »Das ist der kleine Bruder von dem da!« Sie deutete nach Osten.

Malins Blick folgte dem Fingerzeig in die Ferne. Dann sah sie, was die Frau meinte. Ganz weit hinten erhob sich ein imposanter rot-weißer Turm. Sie lächelte der Frau zu. »Das ist wirklich nur der kleine Bruder.«

Mit der Handykamera zoomte sie das Leuchtfeuer für ein Foto näher heran. Majestätisch ragte das Seezeichen auf dem platten Land empor, anscheinend entschlossen, jedem noch so starken Sturm zu trotzen. Malin machte mehrere

Fotos und schickte sie mit lieben Grüßen an Franzi und ihre Eltern.

Auf einem Weg, der durch Dünen und über einen Holzsteg führte, verließ sie den Strand. Als sie über Treppen die Deichkrone erreicht hatte, staunte Malin nicht schlecht. Die kleine Reetdachkate war bloß wenige Meter von ihr entfernt. Trotz ihres freien Tags beschloss sie, die Gelegenheit beim Schopfe zu packen und sich ein bisschen nützlich im Haus zu machen. Ein Stündchen Hausarbeit würde ihre Freizeit nicht trüben.

Für die kommende Woche hatte sie sich vorgenommen, sämtliche Schränke ab- und auszuwaschen. Aber damit konnte sie genauso gut auch heute beginnen.

Voller Elan betrat sie das Haus und hängte ihre dicke Winterjacke an der Garderobe auf und stellte ihren Rucksack daneben ab. Dann holte sie Putzzubehör und einen Eimer aus dem kleinen Abstellraum, um ihn in der Küche mit heißem Wasser zu füllen.

Zunächst räumte sie das Geschirr aus den Schränken und stellte es auf dem Küchentisch und der Sitzbank ab. Mit einem nassen Lappen wischte sie sorgfältig die Schubladen und Fächer aus, achtete dabei darauf, selbst die kleinsten Ritzen zu reinigen. Ein dunkler Schmierfilm blieb an dem Tuch haften, sodass sie den Putzlappen mehrmals auswusch.

Unter dem Backofen entdeckte sie eine schmale Schublade. Sie zog sie auf und nahm abwaschbare Tischsets in verschiedenen Farben heraus. Einige von ihnen waren übersät mit Farbklecksen. Offenbar waren sie als Malunterlage benutzt worden. Als sie das letzte Platzdeckchen herausnahm, schaute Malin auf ein schwarzes Notizbuch, das darunter gelegen hatte.

Neugierig nahm sie es in die Hände. An der Stelle auf dem Umschlag, wo sonst Platz für den Namenseintrag und ein Schulfach war, stand in säuberlicher Handschrift *Familienrezepte*.

Malin setzte sich auf einen freien Stuhl und blätterte interessiert das dicke Heft durch. Die Rezepte waren nach Jahreszeiten und Feiertagen unterteilt. Es gab Rezepte für Suppen und Eintöpfe, Braten und Schnitzelvarianten, Marmelade und Gelee, Kuchen, Plätzchen, verschiedene Kartoffelsalate, Nudelgerichte, Süßspeisen und sogar für pflanzliche Säfte, die bei Husten und Fieber halfen.

Besonders aufmerksam las Malin die Weihnachtsrezepte: Bratapfelwaffeln, Weihnachtsknusperkaramell, Schmalzgebäck … Allein vom Lesen bekam sie Appetit und Lust, die Rezepte selbst auszuprobieren. Sie war sicher keine Meisterköchin, und nach einem Arbeitstag bevorzugte sie einen Salat oder ein Nudelgericht vom Italiener an der Ecke, statt sich noch stundenlang in die Küche zu stellen. Aber Frau Witts Rezeptesammlung beinhaltete besondere Spezialitäten, die es nicht überall zu kaufen gab.

Ihr kam eine Idee. Ein breites Lächeln auf den Lippen, ging Malin in die Diele, um das Rezeptbuch in ihrem Rucksack zu verstauen.

Nachdem sie ausgiebig die Küche geputzt hatte, war Malin am Strand entlang zurück zum Campingplatz gewandert. Obwohl sie in der Ferienwohnung die Möglichkeit zu kochen hatte, stand ihr der Sinn nun doch eher nach Backfisch mit Kartoffelsalat.

Neugierig zog Malin die Tür zur *Miesmuschel* auf. Es war Mittagszeit und das SB-Restaurant des Campingplatzes gut besucht. Hinter dem Tresen an der Kasse entdeckte sie ihre Gastgeberin.

Sie winkte ihr zu. »Guten Tag, Frau Ampütte!«

»Moin, Malin!«, grüßte diese gut gelaunt zurück, während sie eine Cola zapfte. »Sag doch einfach Lilo zu mir. Oder hast du etwa vergessen, dass wir seit gestern Nachmittag per Du sind?« Sie zwinkerte ihr zu.

»Ach so«, erwiderte Malin ein wenig überrumpelt. Ihr war gar nicht bewusst gewesen, dass Lilo ihr das Du angeboten hatte. »Dann noch mal: Guten Tag, Lilo«, sagte sie lächelnd. »Besser?«

»Viel besser!« Lilo stellte das Getränk auf ein Tablett. »Willst du was essen?«

»Einen Backfisch mit Kartoffelsalat. Ich möchte allerdings noch eine andere Sache mit dir besprechen.«

Lilo nickte. »Such dir schon mal einen freien Sitzplatz. Ich kümmere mich um dein Essen und bringe es dir gleich. Dann können wir reden.«

Malin setzte sich an einen Tisch neben einem Fenster. Es dauerte nur zehn Minuten, bis Lilo mit dem bestellten Essen und in einer Serviette eingewickeltem Besteck bei ihr auftauchte.

»Guten Appetit! Der Fisch ist frisch aus der Nordsee.« Sie stellte das Tablett vor ihr ab.

»Vielen Dank. Das riecht köstlich.«

»Hoffentlich schmeckt es dir.« Lilo nahm auf dem Stuhl gegenüber Platz. »Was wolltest du denn mit mir bereden?«

»Einen Moment!« Malin zog den Reißverschluss ihres Rucksacks auf und holte das Notizbuch hervor. »Schau mal, das habe ich in Frau Witts Küche gefunden.«

»Ach, Irmas Rezeptesammlung. Davon habe ich mir im Laufe der Zeit einiges abgeschrieben.« Lilo nahm das Heft und begann, darin rumzublättern. »Die Schwarzwälder Kirschtorte haben wir zu fast jedem Geburtstag gebacken. Die kam immer gut bei den Gästen an«, erinnerte sie sich. »Und das Rezept für die Königsberger Klopse ist ein originales von Irmas Großmutter aus Ostpreußen. Das Heft ist ein kleiner Schatz.«

»Ich habe allein vom Lesen Hunger bekommen.« Malin widmete sich ihrem Backfisch.

Lilo lachte. »Das kann ich mir gut vorstellen. Die meisten der Gerichte gibt es in dieser Qualität nirgendwo zu kaufen. Da muss man sich schon höchstpersönlich in die Küche stellen.«

Nachdem sie einen Bissen des köstlichen Kartoffelsalats heruntergeschluckt hatte, sah Malin auf. »Ich habe überlegt, ob wir nicht ein paar von den Weihnachtsrezepten auf unserem Markt anbieten könnten. Immerhin geht es um Frau Witt. Und was würde da besser passen, als den Besuchern ein paar ihrer Köstlichkeiten anzubieten?«

»Die Idee ist ja großartig«, befand Lilo und nickte anerkennend. »Nach Irmas Schmalzgebäck werden sich die Leute garantiert die Finger lecken. Ganz zu schweigen von den Bratapfelwaffeln. Da bereiten wir ein paar Eimer Teig vor, und dann ab damit aufs Waffeleisen.«

»Und das Weihnachtsknusperkaramell bieten wir in kleinen Tütchen an. Das können die Leute dann mit nach Hause nehmen«, schlug Malin vor.

»Wunderbar! Ich sehe schon, du steckst voller Kreativität und Schöpferkraft.« Lilos Augen funkelten vor Freude. »Lass uns morgen gleich zur Strandkorbhalle gehen, um für unseren Weihnachtsmarkt zu werben.«

»Einverstanden.«

Lilo gab Malin das Rezeptbuch wieder zurück und zwinkerte ihr vergnügt zu. »Es wäre doch gelacht, wenn unser Plan nicht funktionieren würde.«

»Vorausgesetzt, wir dürfen auf dem Gelände den Weihnachtsmarkt abhalten.«

Lilo winkte ab. »Mach dir keine Sorgen, ich kenne die Jungs gut. Sie sind alle in Ordnung. Und bei Herbert Sölle habe ich noch was gut.« Sie grinste selbstbewusst und erhob sich von ihrem Stuhl. »So, ich gehe lieber mal zurück zur Theke, bevor wir uns verquatschen und dein Fisch kalt wird. Morgen Mittag gibt's übrigens selbst gemachten Grünkohl mit Mettwurst und Bratkartoffeln.«

Kapitel 13

Für den Rest des Tages hatte Malin sich vorgenommen, St. Peter-Bad endlich näher zu erkunden. Obwohl das Hotel, in dem sie einige Tage übernachtet hatte, in diesem Ortsteil lag, war sie bis jetzt nicht dazu gekommen, sich dort genauer umzusehen. Die Suche nach dem Reetdachhaus und dann die bisherigen Renovierungen hatten ihre ganze Zeit in Anspruch genommen. Seit sie aber den Winterwind an der Küste genoss, zog es Malin immer wieder ins Freie. St. Peter-Ording war einfach zu schön, um den ganzen Tag drinnen zu sitzen.

Malin genoss es, sich treiben zu lassen, und schlenderte an einem Souvenirladen vorbei, schräg gegenüber dem Hotel. Sonntags waren die Geschäfte natürlich geschlossen, aber sie hatte trotzdem Spaß daran, die Auslagen in den meist weihnachtlich geschmückten Schaufenstern zu bewundern.

Normalerweise stand jedes Jahr ein Adventskranz auf ihrem Wohnzimmertisch. Sie zelebrierte es an jedem der vier Sonntage vor Heiligabend, jeweils eine Kerze mehr anzuzünden. Meist kam sie erst abends dazu, da an den Adventssonntagen grundsätzlich die Familie zusammenkam. Manchmal gingen sie zusammen mittagessen, oder es gab ein gemütliches Treffen bei Kaffee und Kuchen. Sie wusste, dass ihre Eltern Oma Gerda zu sich geholt hatten. Zusammen wollten sie auf den Weihnachtsmarkt gehen. Ein bisschen vermisste sie diese Familientradition an diesem Tag.

Dieses Jahr war ja alles anders gekommen. Der Inhalt von Frau Witts rotem Koffer hatte ihre bisherigen Gewohnheiten durcheinandergewirbelt. Sie war noch nicht einmal dazu gekommen, ihre Wohnung vor der Abreise nach St. Peter-Ording festlich zu schmücken – was im Grunde halb so schlimm war, denn sie hielt sich ja ohnehin nicht in Wuppertal auf.

Malin kam an mehreren Bekleidungsgeschäften vorbei. Im Schaufenster einer Boutique mit Outdoor-Fashion entdeckte sie einen grob gestrickten farngrünen Rollkragenpullover, der ihr auf Anhieb gefiel und preislich auch in ihr Budget passte. Hätte der Laden geöffnet gehabt, hätte sie ihn sofort anprobiert. Wenn sie in den nächsten Tagen Zeit fand, würde sie noch einmal herkommen, nahm sie sich vor.

Gemächlich schlenderte sie weiter und blieb vor einem weiteren Klamottenladen stehen, der ganz auf Strandhausoptik setzte. Die Kleidungsstücke wurden zwischen Surfbrettern, Rettungsringen, Ankern und Tauen in Szene gesetzt. Unweigerlich musste Malin wieder an den hübschen Surfertyp aus dem Baumarkt denken. Sie seufzte leise und fragte sich, was er wohl gerade machte und ob sie ihm tatsächlich noch einmal begegnen würde.

Insgeheim wünschte sie sich es schon immer noch. Er hatte gehörig Eindruck auf sie gemacht, das musste sie sich eingestehen. Ihr Blick ruhte auf einer gerade geschnittenen Steppweste mit Kapuze. Die Weste war lavendelfarben, verfügte über einen hübschen Pilotenkragen und war mit weichem Fleece gefüttert. Zwar war sie bei Weitem nicht so erschwinglich wie der Rollkragenpullover, trotzdem befand Malin, dass sie sich die Weste ebenfalls bei einem zweiten Besuch hier näher ansehen würde.

Als sie den Kopf nach rechts wandte, umwehte sie mit einem Mal ein besonderer Duft. Hm! Ihr war, als hätte sie gebrannte Mandeln gerochen. Suchend schaute sie sich um. Es war keine Weihnachtsmarktbude oder dergleichen in der Nähe zu sehen. Hatte sie sich den Duft am Ende eingebildet?

Langsam ging sie weiter und stand kurz darauf vor dem Eingang eines Geschäfts, das tatsächlich an diesem Sonntag geöffnet hatte.

Über der Tür hing ein Schild mit dem Namen *MeerGlück*. Ein Anker lehnte an dem Buchstaben M, und eine Möwe flog über dem kleinen K. Neben dem Eingang lud eine Sitzbank mit dicken Polstern und einer Kuscheldecke aus Schafsfell zu einer Pause ein. Ein hüfthohes Windlicht mit einer großen Stumpenkerze, die den Duft von gebrannten Mandeln verströmte, fand daneben Platz. Aha, dachte Malin und lächelte angetan.

Das Schaufenster war ein wahr gewordener Weihnachtstraum. Die Dekoration bestand aus goldenen, glitzernden Sternen und funkelnden Lichterketten, die die Auslage einrahmten. Mittig stand ein antik wirkender großer Nussknacker, der in einem warmen Rotton gehalten war. Zu seinen Füßen lagen jede Menge Nüsse, die anscheinend nur darauf warteten, geknackt und verzehrt zu werden.

Malin lugte durch das Fenster. Sie entdeckte Leute in dem Laden. Ein paar saßen an Tischen und hielten große Tassen in Händen, andere sahen sich im Geschäft um. Als Malin schließlich eintrat, erklang über ihrem Kopf ein helles Glöckchen. Sie lächelte und fühlte sich gleich an frühere Zeiten erinnert, in denen noch viele Geschäfte ein Glöckchen am Eingang befestigt hatten.

Wunderbare Düfte strömten nun auf sie ein, die aus der Ecke zu kommen schienen, in der ein kleines Café untergebracht war. Es duftete herrlich nach Anis, Zimt, Vanille, Schokolade und Kaffee. Vielleicht auch ein bisschen nach Marzipan. Malin atmete tief ein, und mit einem Mal war ihr ganz weihnachtlich zumute. Sie konnte spüren, wie ihr Herz aufging und eine ruhige, besinnliche Stimmung sie erfüllte.

Hinter der Theke des kleinen Cafés bereitete eine Frau Kaffee an einer Espressomaschine zu, während eine Kundin vor dem Tresen wartete. Neben ihr stand ein kleiner Junge mit einer farbenfrohen Pudelmütze auf dem Kopf. Er hielt einen Keks mit bunten Schokolinsen in der Hand.

Malin ging weiter zu einem der Regale, in dem kleine Fläschchen mit verschiedensten Ölen aufgestellt waren. Es gab ätherische Öle, die in alphabetischer Reihenfolge sortiert waren. Daneben befand sich eine kleine »medizinische Abteilung«, in der es spezielle Mischungen wie zum Beispiel ein Gelenk- und Muskelöl gab oder auch eins gegen Husten.

Fasziniert betrachtete sie die zahlreichen Edelsteine, die auf einem Tisch in Körben auslagen, und roch an unterschiedlichen Seifen. Malins Herz tat vor Freude einen Hüpfer, als sie in einer anderen Ecke die »Kerzenabteilung« entdeckte, in der es nicht nur wunderbar roch, sondern auch eine kleine, aber feine Auswahl an Adventskränzen zum Kauf angeboten wurde. Vor einem Adventskranz aus Schieferplatten blieb sie schließlich fasziniert stehen. Vier cremeweiße Wachskerzen waren auf der Platte befestigt. Jede von ihnen trug einen dunklen Anhänger mit den Schriftzügen *Eins*, *Zwei*, *Drei* oder *Vier*. Ziemlich minimalistisch, wie Malin fand, aber dennoch auf eine besondere Art und Weise charmant. Zu Hause kaufte sie jedes Jahr einen dicken Kranz aus Tannengrün bei ihrem Lieblingsfloristen, den sie mit vier Kerzen und allerhand Schleifen, Kugeln, Engeln, Nüssen, Zimtstangen und Sternen dekorierte.

»Moin! Kann ich Ihnen weiterhelfen?«, erklang eine angenehme Frauenstimme neben ihr.

Erschrocken blickte Malin in das freundliche Gesicht einer Frau, die sich unbemerkt zu ihr gesellt hatte. Sie war schlank und hatte ihr blondes Haar zu einem hohen Knoten gebunden. Um den Hals trug sie eine Kette mit einem bräunlichgelben Anhänger. Vermutlich Bernstein. Malin schätzte sie auf Ende dreißig oder höchstens Anfang vierzig.

»Entschuldigen Sie bitte, ich habe Sie überhaupt nicht bemerkt. Ich war so vertieft in die vielen verschiedenen Kerzen und diesen außergewöhnlichen Adventskranz.«

Sie deutete auf den weihnachtlichen Tischschmuck mit der Schieferplatte.

Die Frau hob den Adventskranz hoch. »Er ist schlicht, aber doch irgendwie schick, oder?« Sie drehte ihn zu Malin. »Ich habe dieses Modell häufiger verkauft, als ich ursprünglich gedacht hatte. Für manche Kunden war es die große Liebe auf den ersten Blick, andere mussten mehrmals hinschauen, bevor sie ihn gekauft haben. Dies ist tatsächlich unser letztes Exemplar.«

»Ich nehme ihn«, erklärte Malin kurz entschlossen.

»Wunderbar.« Die Frau schenkte ihr ein Lächeln. »Das Schöne ist, Sie können ihn sogar nächstes Jahr wiederverwerten. Einfach mit neuen Kerzen bestücken und die Anhänger befestigen. Schon ist der Adventskranz fertig.«

»Einfacher geht es kaum.« Malin nickte. »Er würde sich gut auf der Fensterbank meiner Küche machen. Aber erst mal nehme ich ihn mit in meine Ferienwohnung, damit etwas Weihnachtsstimmung aufkommt.«

»Das wird es bestimmt.« Die Frau lächelte wieder. »Die Kerzen haben Vanilleduft. Falls Sie lieber eine andere Duftnote möchten, kann ich sie gerne austauschen. Wir haben auch welche mit Zimt- oder Zuckergussduft.«

»Nein, nein, vielen Dank. Ich mag Vanille wirklich gern. Der Duft eignet sich ideal für kalte Winterabende! Er verströmt eine heimelige Atmosphäre, finde ich.« Malin freute sich schon darauf, den Kranz aufzustellen.

Die Verkäuferin nickte zustimmend. »Da bin ich ganz Ihrer Meinung. Wenn ich von Vanille nur nicht immer solch einen Appetit bekommen würde! Meistens habe ich dann Hunger auf Kuchen und Plätzchen. Und unglücklicherweise sitze ich durch meine Geschäftspartnerin direkt an der Quelle.« Sie lachte verschmitzt und schaute dann zu der Theke. »Pütti zaubert jeden Tag neue leckere Kuchenkreationen und Kekse oder lässt sich anderen Süßkram einfallen. Natürlich schmeckt das auch noch alles unwiderstehlich – und zur Weihnachtszeit ist es in unserem Laden sowieso am schlimmsten.«

Malin lachte. »Da bekomme ich ja fast Mitleid mit Ihnen.« Die Verkäuferin war ihr sympathisch. »Verkaufen Sie diese süßen Sünden eventuell auch zum Mitnehmen?«

»Natürlich. Wir nehmen sogar Vorbestellungen entgegen. Für unsere Neujährchen zum Beispiel. Die Hörnchen sind so beliebt bei unseren Stammkunden, dass wir sie am 1. Januar nur an Vorbesteller verkaufen können.«

»Das hört sich sehr verlockend an. Vielleicht bin ich über den Jahreswechsel auch noch hier.« Malin überlegte, ob sie auch welche bestellen sollte.

»So?« Die Verkäuferin wirkte erstaunt. »Dann machen Sie wirklich lange Urlaub in St. Peter.«

»Im Grunde genommen ist es gar kein richtiger Urlaub.« Sollte sie Einzelheiten zum Grund ihres Aufenthaltes in St. Peter-Ording preisgeben? Eigentlich sprach nichts dagegen. »Ich kümmere mich um ein renovierungsbedürftiges Reetdachhaus am Norderdeich. Bis die Arbeiten abgeschlossen sind, wird es noch eine Weile dauern …«

»Oh ja, Renovierungen können echte Zeitfresser sein. Besonders wenn was nicht so klappt wie geplant.« Sie stellte den Adventskranz zurück auf den Tisch. »Darf ich

Sie fragen, welches Ferienhaus demnächst in neuem Glanz erstrahlen wird?«

Malin schüttelte den Kopf. »Es handelt sich um keine Ferienunterkunft, sondern um ein privates Wohnhaus. Vielleicht kennen Sie sogar die Besitzerin, sie heißt Frau Witt.«

Die Verkäuferin machte nun große Augen. »Natürlich kenne ich Frau Witt. Die meisten in St. Peter kennen sie. Sie war früher mal meine Lehrerin. Grüßen Sie sie mal schön von Jana, dann weiß sie Bescheid. Wenn ich mich recht entsinne, habe ich sie längere Zeit nicht mehr gesehen …« Sie schaute nachdenklich. »Es ist bestimmt einige Monate her, dass sie das letzte Mal hier im Laden vorbeigeschaut hat.«

In diesem Moment kam eine Kundin zu ihnen und wollte sich den Adventskranz mit der Schieferplatte näher ansehen. Erleichtert hörte Malin, wie der Kundin erklärt wurde, dass der weihnachtliche Tischschmuck bereits verkauft war. Anschließend bat die Verkäuferin sie zur Kasse. Dort stellte sie den Adventskranz ab.

»Frau Witt ist seit letztem Sommer übrigens bei ihrer Tochter in Bayern«, nahm Malin den Gesprächsfaden wieder auf.

Die Frau nickte. »Renovierungen sind immer leichter durchzuführen, wenn zu dem Zeitpunkt niemand in dem Haus wohnt. Wann kommt sie denn wieder?«

»Wir wissen noch gar nicht, ob sie überhaupt zurückkommt. Aber wir hoffen es natürlich«, antwortete Malin wahrheitsgemäß.

»Das verstehe ich jetzt nicht.« Sie schaute Malin fragend an.

»Was verstehst du nicht?« Die Frau, die Malin als Pütti benannt worden war, trat zu ihnen.

»Wusstest du, dass Frau Witt seit dem Sommer bei ihrer Tochter ist, Pütti?«

»Nö. Aber könnte hinkommen. Im Sommer ist sie mir das letzte Mal über den Weg gelaufen.« Pütti strich sich eine dunkle Haarsträhne aus dem Gesicht.

»Und nun weiß niemand, ob sie noch mal nach St. Peter zurückkehren wird.« Jana blickte Malin ratlos an. »Können Sie uns das erklären?«

»Wahrscheinlich wird sich die Geschichte eh demnächst wie ein Lauffeuer herumsprechen«, begann Malin und presste die Lippen aufeinander. »Ich möchte Sie vorwarnen. Es ist nämlich eine fast schon kuriose Begebenheit. Hätte ich das alles nicht selbst erlebt, hätte ich es nicht geglaubt.«

»Das hört sich jetzt schon richtig spannend an. Wie wäre es mit einem Milchkaffee à la gebrannte Mandeln dazu, wenn Sie ein bisschen Zeit mitgebracht haben?«

Malin und Jana nahmen das Angebot dankend an. Sie setzten sich auf zwei Barhocker vor die Theke. Während Malin erzählte, was sie nach St. Peter-Ording verschlagen und was sie bisher erlebt hatte, genossen sie den köstlichen Kaffee mit Mandelaroma. Als Malin mit ihrer Erzählung geendet hatte, waren beide Frauen zunächst sprachlos.

»Wir hoffen natürlich, dass wir den Weihnachtsmarkt auf die Schnelle organisieren können und genug Geld einnehmen, um das Reetdachhaus für Frau Witts Rückkehr vorzubereiten«, fügte Malin in die Stille hinzu.

»Bei dem Weihnachtsmarkt sind wir natürlich auch dabei, oder, Pütti?!« Jana sah ihre Geschäftspartnerin auffordernd an.

»Selbstverständlich. Wir können doch unsere alte Lehrerin nicht im Stich lassen«, pflichtete diese bei.

»Genau. Und weil Leute im gleichen Team sich duzen: Ich bin Jana, und das ist meine Freundin Pütti.« Sie streckte Malin die Hand entgegen.

»Malin.« Ebenso erfreut wie überrascht erwiderte sie Janas und Püttis festen Händedruck, der auf Tatkraft schließen ließ. Zufrieden stellte sie fest, dass sie mittlerweile alles andere als allein vor der großen Aufgabe stand, die sie sich gestellt hatte.

Kapitel 14

Einzelne Schneeflocken schwebten aus grauen Wolken herab. Ein paar wurden vom Wind gegen die Fensterscheibe der Ferienwohnung getrieben und verwandelten sich bald darauf in einen flüssigen Aggregatzustand. Fasziniert beobachtete Malin den Flockentanz. Sie hatte den Lautsprecher ihres Handys eingeschaltet und telefonierte mit Franzi.

»Du klingst sehr nasal heute.«

»Ist bloß ein kleiner Schnupfen. Nichts Wildes«, sagte Franzi. Im nächsten Moment putzte sie sich geräuschvoll die Nase. »Lukas ist auch ein bisschen erkältet. Wahrscheinlich habe ich mich bei ihm angesteckt. Wie läuft es denn so bei dir?«

Gedankenverloren strich Malin mit dem Finger über die Glasscheibe. »Bis jetzt gut. Wir brauchen nur noch die Zusage der Leute von der Strandkorbhalle. Dann können wir mit den Vorbereitungen für den Wohltätigkeitsweihnachtsmarkt beginnen.«

»Ich will ja kein Spielverderber sein, aber viel Zeit bleibt dafür nicht mehr«, mahnte Franzi. »Nach dem Weihnachtsmarkt muss immer noch so einiges im Haus bewerkstelligt werden. Das alles soll ja bis Weihnachten fertig sein, damit

Frau Witt den schönsten Heiligabend seit Langem erleben kann. Glaubst du wirklich, dass das klappen wird?«

Malin wandte sich vom Fenster ab und setzte sich aufs Sofa. Auf dem kleinen Holztisch brannte die erste Kerze des Adventskranzes und verströmte herrlich süßen Vanilleduft. »Mir ist klar, dass es ein Schnellschuss wird. Aber welche andere Wahl haben wir denn? Nach Weihnachten soll doch sonst der Verkauf über die Bühne gehen, so hatte Frau Witt es ja geschrieben. Ich werde natürlich weiter versuchen, den Kontakt zu ihrer Tochter zu bekommen. Viel verspreche ich mir davon allerdings nicht mehr.«

»Es wird definitiv jede helfende Hand gebraucht«, schlussfolgerte Franzi. »Ich schaue spätestens morgen nach einer günstigen Zugverbindung. Auf mich kannst du fest zählen.«

Malin lächelte. »Das weiß ich doch.«

»Vielleicht kann ich Lukas dazu überreden, dass er am Wochenende sein Fußballticket sausen lässt. Dann könnte er auch mithelfen.«

Ungläubig stieß Malin den Atem aus. »Lukas soll auf ein Fußballspiel verzichten? Das glaubst du doch nicht im Ernst, Franzi. Eher fallen Weihnachten und Ostern auf einen Tag.«

»Fragen werde ich ihn immerhin.« Franzi nieste.

»Frag ihn lieber, ob ihr noch genug Erkältungstee zu Hause habt. Das hört sich nicht gut an, meine Liebe.«

Schniefend erwiderte Franzi: »Ist nur ein kleiner Schnupfen. Sobald ich ein Zugticket gekauft habe, sage ich dir Bescheid.«

»Okay. Gute Besserung wünsche ich dir.«

»Ich gebe mir Mühe.«

Nachdem sie das Gespräch beendet hatte, nahm sie sich ein Ingwerplätzchen vom Teller. Sie hatte das Gebäck am vergangenen Tag im *MeerGlück* erstanden und war sehr zufrieden mit dem Kauf. Jana und Pütti hatten zugesagt, den Weihnachtsmarkt mit Getränken und Süßspeisen zu unterstützen. Sie hoffte inständig, dass sie nun noch die Zusage für den Parkplatz vor der Strandkorbhalle bekamen. In zwei Stunden war sie mit Lilo verabredet und würde es erfahren. Sosehr sie auf glühenden Kohlen saß, so sehr fürchtete sie sich auch vor der Entscheidung. Was sollten sie tun, wenn sie eine Absage bekamen? Würden sie dann schnell eine Alternative finden, oder war ihre Idee vom Wohltätigkeitsweihnachtsmarkt damit zum Scheitern verurteilt? Malin sandte ein Stoßgebet zum Himmel und hoffte, dass Lilo mit ihrem Optimismus richtiglag.

Lilo wartete in der *Miesmuschel* auf sie. Sie trug einen dunkelblauen Steppmantel, der ihr bis zu den Waden reichte. Auf ihrem Kopf saß eine dicke Strickmütze in Altrosa. Als sie Malin sah, hob sie die Hand. »Moin!«

»Moin, Lilo!«, erwiderte Malin lächelnd. Auch wenn sie sie noch nicht lange kannten, hatte Malin die ältere Frau schon fest ins Herz geschlossen.

»Na, bist du gut gerüstet für unseren Kampf?«, fragte Lilo sie unbekümmert.

»Ehrlich gesagt habe ich ein wenig Muffensausen«, gab Malin zu.

Dafür erntete sie einen stirnrunzelnden Blick. »Muffensausen? Wovor denn?«

»Na ja, was machen wir nur, wenn die Leute von der Strandkorbhalle nicht so begeistert sind von unserer Idee? Wenn sie Nein sagen?« Dass sie ihre Zweifel jetzt laut ausgesprochen hatte, erleichterte Malin. Trotzdem fühlte sie sich verwundbar, denn bisher war sie die treibende Kraft in dem Unternehmen gewesen.

»Was? Deswegen machst du dir Sorgen? Das musst du nicht.« Beruhigend legte Lilo ihr eine Hand auf die Schulter. »Erstens kommt es äußerst selten vor, dass mir jemand etwas abschlägt, und zweitens ist selbst eine Absage kein Beinbruch. Dann fällt uns schon was anderes ein. Okay?«

»Okay.« Malin nickte und lächelte. Den letzten Einwand, dass die Zeit drängte und sie sich keine Verzögerungen leisten konnten, schluckte sie hinunter. Es stimmte ja, sie musste nach vorn blicken. »Hast du noch mal etwas von Frau Witt gehört?«, fragte sie daher stattdessen.

»Sie hat gestern Abend angerufen und mir einen schönen ersten Advent gewünscht. Dabei hat sie mir erzählt, dass der Verkaufstermin für den dreißigsten Dezember von ihrer Tochter festgelegt wurde.« Lilo rollte mit den Augen. »Dass wir hier Himmel und Hölle für sie in Bewegung setzen, davon wollte sie nichts hören. Sie ist stur wie ein alter Esel.«

»Oje! Das ist natürlich ein Problem, das nicht zu unterschätzen ist. Wenn ihre Tochter am Ende einfach auf den

Verkauf des Hauses besteht, können wir nichts mehr tun für Frau Witt.«

»Ach was! Das ist überhaupt kein Problem. Sei mal nicht so pessimistisch, Malin. Du hast immerhin schriftlich, dass Irma dir das Haus vermacht hat. Ich werde demnächst mit meinem guten Freund Rasmus darüber sprechen. Er ist Rechtsanwalt und Notar und kennt sich mit diesen Dingen aus.«

»Das ist gut.« Ob Frau Witts Brief jedoch überhaupt ohne Unterschrift gültig war, wusste Malin nicht. Das zu überprüfen war ihr noch gar nicht in den Sinn gekommen. Sie war froh, dass Lilos Bekannter die Angelegenheit klären würde.

Mit einer ausholenden Armbewegung schlang Lilo sich einen dreifarbigen Schal um den Hals. »Ich bin startklar. Auf geht's!«

Ein stürmischer Wind blies über den Seedamm, während sie den menschenleeren Norderdeich entlanggingen. Als sie an der Strandkorbhalle Hungerhamm ankamen, stellte Malin überrascht fest, dass sie unweit von Frau Witts Haus lag.

»Das ist ja sogar die direkte Nachbarschaft«, sagte sie erstaunt.

»Ziemlich. Irma ist mit den Jungs auch gut bekannt. Im Winter hat sie ihnen nicht selten heiße Hühnersuppe vorbeigebracht, damit sie in der Halle beim Reparieren nicht frieren mussten«, erinnerte sich Lilo und lächelte zuversichtlich.

»Dann sind dort in der kalten Jahreszeit die Strandkörbe untergebracht?«, wollte Malin mit Blick auf die Halle wissen.

»Richtig.«

»Und im Sommer steht sie leer?«

Lilo schmunzelte. »Leer stimmt schon, aber dann finden dort häufig Kunstausstellungen statt.«

»Mit Bildern?«, erkundigte Malin sich interessiert.

»Bilder oder auch Skulpturen. Fotoausstellungen gab es auch schon«, erzählte Lilo.

»Das ist interessant.« Sie betrachtete Lilo von der Seite, als sie an der Halle angekommen waren, und wartete darauf, dass sie vorgehen würde.

Lilo zögerte keine Sekunde. »Hereinspaziert in die gute Stube«, rief sie und öffnete die Tür, durch die Malin ihr folgte.

Ihr Blick fiel sofort auf die vielen bunten Strandkörbe, die sich augenscheinlich in verschiedenen Stadien der Reparatur befanden. Sie hörte, dass weiter hinten gerade Holz bearbeitet wurde.

»Herbert? Klaus?«, rief Lilo mit lauter Stimme.

»Jo!«, antwortete kurz darauf jemand.

Dann erschien ein Mann mit dunkelblauer Strickmütze und Arbeiterjacke und kam auf sie zu. In seinem Mundwinkel hing eine Pfeife, die jedoch nicht angezündet war.

»Moin, Lilo! Haste Besuch mitgebracht?« Er nickte Malin zu.

Sie erwiderte sein Nicken. »Guten Tag.«

»Wir müssen mal eben was beschnacken«, verkündete Lilo unumwunden. »Wo ist denn Klaus?«

»Klaus!«, rief der Mann mit durchdringender Stimme.

»Was is denn los?«, tönte es zwischen den Strandkörben her.

»Die Chefin will was mit uns beschnacken.« Er zwinkerte Malin zu.

Einen Augenblick später erschien ein Mann, auf den die Redewendung »Ein Mann wie ein Baum« perfekt passte. Malin schätzte ihn auf mindestens zwei Meter. Und seinen Muskeln nach zu urteilen, konnte er wohl mühelos einen Strandkorb allein tragen.

»Moin, Lilo!«, sagte auch er.

»Wir müssen was ausklabastern, wegen Irma«, kam Lilo gleich auf den Punkt. Sie erklärte die Sachlage in kurzen Sätzen und ließ am Ende keinen Zweifel daran aufkommen, dass das Schicksal ihrer Freundin von Herberts und Klaus' Zustimmung abhing. »So. Es liegt also in eurer Hand, ob Irma wieder zurückkommen kann«, schloss sie.

Die beiden Männer wechselten einen Blick. »Wann soll denn der Weihnachtsmarkt stattfinden?«, erkundigte sich Herbert.

»Nächsten Sonntag«, kam es von Lilo wie aus der Pistole geschossen.

Malin bemühte sich, nicht in Schnappatmung zu geraten und sich nichts anmerken zu lassen. Das war in sechs Tagen. Ob sie bis dahin alles vorbereitet hätten …?

Die Männer schauten einander wieder an. Schließlich nickte Klaus. »Ab Mittag?«

»Ab Mittag«, bestätigte Lilo. »Wir kochen einen großen Topf mit Irmas Hühnersuppe.«

Auf Herberts Gesicht breitete sich ein seliges Lächeln aus. »Die Suppe haben wir in letzter Zeit vermisst.«

»Dann ist ja alles klar.« Lilo wirkte zufrieden.

»Darf ich einmal durch die Halle gehen und mir die Strandkörbe ansehen?«, fragte Malin. Sie war fasziniert von den vielen Strandmöbeln.

»Aber sicher, Fräulein. Solange sie nichts durcheinanderbringen.« Um Klaus' Mund zuckte ein Grinsen.

»Ich werde mir Mühe geben«, erwiderte Malin und schritt die Reihen mit den Strandkörben ab.

Dabei folgte sie unbewusst einem pochenden Geräusch. Als sie dem Klopfen ganz nah war, hielt sie inne. Dann wandte sie sich um eine Ecke und blieb abrupt stehen.

Natürlich erkannte sie ihn sofort – den Mann, den sie vor einigen Tagen im Baumarkt getroffen hatte. Er trug heute ebenfalls Arbeitskleidung. Seine Hände waren mit Holzspänen und Farbklecksen bedeckt, während er konzentriert an einem Strandkorb arbeitete. Er schien sie nicht zu bemerken, obwohl ihr Herz vor Aufregung so laut klopfte, dass sie glaubte, jeder müsste es hören.

Was sollte sie tun? Einfach rumstehen und ihn bloß anstarren kam nicht infrage. Sie nahm all ihren Mut zusammen und machte einen Schritt auf ihn zu.

»Was für eine Überraschung«, sagte sie, als sie sich ihm näherte.

Er blickte von seiner Arbeit auf, und ein breites Lächeln erhellte sein Gesicht, als er sie sah. Er stand auf. »Moin! Ich erinnere mich an Sie.«

»Ich mich auch an Sie«, gab Malin keck zurück. »Ich hätte nur nicht gedacht, dass ich Sie hier treffe.«

»Ebenso. Mit Ihnen hätte ich eher in der Gartenabteilung bei den Christsternen gerechnet«, erwiderte er mit einem schelmischen Lächeln. Er deutete auf die Strandkörbe. »Ich mache die Strandkörbe für die nächste Saison fit. Und Sie? Was hat Sie denn im Winter in die Strandkorbhalle verschlagen?«

»Ich bin mit Lilo Ampütte hier. Wir wollen auf dem Parkplatz vorn einen Weihnachtsmarkt veranstalten.«

Er runzelte die Stirn. »Für nächstes Jahr?«

»Für dieses. Es geht um Frau Witts Reetdachhaus. Die Frau, die öfters mal Hühnersuppe vorbeibringt.«

»Ach!« Er zog die Augenbrauen hoch und stellte den Werkzeugkasten beiseite. Einen Moment betrachtete er sie wortlos. »Dann bist du also Malin.«

»Ja?!« Sie schaute ihn erstaunt an. »Woher kennst du meinen Namen?« Wenn er sie duzte, dann tat sie das auch.

»Ich bin Carl, Sanne ist meine Schwester. Sie hat mir die ganze Geschichte erzählt.«

Da fiel es Malin wie Schuppen von den Augen. »Ihr seht euch wirklich ähnlich.«

»Wir sind verwandt«, erwiderte er mit einem schiefen Lächeln.

»Daran besteht kein Zweifel.«

»Das ist schon eine irre Geschichte. Wie aus einem Film.

Ich wollte eh meine Hilfe anbieten und mir den Zustand des Reetdachhauses mal ansehen.«

»Wir freuen uns über jeden Helfer«, bekannte sie erfreut. »Du scheinst handwerklich begabt zu sein.« Bewundernd schaute sie auf den Strandkorb, den er bereits teilweise repariert hatte.

»Es ist ein bisschen wie bei der Pflege von Pflanzen – man muss wissen, wie man sie zu behandeln hat«, antwortete er und zwinkerte ihr zu. »Und manchmal braucht es im Leben einfach nur ein wenig Geduld.«

»Da ist was Wahres dran.« Malin schenkte ihm ein offenes Lächeln. Sie war sich sicher, dass sie beide das Gleiche meinten.

Kapitel 15

Malin klappte die Sonnenblende runter, während sie ihr Auto die Straße *Am Deich* entlangsteuerte. Die grauen Wolken hatten sich verzogen, es war ein schöner, knackig kalter Wintermorgen mit hellem Sonnenschein. Als sie am *Beach Motel* vorbei war, klingelte ihr Handy auf dem Beifahrersitz.

Hastig steckte sie sich einen Stöpsel der Kopfhörer ins Ohr und nahm das Gespräch an. »Hey, Franzi!«

»Guten Morgen«, erklang die heisere Stimme ihrer Freundin, gefolgt von einem Räuspern.

»Meine Güte, Franzi! Du klingst ja fast wie ein altes Reibeisen.«

»So schlimm ist es nicht.«

»Na ja, nach einem harmlosen Schnupfen hört sich das nun wirklich nicht an.«

»Ach, ich kann wenigstens noch sprechen. Lukas ist seit gestern ganz ohne Stimme. Wir kommunizieren momentan ausschließlich schriftlich.«

»Ich hoffe, du sitzt schön zu Hause auf der Couch mit einer Tasse heißen Tee … Du bist doch nicht etwa gerade in unserem Büro?«

»Doch.« Der Antwort folgte ein Hustenanfall.

Malin zog die Augenbrauen zusammen. »Oh, Franzi, geh lieber nach Hause und kuriere dich aus. So kurz vor Weihnachten ist doch eh Saure-Gurken-Zeit.«

»Ja, ich warte noch auf den Postboten, und dann streiche ich hier die Segel. Homeoffice auf dem Sofa funktioniert ja auch«, brachte Franzi heiser hervor.

»Wehe nicht!«, mahnte Malin mit einem Lächeln auf den Lippen. Sie bog rechts ab auf die Eiderstedter Straße.

Franzi räusperte sich. »Weswegen ich eigentlich anrufe … Ich habe vorhin deine Mail mit den Entwürfen für die Flyer gesehen.«

»Und? Wie findest du sie?«, fragte Malin gespannt.

»Das Layout mit dem weihnachtlich dekorierten Strandkorb ist eine sehr coole Idee. Weihnachten mit hyggeligem Küstenflair. St. Peter-Ording scheint allmählich auf dich abzufärben.«

»Gut möglich.« Malin lächelte wieder. »Das Flugblatt ist zwar noch nicht in seiner endgültigen Fassung fertig, aber ich wollte wenigstens ein grobes Layout haben. Und deine Meinung war mir natürlich wichtig. Ich bin gerade auf dem Weg zu einer Druckerei, um vorab zu klären, wie lang der Vorlauf bis zum Druck wäre. Wir wollen die Flyer am liebsten schon übermorgen verteilen und aufhängen.«

»Ist die Druckerei in St. Peter-Ording?«

»Tatsächlich ja. Im Bövergeest. Gleich um die Ecke von Nordergeest.« Malin war selbst überrascht gewesen, als sie das herausgefunden hatte.

»Wie praktisch.« Franzi schnupfte hörbar in ein Taschentuch. »Und kommst du gut im Haus voran?«

Ein Lächeln glitt über Malins Gesicht, und sie genoss die Sonnenstrahlen, die durch die Windschutzscheibe drangen. »Die Küche habe ich blitzblank geputzt. Vielleicht bekommen wir sogar einen neuen Kühlschrank oder einen Herd gespendet. Alle anderen Renovierungsarbeiten müssen handwerklich versierte Leute vornehmen.«

»Hoffentlich findet sich auf die Schnelle jemand. Ich meine, kurz vor Weihnachten ist doch meistens eine undankbare Zeit für solche Hauruckaktionen.«

»Keine Sorge, das wird schon werden. Ich bin nachher mit Sanne und Carl verabredet. Carl will sich den Zustand der Bäder und auch das alte Bett ansehen.«

Franzi lachte kurz auf. »So, so. Carl, also …«

»Carl ist Sannes Bruder«, fügte Malin schnell hinzu und hoffte, dass sie nicht allzu schwärmerisch klang. »Ich habe ihn gestern in der Strandkorbhallte getroffen. Stell dir vor, Sanne hat ihm die ganze Geschichte erzählt. Er wusste schon Bescheid und hatte eh vor, seine Hilfe bei der Renovierung anzubieten. Er meinte, dass einige seiner Kumpel auch mithelfen wollen. Sie alle kennen Frau Witt persönlich. Ist das nicht toll? Dann könnten wir es tatsächlich bis Weihnachten schaffen, das Reetdachhaus seniorengerecht umzugestalten. Carl ist unsere Rettung!«

»Sieht Carl gut aus?«, erkundigte sich Franzi.

»Wie bitte?«, fragte Malin nach, um Zeit zu gewinnen. Offenbar war ihr die Begeisterung doch anzuhören. Sie setzte den Blinker links, um in das Gewerbegebiet zu fahren.

»Ob Carl gut aussieht«, wiederholte Franzi ungerührt. Sie hatte sie zweifellos durchschaut.

»Äh … Er sieht nicht hässlich aus. Wieso?«

Franzi lachte. »Bist du etwa verknallt?«

»Was? Nein! Er ist Sannes Bruder.« Obwohl Franzi mit der Frage den Nagel auf den Kopf getroffen hatte, schüttelte Malin den Kopf. Seit dem zufälligen Wiedersehen in der Strandkorbhalle ging Carl ihr nicht mehr aus dem Sinn. Tatsächlich konnte sie es kaum erwarten, ihn und Sanne später in Frau Witts Haus zu treffen. »Wie kommst du denn darauf?«

»Och, ich kenne dich inzwischen ein paar Jährchen, liebe Malin«, antwortete Franzi mit kratziger Stimme. »Du hast gerade regelrecht von ihm geschwärmt und dabei ohne Punkt und Komma geredet. Ist dir das nicht aufgefallen? Das machst du immer, wenn du dich in jemanden verguckt hast.«

Malin fühlte sich ertappt, wollte es aber immer noch nicht einräumen. Was, wenn ihre Gefühle am Ende verpufften? Franzi würde sie schon aufziehen, so gut kannte sie sie wiederum … »Er ist wirklich nett, das gebe ich zu«, sagte sie deswegen. »Aber ich kenne ihn doch gar nicht.«

»Na und? Ich kannte Lukas auch nicht, als er sich damals in der sagenumwobenen Vorlesung neben mich gesetzt hat. Trotzdem war ich sofort in ihn verknallt, als er nur Hallo zu mir gesagt hat. Das war eine Sache von Sekunden. Den Rest der Geschichte kennst du.«

Das passiert durchaus nicht jedem, dachte Malin und erinnerte sich an ihre vergangenen Beziehungen zurück. Roman kannte sie bereits vier Monate, bevor der Funke übergesprungen war. Und an Patrick war sie sogar über ein Jahr lang im Fitnessstudio vorbeigelaufen, ohne ihn überhaupt zu registrieren. »Nicht jeder verliebt sich auf den ersten Blick.«

Sie erreichte den Bövergeest und fuhr langsamer. Konzentriert suchte sie die Hausnummernschilder der Gebäude ab. »Oh! Ich sehe gerade die Druckerei.« Sie schlug das Steuer nach rechts ein, um auf den Parkplatz zu fahren.

»Also gut …« Franzi bekam wieder einen Hustenanfall.

Malin parkte und stellte den Motor aus. »Du solltest dich wirklich schonen«, erklärte sie mit fester Stimme. »Sonst schreibst du demnächst auch nur noch Nachrichten.«

»Ich werde deinen Rat beherzigen. Schließlich möchte ich ja am Wochenende nach St. Peter-Ording kommen«, versprach sie. »Meldest du dich nachher noch mal? Ich will ja unbedingt wissen, wie es mit der Renovierung weitergeht – und mit Carl.«

Malin hörte Franzi leise kichern und musste selbst lächeln. »Ich werde dich auf dem Laufenden halten.«

Nachdem sie sich voneinander verabschiedet hatten, nahm Malin ihren Laptop von der Rückbank, stieg aus und ging zielstrebig auf das dunkle Gebäude zu.

Das Gespräch in der Druckerei war positiv verlaufen. Malin hatte die Zusage der Betreiber bekommen, dass, wenn sie morgens das fertige Layout per E-Mail schickte, sie bereits mittags die Druckerzeugnisse abholen könne. Auf dem Rückweg nach Ording war sie guter Dinge gewesen und hatte vergnügt ein paar Besorgungen erledigt.

Unter anderem hatte sie jetzt alle Zutaten, die sie für Frau Witts Weihnachtsknusperkaramell benötigte. Sie wollte das Rezept vorher einmal ausprobieren, bevor sie sich an die Großproduktion für den Weihnachtsmarkt machte. Dann durfte nämlich nichts schiefgehen – und weil sie keine Meisterkonditorin war, fühlte sie sich sicherer, wenn sie vorher einen Probedurchgang gemacht hatte. Als sie auf der Höhe von St. Peter-Bad war, summte sie eine Weihnachtsmelodie aus dem Radio mit und bog spontan ins Zentrum ein.

Wenig später saß sie mit einer Tasse alkoholfreiem Weihnachtspunsch in der Hand im *MeerGlück*. Sie hatte Pütti das besagte Rezept gezeigt und sie um ihre professionelle Meinung gebeten. »Das scheint doch zu einem Weihnachtsmarkt zu passen, nicht wahr?«

»Auf den ersten Blick, ja.« Pütti beugte sich über Frau Witts Rezeptbuch. »Ich würde mich allerdings auch lieber erst selbst überzeugen, ob ich etwas mag oder nicht. Ich habe schon oft Rezepte gelesen, die mich auf dem Blatt Papier vollends überzeugt haben.« Sie schaute Malin an und verzog den Mund. »Aber als ich sie dann nachgebacken und probiert habe … Na ja, es waren einige Reinfälle dabei.«

»Du machst mir aber Mut. Ich als Laienbäckerin dachte, Knusperkaramell kann ja nur lecker schmecken.«

»Frau Witts Rezepte sind bestimmt alle köstlich«, schaltete sich Jana nun beruhigend ein.

»Das werden wir herausfinden.« Pütti ging die Liste der Zutaten durch. »Hast du auch das Rezept dabei?«

Malin zog einen Zettel aus ihrem Rucksack. »Hab ich.«

»Weißt du was? Ich habe sogar alles da, was wir für das Knusperkaramell benötigen.«

»Ich inzwischen auch. Liegt alles im Kofferraum«, erklärte Malin.

»Dort kann es ruhig liegen bleiben. Heute ist nicht so viel los im Laden. Ich werde die Probe aufs Exempel machen. Wenn du möchtest, kannst du mir gerne helfen«, bot Pütti an.

»Na klar, sehr gern!« Erfreut stand Malin von ihrem Stuhl auf und nahm ihre Tasse.

»Macht ihr zwei nur. Ich halte hier vorne die Stellung.« Jana lächelte und nickte Malin aufmunternd zu.

Sie gingen in die kleine Küche, die in einem Nebenraum untergebracht war. Pütti holte die Kochutensilien und Lebensmittel hervor und legte sofort los. Malin assistierte ihr, indem sie die benötigten Zutaten abwog oder zur weiteren Verarbeitung vorbereitete. Pütti schien ganz in ihrem Element zu sein, Malin bewunderte ihr Geschick und nahm sich vor, sich jeden ihrer Handgriffe genau einzuprägen, um es später ihr gleichzutun.

Als das Knusperkaramell fertig und abgekühlt war, brachte Pütti die Stückchen auf einem Schneidebrettchen in den Laden, wo Malin und Jana schon gespannt an einem kleinen Tisch warteten.

»Riechen tun sie schon mal gut«, stellte Jana fest.

Malin nickte. »Hoffentlich schmecken sie auch.«

Feierlich stellte Pütti das Brettchen auf der Theke ab. »Das werden wir gleich feststellen.«

Sie nahmen jeder ein längliches Karamellstück und kosteten. Malin wartete einen Moment länger als die anderen. Dann steckte sie sich ihr Stück in den Mund. Das Karamell zerfloss regelrecht auf ihrer Zunge. Genießerisch schloss sie die Augen.

»Hm! Schmeckt richtig gut!«

»Superlecker«, stimmte Jana zu.

Pütti nickte. »Das Rezept muss ich mir gleich mal fürs *MeerGlück* abschreiben. Meint ihr, dass Frau Witt etwas dagegen hätte?«

»Ich glaube nicht«, nahm Malin an.

»Der Geschmack erinnert mich an meine Kindheit. Meine Oma Hansa hat früher Bonbons gemacht, die ähnlich geschmeckt haben«, erzählte Jana.

»Was gibt es Schöneres als Kindheitserinnerungen.« Malin nahm sich ein zweites Stück. »Falls es dich beruhigt, ich würde Frau Witt einfach fragen, ob du ihr Rezept verwenden darfst. Puh, und jetzt muss ich das Karamell genauso gut hinbekommen wie du.«

Pütti winke ab. »Stress dich mal nicht. Ich schreibe mir das Rezept ab und bereite alles für den Weihnachtsmarkt vor. Mir macht das nichts aus, und du hast dadurch mehr Zeit, um dich auf andere Dinge zu konzentrieren, von denen ich nichts verstehe. Wie wäre das?«

»Hey, super! Das ist wirklich nett von dir«, freute sich

Malin. »Wisst ihr denn schon, was ihr auf dem Markt anbieten wollt?«

»Von mir gibt es eine heiße Weihnachtsschokolade mit Marshmallows, und als Süßspeise habe ich an Marzipangrieß gedacht. Natürlich kommt nun noch das Knusperkaramell dazu«, erklärte Pütti.

Jana richtete sich lächelnd auf. »Und ich habe bereits damit begonnen, einen Berg Weihnachtsseifen herzustellen. Entweder die Leute gönnen sich ein Stück Seife für sich selbst, oder sie kaufen es als ein mögliches Weihnachtsgeschenk.«

»Toll!«, rief Malin begeistert. »Das werde ich gleich Lilo erzählen, sobald ich wieder in Ording bin.«

Zufrieden lächelnd hielt Pütti ihr das Schneidebrett hin. »Möchtest du noch eins?«

Malin hob eine Hand. »Lieber nicht, sonst futtere ich mich daran satt. In der *Miesmuschel* ist heute Grünkohltag, und ich habe versprochen mitzuessen.«

»Okay, dann werde ich den Rest mal in Papier einwickeln.« Schon hatte Pütti sich erhoben und war mit dem Schneidebrett in der Küche verschwunden.

»Ich habe das Gefühl, der Weihnachtsmarkt wird eine ganz tolle Sache. Einigen Kunden habe ich schon davon erzählt. Sie waren begeistert und haben alle gesagt, dass sie kommen wollen.« Jana lächelte sie an.

»Es muss einfach wunderbar werden, damit Frau Witt bald wieder zurück in ihr Haus kann.« Malin seufzte leise. Sie freute sich über den Optimismus der anderen und war im Grunde auch wieder zuversichtlicher. Allerdings hatte sie immer noch keinen Kontakt zu Frau Witts Tochter und wusste, dass es noch das ein oder andere Hindernis zu überwinden galt. »Hoffentlich wird alles gut.«

Jana legte eine Hand auf ihre. »Das wird es, Malin«, sagte sie zuversichtlich. »Dafür werden wir alle gemeinsam sorgen.«

Am frühen Abend war Malin mit Lilo zu Fuß zur Reetdachkate am Norderdeich gegangen. Lilo wollte dabei sein, wenn Carl mit seinem handwerklichen Know-how den Zustand des Hauses einschätzte. »So kann ich Irma doch viel besser am Telefon berichten, wie der aktuelle Stand der Dinge ist«, hatte sie gesagt.

Als es nun an der Tür klingelte, klopfte Malins Herz gleich schneller. Sie öffnete die Tür, um Sanne und Carl hereinzulassen. Sie waren sehr pünktlich.

»Guten Abend.« Sie machte einen Schritt zurück, damit sie eintreten konnten.

»Hereinspaziert. Nur nicht so schüchtern«, rief Lilo von der Diele aus und winkte gut gelaunt.

»Moin!« Carl nahm seine dunkelblaue Strickmütze vom Kopf und stopfte sie in seine Jackentasche. Er warf Lilo ein Lächeln zu und bedachte Malin mit einem herausfordernden Augenzwinkern.

Malin spürte, wie ihr sofort warm wurde. Mit seinem offensiven Flirtversuch hatte er sie ein wenig überrumpelt. Sie schenkte ihm ein Lächeln. »Moin!«

»Ich habe Carl schon vorgewarnt, dass es hier eine Menge zu tun gibt«, sagte Sanne.

»Eine Menge und noch viel mehr«, stimmte Lilo zu und nickte eifrig.

Carl schaute sich um. »Frisch gestrichen sind die Wände ja anscheinend.«

»Das habe ich gemacht. In St. Peter-Ording gibt es ja glücklicherweise einen Baumarkt, der Farbe verkauft«, spielte Malin amüsiert auf ihre erste Begegnung an.

Carl grinste breit. »Ein Glück!«

»Fangen wir doch am besten mit dem Badezimmer an«, schlug Lilo vor. Sie ging voran, öffnete die Tür und betätigte den Lichtschalter.

Im grellen Licht einer Neonröhre inspizierte Carl das Bad ausgiebig. Nach einer Weile kratzte er sich am Hinterkopf. »Tja, was soll ich sagen? Ich fühle mich ein bisschen wie in einem Museum. Hier müsste wirklich alles komplett neu gemacht werden. Kleine Ausbesserungen reichen nicht aus. Sonst zieht Frau Witt hier wieder ein, und kurze Zeit später müssen die Handwerker anrücken. Damit wäre wohl keinem geholfen.« Zerknirscht sah er Malin an.

»Da gebe ich dir recht.« Lilo nickte. »Ist das denn machbar in zwei Wochen? Und wenn ja, was würde das kosten?«

»Machbar ist das schon. Ich habe genug Freiwillige mobilisiert, alles routinierte Handwerker.« Er nickte Lilo beruhigend zu. »Arbeitslohn muss nicht gezahlt werden, das machen wir für lau. Aber so Sachen wie Fliesen, eine Dusche, ein WC, ein neuer Waschtisch und weitere Materialien, das bekommen wir natürlich nicht umsonst im Baumarkt.«

»Wie teuer wird es ungefähr werden?«, wiederholte Lilo ihre Frage.

Carl hob die Schultern. »Fünftausend vielleicht?«

»Das ist eine Stange Geld.« Malin spürte, wie ihr die Farbe aus dem Gesicht wich. Sie blickte zu Lilo.

Doch die schien nicht weiter beunruhigt zu sein. »Mit der Summe habe ich schon ungefähr gerechnet. Wir müssen halt dementsprechend Umsatz auf dem Weihnachtsmarkt machen.«

»Das wir schon klappen. Die Leute wissen, dass es für einen guten Zweck ist. Ich bin mir sicher, die St. Peteraner und auch die Touristen werden uns nicht im Regen stehen lassen«, erklärte Sanne. »Carl, du musst dir als Nächstes dann bitte noch das Bett ansehen, von dem ich dir erzählt habe.«

Sie gingen in das Schlafzimmer, das nur Platz für das Ehebett und einen Kleiderschrank bot.

Sofort nickte Carl seiner Schwester zu. »Ebenfalls ein Museumsstück.«

»Das muss irgendwie hier raus.«

»Schon klar.« Er ging in die Hocke, um den Unterbau des Betts zu begutachten. Als er sich wieder aufrichtete, strich er sich mit einer Hand durchs blonde Haar. »Das ist alles massiv. In einem Stück bekommen wir es nicht aus dem Haus. Das komplette Bett muss vorher zerlegt werden. Ist aber kein Problem.«

Er warf Malin einen Blick zu, den sie dankbar erwiderte. »Das macht mir Hoffnung.«

»Es gibt für alles eine Lösung.« Mütterlich legte Lilo ihr den Arm um die Schultern.

»Gibt es sonst noch etwas, was ich mir ansehen sollte?«, fragte Carl in die Runde.

»Ja. Das zweite Bad in der Einliegerwohnung«, antwortete Malin sofort. »Aber ich muss dich vorwarnen. Es sieht dort nicht besser aus.«

Sie gingen über die Terrasse zu dem kleinen Anbau, in dem sich das Appartement befand. Malin öffnete die Tür und knipste den Lichtschalter an. »Bitte.« Sie ließ Carl den Vortritt.

»Oje. Deine Vorwarnung war leider nicht übertrieben. Eher noch untertrieben«, bekannte er, kaum dass er den Raum betreten hatte.

Er drehte sich zu ihnen um. »Kann es sein, dass niemand daran gedacht hat, das Wasser bei den frostigen Temperaturen abzudrehen?«

Carl trat zur Seite und gab den Blick auf die Wand hinter sich frei, sodass Malin, Lilo und Sanne sehen konnten, was er meinte. Er deutete auf deutliche Wasserflecken.

»Du liebe Güte«, sagte Lilo mit vor Entsetzen weit geöffneten Augen.

»Oh nein!« Malin fasste sich geschockt an den Hals und schloss für einen Moment die Augen. Leichte Übelkeit stieg in ihr auf. Ihr war selbst als Laie klar, dass dies keine Kleinigkeit sein konnte. Und sie konnte nicht fassen, dass sie das bisher übersehen hatte.

»Das ist ja eine Katastrophe!« Sanne fasste sich mit beiden Händen an den Kopf. Dann ging sie zur Wand und berührte sie. »Nun auch noch ein Rohrbruch! Uns bleibt auch wirklich nichts erspart.«

»Ich muss erst mal das Wasser im Hauswirtschaftsraum abdrehen«, erklärte Carl sachlich. Und schon machte er auf dem Absatz kehrt und ging zurück ins Haus.

»Hoffentlich hat Irma eine gute Hausratversicherung«, unterbrach Lilo die allgemeine Sprachlosigkeit.

»Und wenn nicht?«, fragte Sanne.

Lilo hob die Schultern. »Dann müssen wir am Sonntag noch mehr Umsatz machen.«

Malin sah, wie ihre Gastgeberin schluckte und angespannt eine Hand zur Faust ballte. Der unerwartete Wasserschaden schien selbst Lilos bislang so unumstößlichen Optimismus gehörig ins Wanken zu bringen. Es gab keinen Zweifel daran, dass die Lage ernst war. Sehr ernst sogar. Mit einem Mal schien ihr Erfolg auf Messers Schneide zu stehen.

Kapitel 16

Obwohl es schon nach 21 Uhr war, als sie auf dem Campingplatz ankamen, wollte Lilo keine Zeit vergeuden und gleich mit ihrer Freundin telefonieren. »Irma muss sofort erfahren, dass es einen Rohrbruch in ihrem Haus gibt. Außerdem muss umgehend die Versicherung informiert werden, damit schnellstens ein Gutachter zur Fischerkate rausfährt.«

»Was für ein furchtbares Unglück. Aber wer von uns hätte auch damit rechnen können, dass auf einmal eine Leitung platzt?«, sagte Malin kopfschüttelnd. Sie gingen in das Haupthaus, in dem sich Lilos Wohnung und Malins Ferienunterkunft befanden.

»Du hast gehört, was Carl gesagt hat. Bei solch alten Leitungen kann Frost dazu führen, dass Rohre den Geist aufgeben. Und wenn du mich fragst, sind die Leitungen nicht nur alt, sondern uralt.« Lilo schloss ihre Wohnungstür auf und wandte sich dann zu Malin um. »Möchtest du bei dem Gespräch dabei sein?«

Überrascht hob sie die Augenbrauen. »Natürlich. Ich meine, wenn ich darf?«

»Aber ja.« Lilo machte eine wegwerfende Handbewegung und bedeutete ihr einzutreten.

»Meinst du denn, Frau Witt hat nichts dagegen?«, hakte sie zur Sicherheit nach.

»Keine Sorge. Was sollte sie schon dagegen haben?« Lilo ging vor ins Wohnzimmer und griff sogleich nach dem kabellosen Telefon. »Setz dich ruhig schon mal an den Esstisch. Ich suche nur eben die Nummer raus.«

Wenig später setzte Lilo sich zu ihr, tippte die Zahlen ein und aktivierte die Lautsprecherfunktion. Während es tutete, überlegte Malin, dass sie Lilo später zeigen würde, wie man Nummern einspeicherte auf dem Gerät. Dann müsste sie nicht mehr lange Notizen absuchen.

Bereits nach dem vierten Klingeln meldete sich eine Frauenstimme.

»Moin, Amelie! Hier ist Lilo.«

»Moin, Lilo. Ich habe deine Nummer auf dem Display gesehen. Gibt es was Wichtiges? Meine Mutter guckt gerade Fernsehen.«

»Ich muss eine Sache mit ihr klären, die nicht bis morgen warten kann«, sagte Lilo in ernstem Tonfall und wischte einige imaginäre Krümel von der Tischplatte.

Warum sie wohl nicht mit Frau Witts Tochter über den Rohrbruch sprechen wollte?

Nach einem kurzen Moment der Stille tönte es aus dem Lautsprecher: »Augenblick, ich hole meine Mutter.«

»Danke, Amelie.«

Bald darauf hörten sie, wie jemand den Telefonhörer in die Hand nahm. »Moin, Lilo. Du bist aber spät dran. Ich war gerade gedanklich auf Mörderjagd«, plauderte Frau Witt direkt drauflos.

Malin setzte sich kerzengerade auf. Das war also die Stimme von Frau Witt. Sie klang wirklich sympathisch, und ihr nordfriesischer Zungenschlag war unüberhörbar.

»Moin! Dabei störe ich dich natürlich nur ungern, aber wir haben, wie soll ich sagen, einen echten Notfall. Malin Ewald sitzt auch bei mir und hört mit.«

»Einen Notfall?«, wiederholte Frau Witt beunruhigt. »Was um Himmels willen ist denn passiert?«

Lilo schilderte in knappen Worten den vermuteten Rohrbruch. »Nun müsstest du den Schaden schnellstmöglich deiner Versicherung melden, damit ein Gutachter rauskommt.«

»Hm, das ist ja wirklich eine Katastrophe …« Frau Witt klang unsicher. »Ach, Lilo. Es ist nur so … Leider habe ich gar keine Versicherung, der ich den Schaden melden könnte.«

Malin wurde flau im Magen. Gut, dass sie saß. Konnte denn noch mehr schiefgehen?

»Wie das? Hattest du über all die Jahre etwa keine Gebäudeversicherung?«, fragte Lilo ungläubig.

»Doch! Selbstverständlich! Auch das Reetdach war bei Brand versichert«, entgegnete Frau Witt. »Aber Amelie hat sie inzwischen gekündigt, weil das Haus von der Hotelkette doch ohnehin abgerissen werden wird. Deshalb ist es ja nicht nötig, noch so eine Reparatur durchführen zu lassen.«

Frau Witts Worte trafen Malin wie ein Tiefschlag. Trotzdem meinte sie einen traurigen Unterton wahrgenommen zu haben und hoffte nur, dass all ihre Mühen nicht vergebens waren.

»Irma! Das kannst du noch unmöglich ernst meinen.« Empört schlug Lilo mit der flachen Hand auf den Tisch. »Wir tun hier alles, was in unseren Kräften steht, um deine Reetdachkate auf Vordermann zu bringen, damit du endlich wieder zurückkommen kannst. Stell dir vor, du bekommst sogar ein neues Badezimmer mit einer ebenerdigen Dusche.«

»Ach, Lilo. Ich möchte niemandem zur Last fallen«, wandte Frau Witt tonlos und mit zarterer Stimme ein.

»Das tust doch überhaupt nicht! Und ich hätte mir gewünscht, dass du mir einfach schon früher mal reinen Wein eingeschenkt hättest.«

»Ja, ähm ... Amelie möchte dich gerne sprechen.« Es knisterte kurz in der Leitung.

»Lilo«, ertönte nun wieder die Stimme ihrer Tochter, »das ist wirklich gut gemeint von dir, und wir wissen dein Engagement auch zu schätzen, aber es hat doch alles keinen Sinn mehr. Sieh doch ein, dass du gegen Windmühlen kämpfst. Mutti kann nicht mehr allein in St. Peter-Ording leben.« Sie seufzte schwer. »Hat sie dir erzählt, dass sie im Frühling in der Küche ausgerutscht und mit dem Gesicht auf den Boden gefallen ist?«

»Ach, du liebes Lieschen!« Lilo wirkte geschockt. »Nein, ich hatte keine Ahnung.« Sie überlegte kurz. »Stimmt ja. Jetzt, wo du es sagst, ich habe deine Mutter im Frühling einige Wochen vermisst.«

»Siehst du! Sie hat sich nicht mehr aus dem Haus getraut, weil ihr Gesicht mit Blutergüssen übersät war. Beim Arzt war sie auch nicht. Mutti braucht einfach tägliche Ansprache, und das ist nun mal leider nicht möglich, wenn sie allein in der Kate am Norderdeich wohnt.« Abermals seufzte sie. »Glaub mir, ich möchte nur das Beste für meine Mutter. Und das kann eben nicht sein, sie mutterseelenallein in dem Reetdachhaus vor sich hin wurschteln zu lassen. Eines Tages bricht sie sich noch den Hals, und niemand merkt es!«

»Das will doch keiner!« Lilo schüttelte entschieden den Kopf. »Schade, dass es keine Gebäudeversicherung mehr gibt. Amelie, trotzdem. Wir setzen hier doch längst alle Hebel in Bewegung. Lass es uns bitte weiter versuchen. Am Ende könnt ihr ja immer noch Nein sagen.«

Nun klang Frau Witts Tochter gefasster und ebenfalls traurig. »Was soll ich dazu sagen, Lilo? Ich wüsste nicht, welches Wunder geschehen sollte, dass sich an diesen Tatsachen etwas ändert. Aber ich weiß auch, wie stur du und meine Mutter seid. Also, wenn du trotz allem am Haus weiterwerkeln möchtest, bitte schön. Nur beschwere dich später nicht, dass all die Arbeit umsonst gewesen ist, wenn Mutti nicht wieder einzieht.«

Lilo zwinkerte Malin aufmunternd zu und nickte. »Abgerechnet wird zum Schluss. Wir werden sehen, was wir bis Weihnachten auf die Beine stellen können. Und Wunder geschehen immer wieder, liebe Amelie.«

In kurzen Sätzen beendete sie das Gespräch und lächelte mild, als sie aufgelegt hatte. »Irma möchte zurück nach St. Peter-Ording, das habe ich ihr deutlich angehört. Sie weiß nur nicht, wie sie ihr Leben in der Kate gestalten soll.«

»Dann müssen wir dafür eine Lösung finden«, erwiderte Malin entschlossen.

»So ist es.« Lilo erhob sich vom Tisch. »Wir werden den Problemen die Stirn bieten und alle Herausforderungen annehmen.«

»Und nicht aufgeben, bevor wir unser Ziel erreicht haben«, ergänzte Malin und stand ebenfalls auf. »Ein bisschen kann ich Frau Witts Tochter auch verstehen. Sie macht sich einfach Sorgen um ihre Mutter, wohnt weit weg von St. Peter-Ording und kann nicht mal eben so vorbeikommen, wenn Not am Mann ist. Ich würde mir an ihrer Stelle auch Gedanken machen.« Sie dachte an ihre eigenen Eltern, die glücklicherweise recht fit für ihr Alter waren. Gleichzeitig kam ihr aber auch Oma Gerda in den Sinn, die zwar nach wie vor ihren eigenen Haushalt führte, aber längst mit ihren Eltern ausgemacht hatte, bei Bedarf in Malins ehemaliges Kinderzimmer zu ziehen.

»Aber ja, natürlich macht sie sich Sorgen.« Lilo nickte verständnisvoll. »Deswegen muss unsere Lösung für Irma von Sicherheitsnetzen gehalten werden. Andere Senioren leben ja auch im eigenen Haushalt, obwohl sie nicht mehr auf Bäume klettern oder Purzelbäume schlagen können. Heutzutage ist das längst viel eher möglich als zu Zeiten von Amelies Großeltern.« Sie seufzte tief. »Warum hat mir Irma nur nie etwas von ihren Problemen erzählt?«

Am nächsten Mittag stand Malin vor der mit Wasserflecken übersäten Wand der Einliegerwohnung.

Sie legte den Kopf schräg und inspizierte zum wiederholten Mal den Wasserschaden. »Bei Tageslicht betrachtet scheint das Ausmaß des Rohrbruchs noch größer zu sein als gestern Abend«, sprach sie in ihr Handy. Vor einer Viertelstunde hatte sie Franzi ein Foto von der feuchten Wand geschickt.

»Auf dem Bild sieht es wirklich übel aus. Hoffentlich kann der Riss geflickt werden. Wenn alle Rohre rausmüssen, dann gute Nacht, Johanna! So was ist richtig teuer«, brachte Franzi verschnupft hervor.

Entschieden presste Malin die Lippen aufeinander. »Wir tun, was zu tun ist. Sollte es notwendig sein, werden wir schon einen Weg finden. Ich will da lieber nach vorn blicken, statt zu verzagen. Und in wenigen Tagen steht erst einmal der Weihnachtsmarkt an. Die Flyer gehen morgen in den Druck und werden dann in ganz St. Peter-Ording verteilt. Spätestens nächsten Montag werden wir wissen, wie groß unser Budget ist.«

»Wie auch immer, es hört sich nach einer wachsenden Herausforderung an. Wie gut, dass inzwischen so viele mithelfen. Einer allein könnte das unmöglich schaffen.«

»Ich bin auch froh.« Das Telefon am Ohr, wandte Malin sich ab und verließ die Einliegerwohnung. »Meinst du denn, du kannst am Wochenende kommen? Oder fühlst du dich zu schlecht? Ich würde mich zwar freuen, dich zu sehen, auf Kosten deiner Gesundheit sollst du dich allerdings bitte nicht zwingen.«

»Ich warte ab, wie es mir Donnerstagabend geht. Dann entscheide ich. Im Moment bin ich ganz zuversichtlich, dass ich kommen kann. Nur wenn Lukas wieder das Bett hüten muss, würde ich ihn pflegen, statt mich in den Zug zu setzen.«

Malin schloss die Terrassentür auf und betrat die Reetdachkate. »Auch dafür hast du mein volles Verständnis. Schone dich, damit wir uns bald wiedersehen!«

Nach dem Telefonat setzte sich Malin an den Küchentisch und nahm ihren Notizblock und einen Stift aus ihrem Rucksack. In der vorhergien Nacht hatte sie das Internet nach Preiskalkulationen durchforstet, um sich einen ungefähren Überblick darüber zu verschaffen, welche Kosten noch auf sie zukommen würden. Das Ergebnis war ernüchternd gewesen. Selbst wenn sie den Handwerkern keinen Arbeitslohn zahlen müssten, lagen allein die Materialkosten im fünfstelligen Bereich. Trotz ihres mit Lilo viel beschworenen Optimismus schwand Malins Glaube an das Weihnachtswunder für Frau Witt. Was, wenn am Ende wirklich all ihre Mühe umsonst gewesen war? Sie schüttelte entschieden den Kopf. Nein! Sie hatte sich fest in den Kopf gesetzt, dass am Ende alles gut werden würde – nicht nur für Frau Witt. Inzwischen schien auch ihr persönliches Glück vom Ausgang der Rettungsaktion abzuhängen. Zuerst war es bloß ein vages Gefühl gewesen, das sich im Laufe ihres Aufenthaltes weiter verstärkt hatte. Mittlerweile fühlte es sich für Malin wie eine Gewissheit an: Sie musste die Herausforderung bewältigen, um in ihrem Leben eine neue Richtung einschlagen zu können.

Als es an der Haustür klingelte, zuckte Malin unwillkürlich zusammen. Sie war in ihre Berechnungen vertieft gewesen und hatte nicht bemerkt, dass jemand das Grundstück betreten hatte. Vielleicht war es Lilo, die ihr eine neue Idee unterbreiten wollte, wie sie am Sonntag zusätzlichen Umsatz machen könnte?

Als sie die Eingangstür öffnete, schaute sie in Carls lächelndes Gesicht. »Moin!«

»Hey.« Einigermaßen überrumpelt fuhr sie sich mit der Hand durchs Haar.

Er runzelte die Stirn und wirkte mit einem Mal unsicher. »Störe ich?«

»Nein, nein.« Sie schüttelte den Kopf und bemühte sich, ihr Herzklopfen zu bändigen. »Ich war nur etwas in Gedanken. Willst du zu mir?«

»Jap. Ich habe für die Wand ein Trocknungsgerät aufgegabelt.« Er zeigte auf einen kastenförmigen Apparat neben sich. »Je eher damit angefangen wird, umso besser.«

»Das ist ja toll!« Lächelnd zog sie die Tür ganz auf, damit Carl das Gerät hineintragen konnte.

»Von der Versicherung war bestimmt noch niemand da, oder?« Carl trug den Trockner durchs Wohnzimmer bis zur Terrassentür.

Malin öffnete ihm auch diese. »Nein. Von der Versicherung wird auch niemand kommen.«

Stirnrunzelnd stellte er den Trockner ab. »Warum nicht?«

Sie konnte nur mit den Achseln zucken. »Frau Witt hat die Gebäudeversicherung gekündigt, weil die Leute von der Hotelkette das Haus ja eh abreißen wollen. Nun stehen wir mit einem zusätzlichen Schaden da.«

»Auweia.« Carl verzog missmutig den Mund. »Dann müssen meine Jungs und ich eben diese Baustelle auch stemmen. Allerdings kommen damit natürlich neue Materialkosten hinzu.«

»Ach, das wäre grandios. Jeder Cent, den wir nicht ausgeben müssen, hilft uns.« Sie senkte den Blick. »Ich hab eine schlaflose Nacht hinter mir. Egal, wie ich rumrechne, die zu erwartenden Ausgaben sind und bleiben hoch.«

»Häuserschäden gehen immer ins Geld. Selbst bei viel Eigenleistung.« Carl nickte verständnisvoll. »Weißt du was? Ich schmeiße eben den Trockner in der Einliegerwohnung an, und dann lassen wir uns den Kopf am Strand durchpusten. Vielleicht kommt uns da noch der rettende Einfall.«

»Von mir aus gern«, sagte Malin erfreut. Mit einem derartigen Vorschlag hatte sie gar nicht gerechnet. Ein Strandspaziergang klang schon viel privater – und irgendwie fühlte sie sich auch wohler bei der Aussicht darauf, mit Carl nicht mehr in geschlossenen Räumen allein zu sein, sondern mit ihm gemeinsam die Küstennatur zu genießen und ihn vielleicht etwas besser kennenzulernen. »Das heißt, wenn ich dich nicht von der Arbeit abhalte?«

Carl hob den Trockner hoch und grinste. »Nö. Ich habe gerade Mittagspause.«

Am Ordinger Nordstrand war außer ihnen kaum jemand unterwegs. Ein paar Hundebesitzer gingen mit ihren Tieren spazieren und ließen sie nach Herzenslust über den weiten Strand toben. Eine Böe wehte freudiges Gebell zu ihnen herüber, über ihren Köpfen gellte lautes Möwengekreische. Der frische kalte Wind trug den salzigen Duft der Nordsee mit sich und wirbelte immer wieder Sand auf, den Malin sich mehrmals aus dem Gesicht strich. Aus der Ferne begleitete das sanfte Meeresrauschen sie wie eine Melodie, die nur an diesem Ort hörbar war.

»Heute pustet es ganz schön«, rief Carl gegen den Wind.

Malin breitete beide Arme aus. »Ich komme mir vor wie auf einem fremden Planeten. Hier scheint es außer Sand nicht viel mehr zu geben.«

Er warf ihr ein charmantes Lächeln zu. »Man munkelt nicht umsonst, dass die Mondlandung in Wirklichkeit am Ordinger Strand gedreht wurde.«

»Das glaube ich sofort.« Mit einer Hand rieb sie sich die kalte Nase, die vermutlich knallrot von den frostigen Temperaturen war. Über sich sah sie die blaugrauen Wolken, die eilig über sie hinwegzogen, dann blickte sie zum weiten Horizont. Mit jedem Schritt neben Carl wurde Malin ruhiger und hatte das Gefühl, allmählich klarer zu sehen. »Danke, dass du mich aus meinen Grübeleien gerissen hast.«

»Da nicht für.« Er machte eine abwinkende Handbewegung. »Ich freue mich, wenn es dir besser geht.«

»Und wie!« Sie konnte gar nicht anders, als ihn anzustrahlen. »Jetzt fehlt eigentlich nur noch ein gemütlicher Strandkorb, um den stürmischen Lüftchen zu trotzen.«

Abrupt blieb er stehen. »Mensch! Das ist doch die Lösung!«

»Was?« Malin blickte ihn verständnislos an.

»Na, Strandkörbe!«

»Ja? Ich verstehe nur Bahnhof.«

Carl wandte sich ihr zu und legte seine Hände auf ihre Schultern. Seine Augen leuchteten. »Wir versteigern am Sonntag Strandkörbe! Das machen wir ohnehin einmal im Jahr nach der Saison mit ausgewählten Stücken, die im kommenden Frühling nicht wieder vermietet werden sollen. Diesen Herbst ist die Auktion wegen eines Megasturms ausgefallen. Ich spreche gleich mal mit den Jungs. Fünfundvierzig ausrangierte Stücke könnten wir für den guten Zweck durchaus raushauen. Mancher Liebhaber zahlt sogar dreihundertfünfzig oder auch vierhundert Euro pro Stück. Damit kriegen wir das benötigte Geld in die Kasse!«

Malin hatte ihm ein wenig ungläubig zugehört. Der Vorschlag kam ihr viel zu schön vor, als dass es so einfach sein könnte. Sie schluckte und tauchte in den Anblick von Carls dunkelblauen Augen ein. Ein wohliger Schauer durchrieselte sie. »Meinst du das wirklich ernst?«

Nun breitete er beide Arme aus. »Natürlich.«

Bevor ihr vor Freude und Erleichterung die Tränen über die Wangen liefen, warf sie sich glücklich in seine Arme. »Mensch, Carl!« Er drückte sie ganz fest an sich. »Das könnte unsere Rettung sein!«, wisperte sie dicht an seinem Ohr und dachte nicht daran, sich aus der Umarmung zu lösen. Dieser Augenblick war viel zu kostbar, um ihn nicht in vollen Zügen zu genießen.

Kapitel 17

Malin und ihre Helfer nutzten jede Minute. Es wurde gekocht, gebacken, Flugblätter wurden an alle Hotels, Restaurants, Geschäfte und öffentliche Einrichtungen verteilt. Niemandem, der sich in St. Peter-Ording aufhielt, konnte entgehen, dass am Sonntag ein Weihnachtsmarkt mit Strandkorbauktion stattfinden würde. Sogar ein paar Gastronomen, die Frau Witt gut kannten, hatten sich spontan bereit erklärt, den Weihnachtsmarkt mit Essen- und Getränkespenden zu unterstützen. Es war nicht schwierig gewesen, die Strandkorbauktion zu initiieren, im Gegenteil. Aus den fünfundvierzig Strandkörben waren letztendlich achtundvierzig Stück geworden. Der Inhaber des Verleihs hatte sich sehr erfreut gezeigt, auch weil er nun wichtigen Stauraum für neue Strandkörbe gewonnen hatte.

Samstag wurden kleine Holzbuden auf dem Parkplatz Hungerhamm vor der Strandkorbhalle aufgebaut und weihnachtlich mit Tanne und Lichterketten geschmückt. Malin wusste nicht, wo ihr der Kopf stand. Alles schien gleichzeitig zu passieren. Trotz des sich anbahnenden Chaos war sie aber am Ende des Tages zufrieden. Alles hatte zum Schluss wie durch Zauberhand seinen vorbestimmten Platz gefunden.

Nur eins trübte ihre Vorfreude: Franzi hatte es nun doch richtig erwischt, sodass sie nicht nach St. Peter-Ording reisen konnte. Sie lag mit Fieber im Bett und hatte ebenfalls ihre Stimme verloren. Lukas, dem es inzwischen besser ging, musste den Krankenpfleger spielen und hatte sogar auf sein heiß geliebtes Fußballspiel verzichtet, um bei seiner Verlobten zu sein.

Als Malin sich am Samstagabend ins Bett legte und die Decke bis zum Kinn hochzog, war sie hundemüde. Jeder Muskel tat ihr weh. Ihre Hände schmerzten vom vielen Schleppen, und ihre Füße fühlten sich eiskalt an, obwohl sie dicke Wollsocken trug. Doch all dies konnte nicht verhindern, dass sie selig lächelte.

Sie war ungemein erleichtert darüber, was sie mithilfe aller Beteiligten auf die Beine gestellt hatte. Für Frau Witt und ein vielleicht neues altes Leben in ihrer Reetdachkate.

Dass am Ende Carl die Idee zur Strandkorbauktion hatte, war ihr wie ein Wink des Schicksals vorgekommen. Ihr Abenteuer hatte mit einer Auktion begonnen und schien nun auch mit einer zu enden. Damit schloss sich der Kreis.

Malin hatte das Gefühl, dass sie nicht mehr dieselbe Person war wie vor ihrer Reise. St. Peter-Ording hatte etwas mit ihr gemacht, Gefühle und Eigenschaften in ihr hervorgekitzelt, die sie längst vergessen hatte. Ihre Zweifel, die ihr ständiger Begleiter waren, hatten sich durch die letzten positiven Erfahrungen weiter zurückgezogen, und sie hatte ihr altes Selbstbewusstsein wiederentdeckt, das in den vergangenen Jahren durch persönliche Niederlagen Federn gelassen hatte. Malin spürte, wie sie immer mehr bei sich selbst ankam.

Sie fragte sich, wie sie nach ihrer Zeit in St. Peter-Ording weitermachen wollte. Eine Rückkehr in ihr altes Leben in Wuppertal konnte sie sich fast nicht mehr vorstellen. Sie wollte St. Peter-Ording weiterhin in ihrem Leben behalten - das stand für sie fest.

Dachte sie an Carl, fühlte sie ein Kribbeln im Bauch, als wären dort unzählige Ameisen unterwegs. Es bahnte sich etwas zwischen ihnen an, so viel war klar. Etwas, das sie sich so sehr wünschte wie schon lange nichts mehr. Doch es war absehbar, dass sie nach Weihnachten erst einmal zurück nach Wuppertal reisen müsste.

Vor ein paar Tagen hatte sie ihren Eltern gebeichtet, dass sie über die Weihnachtsfeiertage an der nordfriesischen Küste blieb. Nach außen hin hatten sie es scheinbar gleichmütig aufgefasst. Malin zweifelte nicht daran, dass ihre Entscheidung ihre Eltern enttäuschte. Bisher hatten sie jedes Weihnachtsfest zusammen gefeiert.

Darüber konnten auch all ihre Bekundungen nicht hinwegtäuschen, wie begeistert sie davon waren, dass Malin sich so für eine alte Dame einsetzte. Das Gefühl, ihre Eltern enttäuscht zu haben, setzte ihr mit jedem Tag mehr zu. Darüber musste sie noch einmal nachdenken.

Gähnend drehte sie sich auf die Seite und lauschte noch eine Weile dem Wind, der vor dem Fenster pfiff. Dabei fielen ihr die Augen zu.

Am nächsten Tag war Malin früher als sonst auf den Beinen. Bereits um sechs Uhr morgens saß sie fertig gewaschen und angezogen am Frühstückstisch in ihrer Ferienwohnung. Zweifellos hatte die Aufregung sie aus dem Bett getrieben.

Als sie einen Blick aus dem Fenster warf, erkannte sie, dass sie nicht die Einzige war, die quasi aus dem Bett gefallen war. Lilo packte gerade Kochutensilien in ihren Kombi, und Klaus vom Strandkorbverleih half beim Tragen einer schwer aussehenden Fritteuse. Das Weihnachtsmarktfieber schien sie alle gepackt zu haben.

Gegen neun Uhr traf Malin auf dem Parkplatz Hungerhamm ein. Bis zum Mittag bereiteten sie und ihre Mitstreiter alles vor. Lilo verkaufte in ihrer Bude Schmalzgebäck und Hühnersuppe nach den Rezepten von Frau Witt. Außerdem bot sie Futjes an. Ditte half ihr beim Verkauf, und Gertrud Möbius kassierte.

Malin teilte sich eine Hütte mit Pütti. Zu ihren Füßen standen mehrere Eimer Bratapfelwaffelteig, den sie ausbacken wollten. Jana hatte einen eigenen Stand, den sie mit ihrer Weihnachtsseife bestückte. Fünf weitere Holzhäuschen wurden von einheimischen Gastronomen und auch einer Buchhandlung betrieben. Neben Büchern und Weihnachtskarten gab es dort heißen Sanddornsaft zu kaufen, dessen Erlös ihrer Rettungsaktion zugutekam. Und hinter einer Absperrung hatten Carl, Herbert und Klaus die zu versteigernden Strandkörbe aufgebaut.

Es lagen allgemeine Vorfreude und Anspannung in der Luft. Jeder der Beteiligten wusste, um was es ging. Während Malin den Blick von einem zum anderen schweifen ließ, wurde ihr klar, wie glücklich sie sich in dieser starken Gemeinschaft fühlte. Sie alle hatten nur das eine Ziel: Frau Witt sollte wieder nach Hause zurückkehren können.

Am Nachmittag erstrahlte der Weihnachtsmarkt in warmem, einladendem Licht, während dicke Schneeflocken vom Himmel schwebten und allmählich den festlich geschmückten Holzbuden weiße Dächer bescherten. Die Luft war erfüllt vom verlockenden Duft nach frisch gebrannten Mandeln, süßem Marzipan und karamellisierten Äpfeln.

Auf dem Parkplatz flanierten Besucher. Einige lugten neugierig zu den Strandkörben. Es herrschte eine behagliche Stimmung, und mit der Zeit füllte sich der Parkplatz immer mehr mit Leuten.

Neben der Strandkorbhalle war eine kleine Bühne aufgebaut worden, auf der der Kirchenkinderchor in bunten Schals und Mützen Weihnachtslieder zum Besten gab. Ihre Stimmen waren fast engelsgleich, während sie »O Tannenbaum« und »Stille Nacht« anstimmten. Die besinnlichen Melodien schwebten durch die klirrend kalte Luft und vermischten sich mit dem Lachen anderer Kinder, die ausgelassen um die Weihnachtsbuden herumtollten.

Malin blieb wenig Zeit, um die besondere Stimmung auszukosten. Sie und die anderen Beteiligten hatten alle Hände voll zu tun. Die Besucher schienen sich fest vorgenommen zu haben, eine Menge Geld auszugeben.

Am späten Nachmittag schloss Jana bereits ihr Büdchen, weil die Weihnachtsseife ausverkauft war. Sie gesellte sich zu Malin und Pütti und packte beim Waffelverkauf mit an. »Ich habe zweihundertfünfzig Seifen verkauft«, erklärte sie, während sie sich eine Schürze umband. »Hätte ich gewusst, wie groß der Ansturm sein würde, hätte ich noch hundert mehr gemacht.«

Inzwischen war es dunkel geworden. Unzählige Menschen flanierten auf dem Parkplatz hin und her, inspizierten Strandkörbe und notierten deren Nummern. Die Lichter an den Buden funkelten wie Sterne. Ein älterer Mann mit Rauschebart und Nikolauskostüm schenkte an einem Stand Glühwein aus, was die Stimmung der Besucher merklich ausgelassener werden ließ.

Allmählich versammelten sich die Besucher dann um die Bühne, um am Höhepunkt der Veranstaltung, der Versteigerung der Strandkörbe, teilzunehmen.

»Na kommt! Wir gehen auch und machen die Bude dicht. Es ist ohnehin kaum mehr was da«, schlug Pütti mit Blick auf den letzten fast leeren Eimer Waffelteig vor.

Jana und Malin stimmten ihr zu. Sie hielten sich seitlich der Bühne und beobachteten das Geschehen.

Carl, Klaus und Herbert standen bereit, um sich um Käufer und Strandkörbe zu kümmern. Malin war an diesem Tag kaum dazu gekommen, ein privates Wort mit Carl zu wechseln. Als sich ihre Blicke trafen, zwinkerte er ihr fröhlich zu. Malin antwortete mit einem Lächeln und war nicht nur gespannt, wie die Auktion verlaufen würde, sondern freute sich auch auf die nächste Gelegenheit, mit Carl Zeit zu zweit zu erleben. Nach ihrem Strandspaziergang hatten sie zumindest verabredet, sich wiederzusehen.

Der Auktionator war ein jovialer Mann mit markantem, breitem Lächeln. »Lassen Sie uns gemeinsam etwas Gutes tun!«, forderte er die Besucher auf und verlas die erste Nummer des Strandkorbs, der zu ersteigern war.

»Wer ist das denn?«, fragte Jana belustigt.

»Jemand, den Lilo kennt«, raunte Malin ihr zu. »Klaus oder Herbert wären für den Job nicht wirklich geeignet gewesen.«

Pütti nickte. »Stimmt. Der Typ hat wenigstens einen gewissen Unterhaltungswert und animiert die Leute zum Bieten.«

»Ja, hoffentlich.« Zunächst beobachtete Malin die Auktion mit einer gewissen Skepsis. Carls Idee war unschlagbar, keine Frage. Aber würden die Leute auch tatsächlich mehr als ein paar Euro für einen alten, ausrangierten Strandkorb ausgeben?

Als die Gebote hin und her flogen, war die Atmosphäre von herzlichem Miteinander geprägt. Kinder drängten nach vorn, um die Strandkörbe besser sehen zu können. Ihre Augen leuchteten vor Aufregung, während die Eltern und andere Erwachsene fröhlich mitboten.

Als der erste Strandkorb für dreihundertfünfzig Euro unter den Hammer kam, atmete Malin hörbar aus und spürte die eigene Erleichterung deutlich. »Mensch! So viel Geld für einen alten Strandkorb.«

»Was meinst du, was ein neuer kostet?«, konterte Jana. »Außerdem sind das echte Liebhaberstücke. Einen originalen Strandkorb aus St. Peter-Ording bekommst du nur bei dieser Auktion. Viele Urlauber träumen von so einem Teil für ihren Garten.«

Als das letzte Angebot ausgerufen wurde und die Leute einander begeistert umarmten und lachten, verstärkte sich der Schneefall. Der Kinderchor sang zum Abschluss noch einmal »Stille Nacht, heilige Nacht«. Ihre Stimmen erfüllten die kalte Winterluft und zauberten ein Lächeln auf die Gesichter der Zuhörer.

»War das schön!« Mit roten Wangen kam Lilo auf Malin zu. »Ich habe kein Schmalzgebäck, keine Futjes und keine Hühnersuppe mehr übrig. Alles verkauft!«

»Bei uns war es ähnlich. Es war wirklich phänomenal, aber jetzt bin ich doch ganz schön groggy. Ich fürchte, ich habe mir heute platte Füße gestanden, und meine Nase ist vermutlich auch abgefroren. Jedenfalls spüre ich sie nicht mehr«, antwortete Malin lachend. »Ist aber auch egal. Ich freue mich so!«

»Warte mal ab, bis wir unsere Einnahmen gezählt haben. Dann hängst du vor Freude bestimmt noch einen Weihnachtsmarkttag dran.« Lilo zwinkerte ihr zu.

»Meinst du?«

»Gertrud und ich machen nachher noch Kassensturz«, verkündete Lilo nickend. »Vorher müssen wir noch aufräumen.«

»Lass nur, Lilo. Das können wir auch übernehmen. Du kannst ruhig mit Gertrud zum Campingplatz zurückgehen. Das meiste wird eh erst morgen weggeräumt.« Inzwischen hatten auch Lilos Freundinnen Malin das Du angeboten.

»Wenn, dann fahren wir zurück. Mit so viel Geld geistern wir doch nicht durch die Nacht«, mischte sich Gertrud ein und presste sich die alte Geldkasse an die Brust.

»Also, dann sind wir mal weg. Ich gebe später Bescheid, wie viel zusammengekommen ist.« Lilo und Gertrud gingen auf den Kombi zu.

Eine Stunde später fuhren auch Pütti und Jana im Wagen von Ayk Truels, dem Inhaber der Buchhandlung, vom Parkplatz, während Malin ihnen zum Abschied nachwinkte.

Carl trat neben sie und verschränkte die Arme vor der Brust. »Na, bist du zu zufrieden, wie der Weihnachtsmarkt gelaufen ist?«

Glücklich sah sie ihn an. »Zufrieden ist gar kein Ausdruck! Es war wunderschön. Jede Anstrengung im Vorfeld hat sich gelohnt. Nun bin ich gespannt, wie viel wir eingenommen haben.«

Ein wissendes Lächeln umspielte seinen Mund. »Die Auktion lief gut.«

Malin lächelte ihn an. »Ja. Das ist allein dein Verdienst.«

»Ach was!« Er schüttelte den Kopf. »Ich muss noch mal in die Strandkorbhalle. Kommst du mit?«

Ihr Herz schlug schneller, als sie langsam nickte. »Wenn es da drin wärmer ist als draußen.«

»Meistens schon.«

In der Strandkorbhalle war es nicht wesentlich wärmer, doch sie bot zumindest Schutz vor dem kalten Wind. Während Carl vorausging, schloss Malin die Tür hinter sich.

Er drehte einen der Strandkörbe um, nahm Platz und klopfte auf den Platz neben sich. »Komm, setz dich«, forderte er sie mit einem einladenden Lächeln auf.

»In den Strandkorb?«

»Klar. Das wolltest du doch unbedingt, als wir am Strand unterwegs waren.« Sein warmes Lächeln ging ihr durch und durch. »Ich habe etwas für uns. Gegen die Kälte.«

»Okay.« Neugierig trat sie näher und sah, wie er eine Thermoskanne aus seiner Umhängetasche zog.

»Glühwein!«, verkündete er und goss sogleich das dampfende Getränk in zwei ebenfalls mitgebrachte Emaillebecher.

»Wie toll!« Der Duft von Zimt und Nelken umhüllte sie, während sie sich die Hände an der Tasse wärmte. Leise knarrte der Strandkorb, als sie sich zurücklehnte. »Das ist genau das, was ich mir gewünscht habe«, bekannte sie und nahm einen vorsichtigen Schluck.

Der Glühwein wärmte von innen und ließ sie die Kälte der vergangenen Stunden schnell vergessen. Carl rutschte etwas näher, sodass sich ihre Schultern leicht berührten.

Die Stimmung in der Halle hatte etwas Magisches. Sie waren umgeben von den bunten Farben der Strandkörbe und dem gedämpften Licht, das eine einzelne funzelige Lampe spendete. Eine Weile saßen sie schweigend nebeneinander, und Malin dachte, dass dies ein Moment werden könnte, an den sie sich lange erinnern würde.

Plötzlich vibrierte Malins Handy in ihrer Jackentasche. Sie zog es heraus und sah, dass Lilo ihr eine Nachricht geschickt hatte. Während sie die Worte las, wich spürbar alle Anspannung aus ihrem Gesicht. »Oh nein …«, murmelte sie.

Carl sah sie besorgt an. »Was ist los?«

»Lilo hat mir gerade geschrieben, wie viel wir beim Weihnachtsmarkt eingenommen haben«, erklärte sie mit leicht zitternder Stimme. Sie hob den Blick und fand Carls blaue Augen. »Es ist genug, um Frau Witts Reetdachkate zu renovieren.«

»Ich wusste es!« Ein strahlendes Lächeln breitete sich auf seiner Miene aus. Spontan nahm er ihre Hand. »Das ist großartig, Malin! Ich wusste, dass wir es schaffen können.«

Überwältigt vor Freude und Erleichterung, sprang Malin auf und umarmte ihn dann fest. Sie wusste gar nicht, wohin mit sich und ihren Gefühlen. »Ich kann es kaum glauben. Das bedeutet so viel für Frau Witt!« Und auch für mich, dachte sie.

In seinen Armen spürte sie, wie wunderbar seine Nähe sich anfühlte, und in diesem Augenblick schien die Welt um sie herum zu verschwimmen. Die Wärme seiner Umarmung und die Aufregung über die guten Nachrichten ließen ihr Herz schneller schlagen.

Als sie sich voneinander lösten, sah Carl ihr tief in die Augen. »Ich bin so froh, dass wir das zusammen gemacht haben«, flüsterte er.

Malin spürte, wie ihre Wangen heiß wurden. »Ich auch«, antwortete sie leise. Ohne darüber nachzudenken, beugte sie sich zu ihm. Ihre Lippen trafen sich in einem sanften, intensiven Kuss, der all die Freude und das Glück, was sie gerade empfand, zum Ausdruck brachte.

Bald hatte Malin die Kälte draußen gänzlich vergessen. An diesem Abend gab es nur noch Carl und sie.

Kapitel 18

»Stimmt genau auf den Cent.« Lächelnd legte Malin das letzte Geldstück zurück in die Kasse.

»Dann haben wir gestern Abend doch richtig gezählt. Obwohl Gertrud und ich ziemlich müde waren.« Lilo saß auf dem dick gepolsterten Stuhl an ihrem Esstisch und lächelte entspannt. Sie hatte Malin gebeten, den Kassenbestand zu überprüfen, bevor sie das Geld für die weiteren Renovierungsarbeiten verplanten. Auf dem Tisch standen zwei mit alkoholfreiem Glühwein gefüllte Henkeltassen, daneben lag eine offene Blechdose, die bis zum Rand mit selbst gebackenen Sternchenplätzchen mit Zuckergussglasur gefüllt war. Am Adventskranz brannten zwei rote Kerzen und verströmten den Duft von warmem Wachs.

»Ich kann noch immer nicht fassen, dass wir wirklich so viel Geld eingenommen haben. Mit der Hälfte habe ich höchstens gerechnet – wenn überhaupt.« Malin nahm ihre Tasse und trank einen kleinen Schluck.

»Wir haben das Unmögliche möglich gemacht«, sagte Lilo mit zufriedenem Gesichtsausdruck. »Carls Idee, eine Strandkorbauktion durchzuführen, hat sich in barer Münze ausgezahlt. Hätten wir noch zwanzig mehr gehabt, hätten wir die wahrscheinlich auch verkauft. Die Leute waren teilweise in einem richtigen Kaufrausch.«

»Allerdings. Im Schnitt sind für einen Strandkorb dreihundertfünfzig Euro über den Verkaufstresen gegangen.« Malin schüttelte den Kopf und spürte, wie der Glühwein sie wärmte. »Wir können froh sein, dass der Sturm die ursprünglich geplante Versteigerung verhindert hat.«

»So ist es.« Lilo lächelte. »Wann kommt eigentlich der Fachmann, der sich den Wasserschaden ansehen will?«

Sie sah auf ihre Armbanduhr. »Noch genug Zeit, er wollte gegen vierzehn Uhr da sein. Carl wird auch zu dem Termin kommen. Von Rohrbrüchen habe ich nämlich noch weniger Ahnung als vom Kochen. Aber das macht ja nichts.«

»Es ist immer gut, versierte Handwerker zu kennen. Carl ist ein echtes Multitalent auf dem Gebiet – der kann alles.« Lilos blaue Augen blitzten wissend, als sie in ein Plätzchen biss.

»Den Eindruck habe ich auch«, erwiderte Malin, ohne sich etwas anmerken zu lassen, und nahm sich ebenfalls einen Keks. »Wenn Frau Witt wüsste, wie viel Geld bei unserem Weihnachtsmarkt für ihr Häuschen zusammengekommen ist!«

In diesem Moment klingelte das Telefon. Lilo griff nach dem Mobilteil, das neben ihrer Tasse gelegen hatte, und warf einen Blick auf das Display. Ein freudiges Lächeln glitt über ihr Gesicht. »Wenn man vom Teufel spricht … Das wird Irma gleich erfahren.«

Während sie das Gespräch annahm, ruhte ihr Blick auf Malin. »Moin, Irma!«, sagte sie beschwingt. »Ich stell mal den Lautsprecher an. Malin ist auch da, dann kann sie mithören.«

»Guten Morgen, Frau Witt«, grüßte Malin.

»Guten Morgen, Malin! Wie schön! Dann kenne ich ja jetzt wenigstens Ihre Stimme.«

»Vielleicht lernen wir uns ja eines Tages mal persönlich kennen«, wagte Malin einen vorsichtigen Vorstoß.

»Ja, wer weiß das schon?« Frau Witt räusperte sich umständlich. »Ich habe gestern den ganzen Tag an euren Weihnachtsmarkt gedacht. Deswegen wollte ich mich erkundigen, ob er denn schön war.«

Lilo zwinkerte Malin zu. »Oh, Irma! Es war wirklich großartig. Die Stimmung war herrlich weihnachtlich, und die Leute waren so großzügig. Schade, dass du nicht dabei sein konntest«, antwortete sie mit freundlicher Stimme.

»Ach, da wäre ich auch gerne gewesen. Konntet ihr denn genug einnehmen, um alle entstandenen Kosten für den Weihnachtsmarkt zu decken?«

»Sogar viel mehr. Wir haben eine fünfstellige Summe für die Renovierung deiner Reetdachkate eingenommen«, ließ Lilo die Katze aus dem Sack.

Am anderen Ende des Telefons folgte kurz absolutes Schweigen. Malin konnte sich Frau Witts Staunen nur allzu gut vorstellen. An eine fünfstellige Summe hätte sie selbst im Leben nicht geglaubt.

»Fünfstellig?«, fragte Frau Witt und räusperte sich. »Das ist ja unglaublich! Ich wusste zwar, dass die Menschen in St. Peter-Ording das Herz am rechten Fleck haben, aber das … Das ist wirklich mehr als beeindruckend. Ich bin ganz überwältigt.«

Malin hörte Frau Witts Rührung deutlich und merkte, dass ihr selbst fast Tränen in die Augen stiegen.

»Jeder einzelne Weihnachtsmarktbesucher wollte dir helfen. Sogar der Kirchenkinderchor hat extra für dich gesungen. Es war wirklich wunderschön, Irma.«

»Es zeigt, wie sehr die Menschen in unserem kleinen Ort zusammenstehen. Vielleicht könnte es wirklich klappen, die Kate zu renovieren …«, sagte Frau Witt mit hörbar bewegter Stimme.

»Das ist doch der Plan«, erwiderte Lilo fest.

Malin entging nicht, dass Lilo nachdenklich wurde.

»Ich habe die ganze Zeit gesagt, dass du zurückkommen solltest. St. Peter-Ording ist dein Zuhause, hier gehörst du hin, Irma.«

»Ach, Lilo, ich weiß nicht …«, begann Frau Witt, doch Lilo ließ sie nicht ausreden.

»Ich meine es ernst, Irma. Du hast fast dein ganzes Leben hier verbracht. Die schönsten Erinnerungen verbindest du natürlich mit unserem Küstenörtchen. Hier sind all deine Freunde. Und jetzt, da wir genügend Geld zusammenhaben, um alles so für dich herrichten zu lassen, damit du weiter in der Kate wohnen kannst … Vielleicht ist es nun endlich an der Zeit, dass du deine Entscheidung noch mal überdenkst!«

Hörbar atmete Frau Witt ein, bevor sie entgegnete: »Hm … Ich werde darüber nachdenken.«

Lilo nickte zufrieden und ballte siegessicher die Hand

zur Faust. »Es wäre wirklich schön, wenn du wieder zurückkämst. Wir würden uns alle sehr freuen«, sagte sie mit Nachdruck.

»Vielleicht …«, antwortete Frau Witt zögerlich. »Ich werde mir das alles in Ruhe durch den Kopf gehen lassen. Es klingt so verlockend … Aber nun muss ich wirklich auflegen, Amelie ist gerade vom Einkaufen zurückgekommen. Also, tschüss, ihr zwei!«

Nach dem Gespräch beendete Lilo die Verbindung und lehnte sich auf dem Stuhl zurück. Sie verschränkte die Arme vor der Brust und blickte Malin an. »Ich bin mir sicher, dass Irma ins Grübeln gekommen ist. Sie wird ihre Entscheidung noch mal überdenken.« Die Möglichkeit, dass ihre Freundin wieder nach St. Peter-Ording zurückkehren würde, erfüllte sie mit sichtbarer Freude.

»Ich hatte auch den Eindruck, dass sie darüber nachdenkt. Schon allein die Tatsache, dass sie angerufen hat, um sich nach dem Erfolg des Weihnachtsmarkts zu erkundigen, zeigt ja Interesse.« Malin trank einen weiteren Schluck Glühwein.

Nickend hob Lilo den Zeigefinger. »Außerdem hat sie angerufen, als Amelie unterwegs war. Das heißt, sie wollte ungestört mit mir reden. Noch ein sehr gutes Zeichen.«

»Das ist es.« In diesem Moment fühlte Malin sich voller Zuversicht, dass all ihre Mühen am Ende belohnt werden würden.

Kalte Winterluft umfing Malin, als sie den Norderdeich zur Reetdachkate entlangging. Der Schnee knirschte unter ihren gefütterten Stiefeln. Die Äste der Bäume waren mit einer zarten Schicht Frost überzogen, die im Sonnenlicht glitzerte.

Der Tag hatte gut begonnen. Das Telefonat mit Frau Witt hatte ihr weiteren Auftrieb gegeben. Zudem freute sie sich, gleich Carl zu treffen. Am vergangenen Abend hatten sie noch lange in der Strandkorbhalle gesessen. Dabei hatten sie sich nicht nur leidenschaftlich geküsst, sondern sogar beschlossen, ihren Gefühlen eine Chance zu geben. Ob Carl das direkt am nächsten Tag bereute? Sie hoffte nicht.

Als sie an der Kate eintraf, sah sie Carl bereits vor dem Eingang warten. Er hatte die Hände in den Taschen seiner Jacke vergraben.

»Hey, Malin.« Zur Begrüßung gab er ihr einen sanften Kuss.

»Hey.« Sie lächelte ihn glücklich an. Seit gestern hatte sich an seinen Gefühlen also auch nichts geändert.

»Bist du bereit für das nächste Abenteuer im Reetdachhaus?«, fragte er mit einem breiten Grinsen und sah sie aus seinen dunkelblauen Augen herausfordernd an.

»So bereit, wie man nur sein kann, wenn man auf einen Fachmann wartet, der womöglich die ganze Wand aufstemmen muss«, antwortete sie lachend und schloss die Tür auf.

Gemeinsam traten sie in die Diele, in der es noch immer nach frischer Farbe roch.

»Ich hoffe nicht, dass Thorben zum Äußersten gehen muss«, erwiderte Carl.

Wenig später traf sein Bekannter ein. Thorben war in ihrem Alter und hatte ein sympathisches Auftreten.

Malins Blick fiel auf seinen großen Werkzeugkoffer. »Oh, der Kasten scheint auch mehr als nur ein paar Jahre auf dem Buckel zu haben.«

Er lächelte. »Ein Erbstück von meinem Opa. Er war Handwerksmeister und hat damals unsere Firma gegründet.«

Kurz darauf stellte Thorben besagten Koffer vor der feuchten Wand ab und begann dann, mit einem Messgerät den Schaden zu überprüfen.

Malin und Carl schauten gespannt zu, während er die Werte ablas.

»Und? Was meinst du?«, fragte Carl schließlich.

»Hm …« Thorben kratzte sich am Hinterkopf. »Es sieht so aus, als müsste ich die Wand öffnen, um das Problem richtig zu beheben«, erklärte er und sah sie bedauernd an.

Malin und Carl tauschten einen Blick. »Das habe ich befürchtet. Aber es scheint die beste Lösung zu sein«, stimmte sie ihm dann zu und seufzte. »Wir wollen ja nicht, dass es noch schlimmer wird.«

»Unseren Segen hast du also.« Vertrauensvoll klopfte Carl seinem Kumpel auf die Schulter.

»Gut, dann werde ich gleich anfangen.« Thorben beugte sich über seinen Werkzeugkoffer.

»Wir könnten in der Zwischenzeit ja schon mal zum Baumarkt fahren, um neue Farbe und weiteres Material für die Ausbesserung der Wand zu kaufen«, schlug Malin vor. Sie wollte nicht länger herumstehen und fühlte sich allmählich nutzlos.

Carl nickte. »Ein guter Plan. Der Anblick wird nach Thorbens Eingriff nicht der beste sein.«

Auf dem Weg zum Baumarkt steuerte Carl sein Auto durch schmale Straßen, die Malin noch nicht kannte. Plötzlich blieb ihr Blick an einem alten Friesenhaus hängen.

Neben einem Friesenwall war ein fast schon verwittertes Schild aufgestellt worden, das sie trotzdem entdeckte.

»Zu verkaufen«, las Malin. »Oh, Carl! Halt doch bitte mal an! Das müssen wir uns ansehen!«, rief sie aufgeregt.

»Zu Befehl, Madame!« Carl bremste und parkte am Straßenrand.

»Was für ein tolles Haus«, sagte Malin, als sie vor der schneebedeckten Gartenpforte standen. »Sieht ein bisschen verwunschen aus, findest du nicht?«

»Du meinst wohl eher verwildert«, erwiderte er mit einem schiefen Grinsen. »Kann es sein, dass du nach dem nächsten Projekt suchst, das du anpacken kannst, wenn wir mit der Kate fertig sind?«

»Ich weiß gar nicht, was du meinst«, tat Malin ahnungslos. Sie spürte seinen warmen Blick auf sich und musste lächeln, als ihr bewusst wurde, dass sie trotz der Winterkälte nicht fror und dieses aufgeregte Kribbeln in den Fingerspitzen hatte, das sie bestimmt zuletzt vor Freude als Kind gehabt hatte.

»Hier wurde doch mindestens seit einem Jahr nicht mehr gemäht.« Er deutete auf die Gräser, die aus der Schneedecke hervorragten. »Und die Sträucher müssten auch mal wieder geschnitten werden.« Er nickte langsam. »Aber hübsch ist es trotzdem.«

Malin konnte den Blick nicht von dem charmanten Gebäude abwenden. »Komm, lass uns mal nähergehen.« Sie öffnete die Gartenpforte, die dabei einen schaurigen Quietschlaut von sich gab.

»Wie im Spukschloss«, kommentierte Carl ungerührt.

Doch Malin ging mit entschlossenen Schritten auf das Haus zu. Die grüne Farbe der Haustür war an einigen Stellen abgeplatzt, und das Reetdach schien ebenfalls in die Jahre gekommen zu sein. Dennoch, hier war etwas … Auf Malin hatte das Haus eine geradezu magische Anziehungskraft.

»In das Gebäude muss man sicher jede Menge Arbeit stecken, um es wieder in Schuss zu bringen«, bemerkte Carl, während er die ehemals weiße Fassade mit kritischem Blick betrachtete.

Sie nickte zwar, aber seine Anmerkung hielt sie nicht davon ab, sich auszumalen, wie es wäre, in dem Häuschen zu wohnen. Sie stellte sich vor, wie sie und Carl an kalten Winterabenden in einer warmen Kuscheldecke eingehüllt vor dem Kamin saßen und gemeinsam Zukunftspläne schmiedeten.

»Stell dir nur vor, wie traumhaft schön es hier im Sommer sein könnte!« Ihr Blick wanderte über das verwitterte Grundstück. »Ein Garten voller Blumen, mit blühenden Büschen und Obstbäumen. Vielleicht ein paar Gemüsebeete … oder ein kleines Gewächshaus.« Die Vorstellung, an diesem Ort einen neuen Lebensabschnitt zu beginnen, erfüllte sie mit einem geradezu beglückenden Gefühl.

Carl schaute sie an, blinzelte und lächelte dann. »Das Haus hat auf jeden Fall Potenzial, so wie es häufig in Makleranzeigen steht. Den Arbeitsaufwand, um daraus ein echtes Traumhaus mit einem Traumgarten zu erschaffen, sollte man allerdings nicht unterschätzen.«

»Das tu ich nicht.« Sie griff nach seiner Hand und drückte sie. »Ein bisschen träumen darf ich ja.«

Als sie ihm einen Kuss auf die Wange gab, spürte sie sein Lächeln. Wenn er wüsste, wie sehr sie sich wünschte, eines Tages hier mit ihm zusammenwohnen zu können. »Nichtsdestotrotz würde ich mich nicht von ausgiebigen Renovierungsarbeiten abschrecken lassen«, antwortete sie, nachdem sie die Lippen von ihm gelöst hatte, und verschränkte ihre Finger mit seinen.

»Mir scheint, du hast Handwerkerblut geleckt«, entgegnete er belustigt.

Sie zuckte die Schulter und erwiderte selbstbewusst: »Im Streichen bin ich jedenfalls schon ganz gut – und alles Weitere kann ich ja lernen.«

Nach einem letzten Blick auf das urige Friesenhaus gingen sie zurück zum Auto.

»Nun aber los zum Baumarkt«, sagte Carl und startete den Motor.

»Aye, aye, Sir!« Malin lächelte. Ihre Gedanken kreisten weiterhin um das alte Friesenhaus, das in ihrem Herzen einen besonderen Platz einnehmen könnte.

Kapitel 19

Nachdem Malin den letzten Pinselstrich gemacht hatte, legte sie das Malwerkzeug auf einem Holzbrett ab. Sie trat zwei Schritte zurück, um ihr Werk zu begutachten. Mit gewissem Stolz, denn niemand würde vermuten, dass hinter der frisch tapezierten und gestrichenen Wand noch vor ein paar Tagen ein Rohr geplatzt war.

Thorben hatte ganze Arbeit geleistet und den Schaden in Windeseile behoben, sodass Malin nach der Trocknungsphase gleich mit Tapezieren und Streichen hatte starten können.

Sie ging in das kleine Bad, um ihre Hände von den unvermeidbaren Farbflecken zu befreien. Danach lief sie über die Terrasse ins Haupthaus, wo lautes Klopfen und Hämmern sie empfing.

Es war der Montag nach dem dritten Advent. Deshalb hatten die meisten der freiwilligen Helfer bereits Urlaub, den sie nun zum Teil in der Reetdachkate verbrachten. Dementsprechend schritten die Renovierungsarbeiten deutlich schneller voran als zuvor. Malin lugte ins Bad, wo Carl und einer seiner Bekannten gerade im Begriff waren, die Dusche einzubauen. »Kommt ihr klar?«

»Jo. Alles gut!« Carl wischte sich die Stirn. »Bis zum

Abend haben wir hier die letzten Handgriffe erledigt. Du kannst dann Probeduschen.«

Malin lachte. »Danke, mir reicht es völlig, wenn ich das Bad nachher fotografieren kann.« Instinktiv fasste sie an die Gesäßtaschen ihrer Jeans. »Ach, Mist! Ich habe mein Handy wohl in der Ferienwohnung liegen lassen.«

»Da liegt es gut«, neckte Carl sie.

Von draußen hörte sie schlurfende Schritte, die ihr inzwischen schon vertraut waren. Kurz darauf ertönte das charakteristische energische Klopfen von Lilo.

Malin öffnete. »Hallo, Lilo! Bringst du was mit?« Sie deutete auf den Korb, den ihre Gastgeberin bei sich trug.

»Ein paar Kleinigkeiten für die fleißigen Heinzelmännchen«, sagte Lilo und ging schnurstracks an Malin vorbei in die Küche. »Dick belegte Brötchen mit Käse, Ei und Wurst und noch eine Thermoskanne frischen Kaffee.« Sie stellte den Korb auf dem Küchentisch ab.

Amüsiert beobachtete Malin sie. »Das wird die Heinzelmännchen sicherlich freuen. Bis zum Abend soll das Bad fertig sein, hat mir Carl soeben erzählt.«

»Oh! Da muss ich doch gleich mal gucken.«

Einen Augenblick später linste Lilo ebenfalls ins Badezimmer. »Moin, Jungs! Das sieht ja schon fantastisch aus hier. Ich kann kaum glauben, wie viel ihr in der kurzen Zeit geschafft habt. Sollte ich mal ein neues Bad benötigen, werde ich mich vertrauensvoll an euch wenden«, sagte sie mit einem Augenzwinkern und hob den Daumen.

»Den drohenden Unterton habe ich gehört«, merkte Carl schmunzelnd an.

»Ich auch«, stimmte sein Kollege zu.

Lilo lachte. »Ich hoffe, dass ihr bestechlich seid. In der Küche sind belegte Brötchen und Kaffee für euch.« Dann wandte sie sich an Malin. »Vorhin hat übrigens die Spedition wegen des Betts angerufen. Morgen soll es geliefert werden.«

»Ach, gut, dass ich deine Festnetznummer auch hinterlegt habe. Ich habe nämlich mein Handy in der Ferienwohnung liegen lassen. Wahrscheinlich haben sie auf der Nummer vergeblich versucht, jemanden zu erreichen.«

Lilo hob nur eine Schulter. »Was man nicht im Kopf hat, hat man in den Beinen.«

Malin verdrehte sie Augen. »Ja. Deswegen begleite ich dich auch zurück zum Campingplatz. Ich möchte später Fotos vom neuen Bad und auch von der fertigen Wand im Anbau machen. Ohne Handy geht das ja schlecht.«

»Dann komm, lass uns aufbrechen.« Lilo wandte sich zum Gehen.

Nachdem Malin ihre dicke Winterjacke angezogen und sich ihre Mütze aufgesetzt hatte, machten sie sich auf den Weg zurück zur *Strandperle*. Als sie auf der Höhe der Auffahrt waren, kam eine Frau vom Restaurant in ihre Richtung. In einer Hand hielt sie ein Fischbrötchen.

»Moin, Brit!«, rief Lilo und winkte ihr zu. »Wie geht's dir?«

»Hallo«, erwiderte Brit erfreut und blieb bei ihnen stehen. »Ich habe mir gerade etwas für meine Mittagspause gekauft.« Wie zum Beweis hob sie das Fischbrötchen ein Stück höher.

»Der Weg von deinem Arbeitsplatz zu unserer *Miesmuschel* ist ja auch ein Katzensprung.« Lilo schaute zum Hotel auf der gegenüberliegenden Straßenseite.

»Das stimmt. Allerdings würde ich meine Pausen lieber zu Hause verbringen und vielleicht auch mal selbst was kochen.« Brit lächelte entschuldigend. »Ich möchte ja nicht klagen, aber jeden Tag die Strecke von Witzwort nach St. Peter-Ording zu gurken, das ist auf Dauer echt nervig.«

»Ich dachte, du hättest inzwischen eine Wohnung in St. Peter gefunden?«, fragte Lilo überrascht.

»Schön wär's!« Brit schüttelte den Kopf. »Dabei habe ich gar keine besonders großen Ansprüche. Ein kleines Appartement würde mir reichen. Das Ganze zu einem bezahlbaren Preis und ich wäre wunschlos glücklich.« Sie biss ein Stück vom Brötchen ab.

Malin warf Lilo einen Blick zu. »Auf dem Norderdeich gibt es doch eine kleine, aber feine Einliegerwohnung.«

»Stimmt.« Lilo überlegte kurz und fragte dann: »Nehmen wir mal an, es gäbe so eine kleine Wohnung, die bloß einen kurzen Fußweg vom Hotel entfernt ist … Würdest du als Mieterin eventuell im Gegenzug den angrenzenden Haushalt einer älteren Dame mitversorgen? Für sie vielleicht mal einkaufen, mal ein Gurkenglas für sie öffnen oder ab und an ein Gesellschaftsspiel mit ihr spielen? Ich könnte mir vorstellen, dass du unter Umständen dort sogar mietfrei wohnen könntest.«

»Die Wohnung wird momentan renoviert. Ein neues Bad wäre ebenfalls vorhanden«, ergänzte Malin.

Brits Augen weiteten sich vor Überraschung »Aber sicher. Ich bin total flexibel und habe kein Problem damit, mich nebenher um eine ältere Frau zu kümmern. Das würde mir sogar Spaß machen. Es klingt für mich nach einem Sechser im Lotto!«

Lilo hob eine Hand. »Noch ist es allerdings nicht spruchreif. Es ist bloß eine vage Idee, über die ich mit der Hauseigentümerin reden werde.«

»Von mir aus sehr gerne. Sag mir doch bitte Bescheid, sollte sich etwas ergeben.« Brit nickte eifrig.

»Darauf kannst du dich verlassen«, versprach Lilo.

Sie verabschiedeten sich von Brit und gingen weiter.

Als sie außer Hörweite waren, sagte Malin: »Mensch, Lilo! Das könnte doch die Lösung für Frau Witt sein, oder nicht?«

»Eine wirklich fabelhafte Idee. Wieso bin ich da nicht selbst draufgekommen? Irma würde sich bestimmt über Gesellschaft freuen. Und Amelie wäre beruhigt, wenn sie wüsste, dass jemand sich kümmert.«

»Genau! Es wäre eine klassische Win-win-Situation«, schloss Malin begeistert.

Sie blieben stehen, als Lilo die Tür zum Wohnhaus aufschloss. »Jetzt müssen wir nur noch Irma und Amelie von unserem Plan überzeugen.«

»Meinst du, wir haben eine Chance?«

Sie waren vor Lilos Wohnungstür angekommen und blieben abermals stehen.

»Sicher. Aber mir liegen Spekulationen im Allgemeinen nicht«, erklärte Lilo und drückte die Wohnungstür auf. »Lass uns sie gleich anrufen. Danach sind wir schlauer.«

Federnden Schritts folgte Malin ihr ins Wohnzimmer. »Über einen Pflegedienst könnte sie doch zusätzlich einen Notfallknopf bekommen. So einen hatte meine verstorbene Oma damals auch. Für ihre Wohnung hatte sie eine Putzhilfe, und der Pflegedienst hatte zusätzlich zweimal am Tag nach dem Rechten geschaut. Die Einkäufe haben wir für sie erledigt. Das hat supergut funktioniert. Sie musste nie in ein Altenheim.«

Sie setzten sich an den Esstisch, in dessen Mitte der Adventskranz stand, an dem nun bereits drei Kerzen angezündet worden waren.

Lilo langte nach dem Telefon. »Gemeinsam werden wir sie überzeugen«, sagte sie mit entschlossenem Blick und tippte auf die Taste, auf der Malin die Nummer eingespeichert hatte. »Ich hoffe, Irma und Amelie haben heute einen guten Tag«, murmelte sie, während sie dem Freizeichen lauschten.

Amelie hatte ebenfalls die Lautsprecherfunktion eingeschaltet, damit ihre Mutter mithören konnte. Nachdem Lilo und Malin ihre Idee unterbreitet hatten, seufzte Amelie hörbar. »Herrje!«

»Was guckst du denn so? Der Einfall ist doch nicht schlecht«, erklang Frau Witts Stimme. »Die Einliegerwohnung ist nun schon seit Jahren unbewohnt. Und ich hätte gerne eine nette Nachbarin.«

»Mutti, du wohnst aber nicht mehr in St. Peter«, erwiderte Amelie mit einem genervten Unterton. Dann sprach sie ins Telefon: »Das klingt ja alles schön und gut, was ihr euch ausgedacht habt. Trotzdem beruhigt mich der Gedanke nicht, Mutti wieder allein in St. Peter wurschteln zu lassen. Woher wollt ihr wissen, dass diese Brit die richtige Person für so eine Aufgabe ist?« Sie klang skeptisch. »Nachher bietet sich doch eine bessere Wohnung an, und schwuppdiwupp zieht sie aus, und Mutti steht wieder allein auf verlorenem Posten da. Dann wären wir genau so weit wie vorher.«

»I wo! Ich kenne Brit schon ein paar Jährchen. Sie ist zuverlässig und hat einen tadellosen Ruf im Ort. Außerdem hat sie ein großes Herz und kann gut mit Menschen umgehen. Als gelernte Hotelfachfrau weiß sie außerdem besser als manch anderer, wie man ein Haus führt. Du musst dir wirklich keine Sorgen machen, Amelie«, redete Lilo mit Engelszungen auf sie ein.

»Es hört sich doch nicht schlecht an, was Lilo erzählt«, meldete Frau Witt sich im Hintergrund wieder zu Wort.

»Mutti, wir haben Absprachen getroffen mit der Hotelkette«, erinnerte Amelie sie.

»Bis jetzt wurde meines Wissens nichts unterschrieben«, hielt Frau Witt überraschend energisch dagegen.

»Lassen Sie sich unseren Vorschlag doch ein oder zwei Tage durch den Kopf gehen«, schlug Malin vor. »Ich mache heute Abend Fotos von unseren bisherigen Renovierungen und könnte sie Ihnen dann direkt schicken. Dann haben Sie bestimmt schon ein gutes Bild.«

»Da bin ich aber gespannt!«, erklang wieder Frau Witts fröhliche Stimme.

Amelie verabschiedete sich kurz darauf.

Nachdem Lilo aufgelegt hatte, faltete sie zufrieden die Hände auf dem Tisch. »Irma haben wir auf unserer Seite, so viel steht fest.«

»Den Eindruck hatte ich auch«, stimmte Malin ihr zu. »Aber ihre Tochter ist eine harte Nuss.«

»Davon darfst du dich nicht beeindrucken lassen. Ich kenne Irmas Tochter seit ihrer Geburt. Sie ist nicht so unnachgiebig, wie sie vorgibt.« Lilo lehnte sich lächelnd zurück. »Die Fotos schickst du mir am besten nachher. Ich habe Amelies Handynummer und leite sie ihr dann mal mit den passenden Worten weiter. Vertrau mir, Malin«, sie zwinkerte ihr zu, »alles wird gut.«

»Okay.« Malin nickte. »Sobald die Renovierungen abgeschlossen sind, schmücke ich die Kate und verwandele sie in ein Weihnachtshaus – mit vielen Kerzen, einem Weihnachtsbaum mit bunten Kugeln und Wollsocken über dem Kachelofen. Jedes Zimmer werde ich danach noch mal fotografieren. Das Haus wird regelrecht auf Frau Witt warten, damit sie dort ein wunderschönes Weihnachtsfest feiern kann.«

Als Malin abends zurück in der Ferienwohnung war, kochte sie sich einen heißen Tee und drehte die Heizung höher. Das Bad war wie angekündigt noch fertig geworden. Carl hatte seinen Bekannten mit dem Auto nach Hause gefahren und ihr am Telefon versprochen, sich im Laufe des Abends noch mal bei ihr zu melden.

Genüsslich zündete sie drei Kerzen an ihrem Adventskranz an und machte es sich auf dem Sofa gemütlich. Mit einem Finger wischte sie über die Fotos auf ihrem Handy, wählte dann die besten aus und schickte sie Lilo. Als Nächstes schickte sie die gleiche Auswahl ihren Eltern zu. Kurz überlegte sie, ob sie dazu einen Text verfassen sollte, entschied sich aber für einen Anruf.

»Wir sind fast fertig«, erzählte sie, nachdem sich ihre Mutter gemeldet hatte.

»Ich muss schon sagen, Hut ab vor deiner Leistung!«, lobte ihre Mutter.

»Es sind ja noch einige Leute mehr an der Renovierung beteiligt«, erinnerte Malin sie, obwohl sie sich über das Lob freute.

»Papa ist auch ganz beeindruckt. Weihnachten ist in St. Peter-Ording bestimmt wunderschön.« Ihre Mutter klang etwas wehmütig.

»Ach, Mama! Ich möchte doch auch gerne die Feiertage mit euch verbringen. Und mit Oma Gerda.«

»Heißt das, du kommst in den nächsten Tagen zurück?«, fragte ihre Mutter hoffnungsvoll.

»Hm … ehrlich gesagt habe ich gerade eher darüber nachgedacht, ob ihr nicht mit Oma Gerda nach St. Peter-Ording kommen könnt?« Gespannt wartete Malin darauf, dass ihre Mutter antwortete.

»Das kommt jetzt ein wenig plötzlich. Wo sollen wir denn unterkommen? Bestimmt ist über Weihnachten alles ausgebucht in St. Peter-Ording …«

»Nein, so wild wie im Sommer ist es hier im Moment nicht. Ich kann euch eine Ferienwohnung besorgen«, versprach Malin.

»Moment … Warte mal, Schatz. Dein Vater möchte dich sprechen«, sagte ihre Mutter und reichte offenbar den Hörer weiter.

»Malin?«, erklang seine Stimme.

»Hallo Papa!«

»Also, wenn du wirklich eine schöne Ferienunterkunft für uns und die Oma organisieren kannst, dann kommen wir.«

»Wirklich, Papa?«, fragte Malin und spürte, wie ihr ein Stein vom Herzen fiel. »Das wäre grandios! Ich plane nämlich ein großes Weihnachtsfest in der Reetdachkate.« Sie sah das Fest schon vor sich. Den hübsch dekorierten Tisch, den Weihnachtsbraten mit Rotkohl und Klößen oder auch den obligatorischen Kartoffelsalat mit Würstchen und Frikadellen.

Beschwingt ging sie zum Fenster und blickte hinaus. »Der Schnee hat hier gerade wieder eingesetzt.«

Ihr Vater lachte leise. »Halte ihn noch ein paar Tage für uns fest. In Wuppertal warten wir bis jetzt vergeblich auf die ersten Schneeflocken.«

»Ich werde mein Bestes tun«, versprach sie fröhlich. »Sobald ich eine passende Wohnung gefunden habe, melde ich mich.«

Malin atmete tief durch, nachdem sie das Telefongespräch beendet hatte. Erst jetzt wurde ihr bewusst, dass eine große Last von ihrem Herzen gefallen war. Den Gedanken, die Festtage ohne ihre Familie verbringen zu müssen, hatte mehr auf ihr Gemüt gedrückt, als sie sich hatte eingestehen wollen. Die Renovierungsarbeiten am Haus und ihr neues Glück mit Carl hatten sie von dem Thema abgelenkt. Sie war froh, ihre Eltern gefragt zu haben. Nun konnte sie sich richtig auf Weihnachten freuen.

Malin hatte heiß geduscht und sich die Haare gewaschen. Nach dem Eincremen hatte sie eine bequeme Leggins und einen Oversize-Pullover übergezogen. Mit einer Tüte Chips und einer warmen Decke machte sie es sich vor dem Fernseher gemütlich. Dabei schaute sie hin und wieder auf ihr Handy, ob sie eine Nachricht von Carl erhalten hatte.

Irgendwann hörte sie ein leises Klopfen und wandte die Aufmerksamkeit von dem Spielfilm ab. Schnell sprang sie auf.

Vielleicht hatte Lilo Neuigkeiten aus Bayern.

Doch vor der Tür stand Carl. In einer Hand hielt er eine Flasche Rotwein, in der anderen zwei Pizzakartons, aus denen ein würziger Duft drang.

»Hey!«, rief sie überrascht.

»Sie haben zweimal Pizza und Rotwein bestellt?« Er grinste sie schief an.

»Wenn du das sagst!« Mit einem Lächeln ließ sie ihn hinein.

Die Pizza schmeckte vorzüglich, und auch der Rotwein hatte eine angenehme fruchtige Note. Als Malin aufgegessen hatte, schob sie den Karton weit von sich weg. »Ich werde nie wieder was essen. Mein Magen steht kurz vor dem Platzen.«

»Dann hat es wohl geschmeckt.« Carl zog fürsorglich die Decke über ihre Beine und legte einen Arm um ihre Schultern. Eine Weile saßen sie so auf dem Sofa, jeder ein Glas Rotwein in der Hand.

»Ich fühle mich unglaublich wohl hier«, sagte Malin und schaute ihm in die Augen. »Ich hätte nie gedacht, dass ein Winter an der Nordsee so romantisch sein kann – und dass es hier sogar schneit. Ich dachte tatsächlich, die steife Brise treibt jede Chance auf Schnee fort von der Küste.« Sie lachte.

Carl nippte an seinem Wein. »Die Romantik liegt jedenfalls nicht nur am Schnee«, erwiderte er, während sein warmer Blick auf ihr lag. »Es liegt an dir. An uns.«

Ihr Herz klopfte schneller. »Ich liebe es, wenn der Schnee alles so still macht«, flüsterte sie und ließ ihn dabei nicht aus den Augen. »Es fühlt sich an, als würde die Zeit langsamer vergehen.«

Carl beugte sich näher zu ihr. »Und ich liebe es, dass ich diesen Moment mit dir teilen kann.« Er nahm ihr Glas und stellte es auf den Tisch, bevor er sanft ihre Hand ergriff.

Die Berührung seiner warmen Hand löste einen Schauer auf ihrer Haut aus. »Küss mich«, wisperte sie.

Als sich ihre Lippen trafen, fühlte es sich für Malin an, als würde alle Kälte verschwinden. Es war ein zärtlicher Kuss, der all die noch unausgesprochenen Gefühle zwischen ihnen zum Ausdruck brachte.

Mit einem Lächeln lösten sie sich voneinander. In Carls Augen lag das Versprechen auf mehr. Der Abend scheint noch weitere magische Momente bereitzuhalten, dachte Malin und küsste ihn noch einmal.

Kapitel 20

»Wie geht es dir, Franzi?«

Malin fröstelte. Sie schloss das Fenster in ihrer Ferienwohnung, das sie vor gut zwanzig Minuten auf Kipp gestellt hatte. Der Samstagmittag vor dem vierten Advent war frostig. Sie blickte zum Deich, auf dem eine dünne Schneeschicht lag, und beobachtete einen Mann und eine Frau, die sich unterhielten. Bei jedem Ausatmen entstanden Nebelschleier vor ihren Gesichtern.

»Wie du hörst, spreche ich immer noch durch die Nase, und meine Stimme hat eine gewisse Ähnlichkeit mit der von Bonnie Tylor. Die Atemwegserkrankung hält sich genauso hartnäckig wie meine Kopfschmerzen.« Franzi nieste. »Ach, ich wäre so gern vor Weihnachten noch mal nach St. Peter-Ording gekommen und hätte dir geholfen. Aber leider muss ich schon wieder passen.«

Malin setzte sich aufs Sofa und kuschelte sich in ihre warme Decke. »Ich kann es kaum fassen, dass du immer noch so krank bist! Mensch, du Arme! Es wäre so schön gewesen, dich hierzuhaben.« Sobald die Worte ausgesprochen waren, erkannte Malin, dass die Aussicht auf den großen Tag ohne Franzi sie wirklich traurig machte.

»Ich weiß, ich weiß«, erwiderte Franzi seufzend am anderen Ende der Leitung. »Es tut mir wahnsinnig leid, dass ich nicht dabei sein kann, wenn aus der kleinen Fischerkate ein Weihnachtsreetdachhaustraum wird. Aber was soll ich denn tun?«

»Du sollst gesund werden. Und das möglichst schnell!«

»Ich gebe mein Bestes.«

»Aber, weißt du was? Meine Eltern und auch meine Oma Gerda kommen heute in St. Peter-Ording an«, verkündete Malin und wollte sich auf die schönen Dinge konzentrieren. »Ich freue mich so sehr, sie zu sehen. Der Gedanke daran, Weihnachten ohne sie zu feiern, hat mir gar nicht geschmeckt.«

»Oh, das klingt toll! Weihnachten ist doch das Fest der Familie. Ich freue mich für dich, dass ihr euch schöne Feiertage in St. Peter-Ording machen könnt.« Franzi hörte sich aufrichtig begeistert an.

Malin spürte, wie sich ein Lächeln auf ihr Gesicht schlich, als sie daran dachte, warum dieser Jahresabschluss für sie noch besonders war. Trotzdem zögerte sie immer noch. Sie atmete tief durch und gab sich einen Ruck. Es wurde endlich Zeit, dass sie ihre beste Freundin einweihte. »Ähm, Franzi, ich … ich habe dir noch etwas zu sagen.«

»Oha! Was ist los? Du klingst … geheimnisvoll?«, sagte Franzi neugierig.

»Also …« Malin atmete noch einmal tief durch. »Du hattest recht mit deiner Ahnung. Es gibt da jemanden, der mir wirklich gefällt … Erinnerst du dich an Sannes Bruder? Er heißt Carl.«

»Carl? Oh mein Gott, du bist mit ihm zusammen!«

Franzis Stimme stürzte quietschend ab. »Ich wusste es! Ich habe von Anfang an gespürt, dass da mehr im Spiel ist mit diesem mysteriösen Carl.« Trotz Franzis Reibeisenstimme war ihr die aufrichtige Freude anzuhören.

»Ja, wir sind jetzt zusammen«, gestand sie und geriet gleich ins Schwärmen. »Er ist einfach unglaublich. Er ist charmant und lustig. Ich fühle mich so wohl in seiner Nähe. Es ist, als ob wir uns schon ewig kennen würden. Alles ist so vertraut, obwohl wir uns ja erst kürzlich zum ersten Mal begegnet sind …« Sie seufzte. »Und was er alles handwerklich draufhat, davon möchte ich gar nicht erst anfangen.«

Franzi lachte. »Das klingt nach Liebe auf den ersten Blick. So wie bei Lukas und mir. Ich freue mich so für dich, Malin! Endlich hast du jemanden kennengelernt, der dich glücklich macht.«

Malin nickte, auch wenn Franzi es nicht sehen konnte. »Hm, ja, das stimmt. Obwohl ich schon die Hoffnung aufgegeben hatte, dass mir so etwas noch mal passieren könnte.« Malin war bewusst geworden, dass sie durch vergangene Erfahrungen in Beziehungen eine Mauer um ihr Herz aufgebaut hatte, die mit jeder Enttäuschung ein Stück höher geworden war. Carl hatte es geschafft, diese mit seinem Lächeln und seiner herzlichen Art einzureißen. »Es bedeutet mir wirklich viel, dass du dich so für mich freust.« Ein kurzer Moment der Stille trat ein, bevor sie fortfuhr: »Nun fehlt nur noch, dass Frau Witt mit ihrer Tochter auch nach St. Peter-Ording kommt. Ich würde mich so für sie freuen, wenn sie in ihrer Reetdachkate ein wunderschönes Weihnachtsfest hätte. Dann wäre ich wunschlos glücklich.«

»Ich drücke ganz fest die Daumen, dass dein Wunsch in Erfüllung geht, meine Liebe. Ich kann mir vorstellen, dass die geschmückte Fischerkate traumhaft aussehen wird. Wenn ich zaubern könnte, würde ich dafür sorgen, dass Frau Witt kommt.«

»Ja, noch steht in den Sternen, ob es klappt, aber wir werden für den Fall der Fälle alles vorbereiten«, antwortete Malin und lächelte. »Ich werde dir alles erzählen, wenn du wieder fit bist. Vielleicht klappt es im neuen Jahr mal wieder mit uns und St. Peter-Ording. Ich werde ja nun wohl öfter hier sein …«

»Aber natürlich! Ich kann es kaum erwarten, den Mann kennenzulernen, der dein Herz erobert hat. Das muss ein toller Typ sein.« Ihre Stimme klang froh, bis sie plötzlich husten musste. »Tut mir leid, Malin, ich muss mich nun wieder mit meinem Inhalator beschäftigen.«

»Mach das.«

»Genieße die Zeit mit deiner Familie – und natürlich mit Carl!«

»Das werde ich. Und du, erhole dich gut. Bis bald!« Malin beendete die Verbindung. Sie fühlte sich glücklich und voller Vorfreude auf die kommenden Tage.

Am Nachmittag strahlte die Sonne vom klarblauen Himmel. Der Schnee glitzerte im Sonnenlicht.

Aufgeregt stand Malin am Fenster im Restaurant *Miesmuschel* und wartete auf die Ankunft ihrer Familie. Als der altbekannte silberne Kombi die Auffahrt des Campingplatzes passierte, machte ihr Herz einen kleinen Sprung.

»Sie sind da!«, rief sie Lilo zu, die gerade hinter der Theke Besteck in Papierservietten einwickelte, und eilte zur Tür.

Malin lief auf den Wagen ihrer Eltern zu und winkte wild. Nach einer kurzen Begrüßung durch das heruntergelassene Fenster zeigte sie ihrem Vater, wo er das Auto abstellen konnte. Es folgte eine zweite herzliche Begrüßung mit Umarmungen und Küssen.

»Es ist so toll, dass ihr da seid!« Malin strahlte ihre Eltern und ihre Großmutter an.

»Das finde ich auch. Ich war noch nie über Weihnachten im Urlaub«, meldete sich ihre Oma zu Wort. »Das wollte ich schon immer mal machen.«

Schon gesellte sich Lilo auf dem Parkplatz zu ihnen und empfing die neuen Gäste herzlich. »Willkommen in St. Peter! Ich bin Lilo, die Inhaberin des Campingplatzes. Die Ferienwohnungen in unserem Haupthaus sind für Sie vorbereitet. Ich hoffe, Sie werden sich bei uns wohlfühlen und eine schöne Zeit haben«, sagte sie mit einem warmen Lächeln.

»Vielen Dank für den netten Empfang.« Malins Mutter warf ein Lächeln in die Runde. »St. Peter gefällt mir jetzt schon. Die Luft ist so herrlich klar. Ein Traum!« Sie atmete tief ein und schloss dabei die Augen. »Und ich meine, sogar das Meer riechen zu können.«

Lilo lachte. »Natürlich können Sie das. Gleich hinter dem Deich geht es zum Strand, und dann kommt auch bald die Nordsee.«

»Dann laden wir mal unser Reisegepäck aus, damit wir das Meer heute noch zu Gesicht bekommen«, sagte Malins Vater vergnügt und öffnete den Kofferraum.

Lilo reichte Malin die Schlüssel zu den beiden Ferienwohnungen und verabschiedete sich freundlich.

Wenig später führte Malin ihre Familie zu den Appartements. »Ihr seid sicher müde von der langen Fahrt und wollt euch ausruhen?«

»Eigentlich nicht«, sagte ihre Oma. »Die lange Sitzerei war anstrengend, aber nun bin ich froh, dass ich mich bewegen kann. Ich würde gern eine Tasse Kaffee trinken, und dann wäre ich bereit für einen Spaziergang.« Unternehmungslustig klatschte sie in die Hände.

»Und ihr?«, fragte Malin ihre Eltern.

Ihre Mutter nickte. »Eine Tasse Kaffee wäre nicht schlecht, und gegen Sauerstofftanken habe ich auch nichts einzuwenden.«

»Okay, ich warte unten in der *Miesmuschel* auf euch. Bis gleich!« Malin wandte sich um und ging dann die Treppen hinunter.

Nachdem sie Kaffee getrunken und sich mit Apfelstrudel und heißer Vanillesoße gestärkt hatten, machten sie sich zu Fuß auf den Weg zum Norderdeich. Oma Gerda hatte darauf bestanden, sich gleich Frau Witts Fischerkate anzusehen. »Vielleicht gefällt mir das Häuschen so gut, dass ich dort einziehe«, hatte sie mit einem Augenzwinkern bemerkt.

Gespannt auf die Reaktion ihrer Eltern, schloss Malin die Tür auf und ließ alle herein. »Die Renovierung ist in den letzten Zügen. Im Wohnzimmer haben wir in der letzten Woche noch spontan ein Fenster ausgewechselt.« Sie ging vor in den Wohnraum. »Der Holzrahmen war schon porös, und es hat gezogen wie Hechtsuppe.« Sie zeigte ihnen das neue Fenster. »Erstaunlicherweise habe ich den Eindruck, dass der Raum seit dem Wechsel viel heller ist.«

Ihre Oma begutachtete das neue Fenster näher. »Es sieht sehr gut aus. Professionell scheint es auch eingebaut worden zu sein.«

»Von einem Fachmann«, bestätigte Malin. »Ein bisschen dekoriert habe ich auch schon.« Sie zeigte auf den Sekretär, auf dem eine Weihnachtskrippe aus Holz stand, die sie in einem Holzkasten in der Einliegerwohnung gefunden hat.

»Sie passt dort hervorragend hin«, lobte ihre Mutter und betrachtete die liebevoll gestalteten Details der Figuren. »Sieht wie handbemalt aus.«

»Ich kann es gar nicht erwarten, dass alles fertig ist und wir das Haus endlich komplett weihnachtlich geschmückt haben.«

Plötzlich hörten sie von der Küche her Geräusche zu ihnen dringen. Werkzeug klapperte, und Stimmen erklangen.

Malin sah in die fragenden Gesichter. »Oh, der neue Herd wird bestimmt gerade angeschlossen.«

»Da könnte ich sogar bei Bedarf helfen«, sagte ihr Vater wie auf Kommando.

Malin merkte ihm an, dass er sich allzu gern irgendwie betätigen wollte. Rumstehen und zuschauen war nicht sein Ding. Amüsiert ging sie voran. »Dann lasst uns mal nachsehen.«

In der Küche trafen sie auf Sanne und Carl. Carl kniete gerade vor einem neuen Herd, das ausgediente Gerät hatten sie neben den Küchentisch geschoben.

»Hallo, ihr zwei!« Malin begrüßte sie und stellte sie dann ihrer Familie vor. »Ist das der Herd aus der Ferienwohnung?«

Sanne nickte. »Ich glaube, darauf wurde noch nie gekocht. Er wirkt wie neu.«

»Umso besser! Braucht ihr noch lange?«

»Ich bin gleich fertig«, erklärte Carl mit konzentriertem Gesichtsausdruck.

»Warten Sie, ich helfe Ihnen, den Herd in die richtige Position zu bringen«, bot Malins Vater sofort an. Schon hatte er seine Jacke ausgezogen und packte mit an.

»Dann können wir uns ja noch ein bisschen das Haus ansehen«, meldete sich Oma Gerda.

»Ich kann Sie gerne herumführen«, bot Sanne an und warf Malin einen vielsagenden Blick zu. Zweifellos wusste sie von den zarten Banden zwischen ihrem Bruder und ihr.

Malin nickte dankbar. »Ja, macht das ruhig.«

Während Sanne ihre Mutter und ihre Oma durch die restlichen Zimmer und den Garten führte, beobachtete Malin erfreut, wie Carl und ihr Vater gemeinsam die letzten Handgriffe an dem neuen Herd vornahmen.

»Sie scheinen ein Profi auf dem Gebiet zu sein«, meinte ihr Vater, nachdem sie den Herd gemeinsam zum Laufen gebracht hatten.

»Das habe ich von Profis wie Ihnen gelernt«, erwiderte Carl das Kompliment und grinste schief.

»Da könnte was dran sein«, meinte ihr Vater mit einem verschmitzten Lächeln.

Carl und ihr Vater schienen sich auf Anhieb zu verstehen. Sie begannen sofort, über Elektrogeräte zu fachsimpeln, sodass Malin sich bald überflüssig fühlte.

Ein Lächeln auf den Lippen, ging sie zu den anderen in den Garten und legte ihrer Großmutter den Arm um die Schultern. »Na, Omi, möchtest du immer noch hier einziehen?«

»Das könnte ich mir glatt vorstellen, so schön ist es hier. Und alles ebenerdig, keine Treppen«, kam es selbstbewusst zurück.

»Mal sehen, was Frau Witt zu deinen Umzugsplänen sagt«, meinte Malin lachend.

Als sie mit ihren Eltern und ihrer Oma zurück zum Campingplatz kam, prickelte die kalte Winterluft auf ihren Wangen. Bevor sie aufgebrochen waren, hatten Carl und ihr Vater den alten Herd auf die Ladefläche eines Pick-ups geladen, den Sanne geliehen hatte. Er und Sanne brachten das Gerät zu einem Recyclinghof.

»Ich weiß nicht, wie es mit euch steht, aber ich habe großen Hunger«, erklärte ihr Vater, während sie auf die *Miesmuschel* zuliefen.

»Oh, ich auch«, stimmte ihre Oma zu und rieb die Hände aneinander, um sie aufzuwärmen.

»Dann gehen wir doch ins Restaurant. Dort gibt es frischen Fisch«, schlug Malin vor.

Im Innern der *Miesmuschel* empfing eine gemütliche Wärme sie. Der Duft von gebratenem Fisch vermischte sich mit dem von Rotkraut.

»Hm, Rotkohl. Da wird mir gleich ganz weihnachtlich zumute«, sagte ihre Mutter und rieb sich die Hände.

»Sucht euch ruhig schon mal einen Platz. Ich hole Speisekarten.« Malin ging zum Tresen und warf einen Blick in die Küche.

Lilo stand hinter dem Herd, zusammen mit Gertrud Möbius, die emsig in einem großen Topf rührte. Als Malin Lilo sah, fiel ihr auf, dass sie ein Gesicht zog, als wäre jemand gestorben.

»Ist alles in Ordnung?«, fragte Malin besorgt, nachdem sie um den Tresen herumgegangen und nähergetreten war.

Wortlos schüttelte Lilo den Kopf und schnitt weiter frischen Rotkohl in Stücke. Bevor sie Malin eine Antwort geben konnte, kam Gertrud ihr zuvor.

»Amelie hat vorhin angerufen«, sagte sie ein wenig sauertöpfisch. »Sie und ihre Mutter werden an Weihnachten nicht nach St. Peter-Ording kommen.«

Oh nein! Malin spürte, wie ihr Herz vor Schreck einen kleinen Schlag aussetzte. »Das gibt's doch gar nicht! Ich dachte, wir hätten sie überzeugt.«

»Tja, Pustekuchen.« Lilo nickte und hielt inne. Ihre Miene war ernst. »Ich habe mich so auf die Weihnachtsfeier mit Irma gefreut. Es wird nicht dasselbe sein ohne sie.«

Malin war mindestens genauso enttäuscht wie Lilo. »Aber wir können doch trotzdem ein großes Weihnachtsfest in der Kate feiern, oder?«, fragte Malin beklommen.

»Natürlich können wir das.« Lilo schnitt unbeirrt weiter. »Und das werden wir auch. Den Rotkohl bereite ich schließlich nicht aus Jux und Dollerei vor.«

»Wir werden es uns schön machen, auch ohne Irma und Amelie«, pflichtete Gertrud ihr voller Überzeugung bei.

»Vielleicht können wir sie ja über einen Videoanruf dazuholen?«, schlug Malin vor.

Lilo und Gertrud schauten sich kurz an, dann nickten sie.

»Das ist eine großartige Idee, Malin«, lobte Lilo. »Wir müssen das Beste daraus machen und so schön Weihnachten feiern, als wäre Irma dabei.«

Malin nickte, erleichtert, dass sie die Stimmung durch ihren Vorschlag ein wenig heben konnte.

Sie nahm ein paar Speisekarten und ging zurück an den Tisch, wo ihre Familie wartete. Das Weihnachtsfest würde anders verlaufen als geplant. Trotzdem war sie wild entschlossen, es zu einem besonderen Erlebnis zu machen. Das war sie ihrer Familie und allen anderen schuldig. Und besonders Frau Witt sollte sehen, wie großartig es in ihrer Fischerkate geworden war. Noch wollte sie die Hoffnung nicht aufgeben, dass am Ende doch alles gut werden würde.

Kapitel 21

Malin und Carl hatten den frisch gekauften Weihnachtsbaum kurzerhand mitten im Wohnzimmer abgelegt. Der intensive Duft von Tannengrün erfüllte den Raum, der Baum hatte ein paar Nadeln verloren.

»Puh! Durch das Schleppen bin ich ganz schön aus der Puste gekommen«, sagte Malin. »Ziemlich schwer, so ein großer Baum!«

»Mach ruhig eine Pause. Ich stelle den Baum eben auf.« Carl lächelte sie fürsorglich an.

»Ach was. Es geht schon wieder. Ich hole nur kurz den Christbaumschmuck aus der Einliegerwohnung.« Malin wischte sich kurz die Hände an einem Tuch ab, dann ging sie über die Terrasse zum Anbau und brachte wenig später mehrere Kartons voller Kugeln und Anhänger ins Wohnzimmer.

Fast eine Stunde darauf trat sie einen Schritt zurück, um den Baum in Augenschein zu nehmen. »Ich kann immer noch nicht glauben, dass Frau Witts Tochter einfach abgesagt hat.« Sie seufzte, während sie nähertrat und dann den Baum etwas geraderückte. »Ich habe fest damit gerechnet, Frau Witt zu Weihnachten endlich kennenzulernen. Außerdem wollte ich mich bei ihr bedanken. Ohne sie hätten wir beide uns ja niemals kennengelernt.«

Carl stand neben ihr, beugte sich zu ihr und küsste sie, um seinen Gefühlen Ausdruck zu verleihen. Lächelnd legte er ihr eine Hand auf den Rücken. »Ich verstehe dich. Und ich hätte ihr auch gern gedankt. Wirklich schade, dass sie nicht da sein wird. Aber wir werden trotzdem ein tolles Fest haben, das verspreche ich dir.« Wieder küsste er sie.

Sie konnte gar nicht anders, ein erleichtertes Lächeln huschte über ihr Gesicht. »Danke, Carl.«

Dann löste sie sich von ihm, nahm eine Lichterkette und begann, sie an den Ästen des Baums zu befestigen.

Carl nahm eine zweite Leuchtkette und brachte sie auf der anderen Seite des Baums an. »Mit deinem Vater habe ich mich gestern richtig gut verstanden.«

»Ich hätte drauf wetten können, dass ihr euch mögen werdet. Leute, die mit den Händen arbeiten können, haben meist bei ihm eine Kerbe im Brett. Er hat früher gern gesagt, dass ein richtiger Mann in der Lage sein muss, ein Haus zu bauen.«

Carl nickte zufrieden. »Klingt nach einer sich anbahnenden Männerfreundschaft.«

»Das befürchte ich auch.« Malin zwinkerte ihm zu.

Gerade als sie dem Tannenbaum zu Lichterglanz verholfen hatten, klingelte es an der Tür. Malin ging, um zu öffnen, während Carl die letzten Lichter ausrichtete.

Sie bat Pütti und Jana herein, die mit Kisten voller Weihnachtsdeko beladen zu sein schienen.

»Happy vierter Advent!«, rief Jana fröhlich und schob sich schon an Malin vorbei.

Pütti folgte ihr mit einem breiten Grinsen. »Ich hoffe, in dem Haus ist genug Platz für die Weihnachtsdeko.«

»Das hoffe ich auch.« Malin ging ihnen nach.

Sie grüßten Carl kurz und begannen dann sofort, die Kisten zu öffnen und bunte Weihnachtsornamente, Lichterketten, Nikoläuse und Engelsfiguren auf dem Tisch zu verteilen.

Malin stöberte neugierig in einem der Kästen. »Wow! Ist die genial!« Sie hielt eine gläserne Weihnachtskugel in die Höhe, die mit silbernem Glitzer verziert war. Im Innern befand sich ein wunderbares Kerzenmotiv, dessen Flamme mit einer champagnerfarbenen Goldlegierungsschicht versehen war. »Sie ist perfekt für den Baum!«

»Und diese bunte Lichterkette hier«, fügte Jana hinzu, »kann man wunderbar um ein Fenster drapieren.«

Während sie zusammen die Fischerkate schmückten, klingelte es ein weiteres Mal. Dieses Mal ging Carl, um zu öffnen, und kam kurz darauf in Begleitung von Lilo und Ditte ins Wohnzimmer. Die beiden Frauen hielten Weidenkörbe in Händen, die sie würdevoll auf dem Esstisch abstellten. »Wir haben historischen Weihnachtsschmuck unserer Familien mitgebracht«, erklärte Ditte. »Wenn wir schon alle zusammen feiern, darf dieser Schmuck nicht fehlen.«

Lilo nickte zustimmend und entnahm ihrem Korb einen liebevoll dekorierten Adventskranz. »Ohne die vier Kerzen fehlt doch was«, sagte sie und blies sich eine weiße Haarsträhne aus der Stirn. »Und das Schöne ist, wir können gleich alle vier anstecken.« Sie stellte den Kranz in die Mitte des Tischs und zündete alle Kerzen an.

»So ein schöner Adventskranz«, sagte Malin feierlich. Der Kranz war mit liebevoll ausgewählten glitzernden Schleifen, Sternen, Nüssen und Zuckerstangen geschmückt. Die vier Kerzen erstrahlten in sanftem Licht.

Bald war die kleine Kate wie in ein weihnachtliches Kleid gehüllt. Malin blickte sich zufrieden um. Überall glänzte und funkelte es, in Gold und in Silber. Auf der Ablagebank vor dem neuen Fenster standen die zwei Christsterne in hübschen weihnachtlichen Übertöpfen. »Wie ein echtes Weihnachtshaus! Viel schöner hätte die Kate nicht werden können.«

Ein Handyklingeln aus der Küche ertönte in der besinnlichen Stimmung.

»Entschuldigung, das ist meins. Ich gehe mal nachsehen, wer es ist.« Lilo verdrehte die Augen und eilte aus dem Wohnzimmer.

Pütti nahm ihr Handy zur Hand und begann eifrig, die Dekoration zu knipsen. »Die Kate sieht aus wie eins der Traumhäuser in den Hochglanzmagazinen für schönes Wohnen«, sagte sie begeistert. »Das muss ich festhalten.«

»Ja! Wir müssen Frau Witt unbedingt die ganzen Fotos schicken, damit sie mitbekommt, wie hübsch ihr Haus zu Weihnachten aussieht«, sagte Malin.

»Sie wird ihren Augen nicht trauen.« Ditte lächelte. »Was ihr aus der Reetdachkate gemacht habt, ist ein kleines

Wohnwunder. Wäre das hier ein Ferienhaus, könnte man es bestimmt gut vermieten.«

Eilige Schritte erklangen in der Diele, und kurz darauf erschien Lilo wieder im Wohnzimmer.

»Meine Güte!«, entfuhr es Ditte.

Lilo war kreidebleich. Kraftlos ließ sie sich auf einen Sessel fallen und wischte sich mit dem Handrücken die Stirn ab. »Entschuldigt bitte, ich bin ganz fertig.«

»Lilo! Geht es dir nicht gut? Hast du Schmerzen?«, fragte Malin alarmiert.

»Nein.« Sie schüttelte den Kopf. »Ich habe keine Schmerzen. Es ist viel schlimmer. Amelie hat mich angerufen.«

»Was hat sie gesagt?« Ditte war zu ihr getreten. »Du bist ja völlig durch den Wind, Lilo.«

»Irma. Sie ist verschwunden.« Auf Lilos Stirn zeichnete sich eine tiefe Sorgenfalte ab.

»Verschwunden?« Ditte fasste sich an die Brust. »Seit wann denn, um Himmels willen?«

»Seit heute früh. Amelie ist mit ihrem Mann losgefahren, um einen Weihnachtsbaum zu besorgen. Als sie wiederkamen, war Irma weg. Eine Notiz hat sie hinterlassen. Sie wäre spazieren! Aber bis jetzt ist sie nicht wiederaufgetaucht. Die Polizei ist auch verständigt.« Lilo wirkte geschockt.

Langsam ließ Ditte sich auf die Sessellehne sinken. »Aber warum hat Amelie dich angerufen?«

»Sie hat mich gebeten, mich bei ihr zu melden, falls ich was von Irma höre.«

Malin war der Schock ebenfalls in die Glieder gefahren. »Können wir irgendwas tun?«

»Ja.« Lilo nickte. »Beten. Sollte Irma bei der Witterung draußen rumgeistern, wird sie das bestimmt nicht überleben. Und dann noch in Bayern, wo die Temperaturen richtig in den Keller gehen.«

Sie sahen einander bedrückt an. Lilos Worte hatten ihnen den Ernst der Lage klar vor Augen geführt.

»Wir müssen positiv denken«, brach Carl schließlich das Schweigen. »Vielleicht ist sie zu einer Freundin gegangen, die ihre Tochter nicht kennt, und taucht später wieder auf«, versuchte er, Hoffnung zu verbreiten.

»Deine Worte in Gottes Ohren, Carl.« Ditte legte sich eine Hand an die Wange und schüttelte den Kopf. »Sie hätte nie nach München fahren dürfen.«

Lilo zog die Augenbrauen hoch. »Hätte, hätte …«

»Ich glaube, auf den Schock haben wir uns was zu trinken verdient«, meinte Pütti. »Ich bin gleich zurück. In unserem Auto haben wir ein paar Flaschen selbst gemachten Glühwein.«

»Wir könnten den neuen Herd einweihen.« Malin zuckte hilflos die Achseln. »Was können wir nur von St. Peter-Ording aus tun, um Frau Witt zu finden?«

Sie schaute in ratlose Gesichter. Auf die Frage hatte niemand eine Antwort.

Der Schein einiger Kerzen erhellte die Küche, der Duft von Gewürzen lag in der Luft. Sie hatten jeder eine Kerze für Frau Witt angezündet. Es waren Lichter der Hoffnung, die dafür sorgen sollten, dass sie bald wohlbehalten bei ihrer Tochter auftauchen würde.

Lilo und Ditte waren dazu übergegangen, Geschichten von früher zu erzählen, in denen Frau Witt auch immer eine Rolle spielte. Es waren Begebenheiten, in denen sie jedes Mal vor schier ausweglosen Situationen gestanden hatten, aber sich am Ende durch ihren Zusammenhalt alles zum Guten gewandelt hatte. Während sie Glühwein trank und den Erzählungen aus vergangenen Zeiten lauschte, war Malins Herz immer schwerer geworden. Die Ungewissheit über Frau Witts Verbleib nagte an ihr. Sie wollte sich keine Horrorszenarien ausmalen. Und doch sah sie immer wieder das Bild vor sich, wie die alte Frau durchgefroren durch nächtliche Straßen lief.

Als sie einen weiteren Schluck Glühwein aus ihrer Tasse nehmen wollte, hörte sie ein sich näherndes Motorengeräusch. Kurz darauf blitzten Scheinwerfer durch das Küchenfenster.

»Wer ist das denn?«, fragte Lilo.

Malin sprang auf. »Ich gehe mal nachsehen.«

Sie lief durch die Diele und öffnete dann vorsichtig die Tür. Draußen machte sie eine kleine Gestalt im Dunkeln aus. Als sich Malins Augen an die Dunkelheit gewöhnt hatten, erkannte sie eine Frau mit einer Reisetasche, deren Gesicht im Schatten verborgen lag.

»Wer ist es denn?« Lilo trat neben sie. Im nächsten Moment schnappte sie nach Luft. »Irma! Was machst du denn hier?«

Kapitel 22

Draußen war es stockdunkel geworden, ein stürmischer Westwind fegte über das flache Land. Nachdem Irma Witt herzlich von den anderen begrüßt worden war und nicht nur bei Ditte ein paar Freudentränen der Erleichterung geflossen waren, hatte Pütti einen weiteren Topf Glühwein auf dem Herd erhitzt. Inzwischen saß Irma Witt mit einer Tasse Heißgetränk am Küchentisch und ließ den Blick langsam durch ihre Küche gleiten. Dabei wirkte sie, als könnte sie selbst kaum glauben, wieder in ihrer Fischerkate zu sein.

»Wie wäre es mit ein bisschen Musik?«, fragte Ditte.

»Sehr gerne«, stimmte Irma Witt zu.

Ditte schaltete das Radio ein, das auf der Fensterbank stand. Der voreingestellte Sender spielte Weihnachtsmusik, die nun leise im Hintergrund lief. »Was für eine Erleichterung, dass du wieder da bist! Ich freue mich so, Irma!«

Frau Witt zuckte leicht mit den Schultern und lächelte entschuldigend. »Ich … ich musste einfach weg. Weg aus Bayern. Dort habe ich mich wie eine Außerirdische gefühlt. Die Menschen habe ich kaum verstanden und sie mich ebenso wenig. Ich habe es dir nicht gesagt, Lilo, aber das Heimweh war täglich größer geworden.« Ihre Augen wirkten müde, gleichzeitig schimmerte ein tiefer innerer Frieden in ihnen. »Es tut mir wirklich leid, dass ich mich nicht vorher angekündigt habe, aber ich musste ein schnelle Entscheidung treffen und hatte keine Zeit für Telefongespräche.«

Malin spürte, wie sich allmählich die Anspannung der letzten Stunden in ihrem Körper löste. Sie hatten das Haus fertig renoviert, und jetzt war Frau Witt doch wieder in St. Peter-Ording. Das war von Anfang an ihr Ziel gewesen, sie hatte alles erreicht, was möglich war.

Irma Witt lächelte sie ein wenig schüchtern an. »Und Sie sind sicherlich Malin?«, fragte sie schließlich.

»Ja.« Malin erwiderte ihr Lächeln. Im allgemeinen Chaos, dass Frau Witts unerwartetes Auftauchen ausgelöst hatte, war sie noch nicht dazu gekommen, sich ihr vorzustellen. »Ich bin diejenige, die Ihren Koffer ersteigert hat.«

Frau Witt schaute sie aus gütigen Augen freundlich an und lächelte. »Ich hatte schon nicht mehr damit gerechnet, dass der Koffer einen neuen Besitzer findet. Je länger ich auf ein Zeichen gewartet hatte, umso sicherer war ich mir, dass er wohl verschüttgegangen ist.«

»Wir haben uns solche Sorgen um dich gemacht!« Lilo legte eine Hand auf Irmas Unterarm. »Amelie hat vorhin angerufen und mir gesagt, dass du verschwunden bist. Sogar die Polizei sucht nach dir!«

Irma Witt runzelte die Stirn und verzog missbilligend den Mund. »Also, gleich die Polizei einzuschalten halte ich für übertrieben. Schließlich bin ich nicht senil und habe sogar eine Notiz hinterlassen, dass ich spazieren gehe. Tja, meine Tochter hat schon immer zum Drama geneigt.«

»Na ja, es wäre schon ein sehr ausschweifender Spaziergang, wenn du seit heute Morgen unterwegs wärst«, gab Ditte zu bedenken. »Da kann man sich ab Mittag schon mal Sorgen machen.«

»Was hätte ich denn anderes tun sollen?«, entgegnete Irma Witt. »Amelie wollte partout nicht nach St. Peter fahren, obwohl ich sie eindringlich darum gebeten habe. Da blieben nicht viele andere Möglichkeit, als eben allein den Zug zu nehmen.«

»Ich freue mich wirklich, dass du wieder da bist, und will deine Entscheidung gar nicht infrage stellen. Aber hättest du Amelie nicht vor deiner Abreise Bescheid sagen können?«, frage Lilo.

»Und dann? Was glaubst du, wie sie reagiert hätte? Unter Garantie hätte sie alle Hebel in Bewegung gesetzt, um mich von der Rückkehr nach St. Peter-Ording abzuhalten. Meine Tochter hätte mich doch keine Sekunde aus den Augen gelassen. Ihrer Meinung nach ist es das Beste, das Haus zu verkaufen und mich in eine Seniorenresidenz einzuquartieren.« Irma Witt schüttelte den Kopf. »Nein, diesen Quatsch brauche ich nicht. Ich wollte Weihnachten wieder zu Hause sein.« Sie hob den Blick. »Und hier bin ich nun.«

Seufzend stand Lilo auf. »Dann werde ich mal Amelie anrufen und ihr Bescheid geben, dass du wohlbehalten in St. Peter-Ording aufgetaucht bist. Bevor noch eine deutschlandweite Fahndung nach dir ausgerufen wird und dein Foto in den Nachrichten kommt.«

»Warte!« Irma Witt hob die Hand. »Danke, Lilo. Aber ich spreche lieber selbst mit meiner Tochter.«

Nachdem Irma Witt mit ihrer Tochter telefoniert und sie halbwegs beruhigt hatte, wollte sie sich das renovierte Haus näher ansehen. Jana, Pütti und Carl hatten sich kurz zuvor verabschiedet, sodass nur noch Malin, Lilo und Ditte bei Irma Witt geblieben waren.

»In der Küche haben wir zwei Geräte erneuert«, erklärte Malin. »Der Herd stammt aus einer Ferienwohnung, wurde aber kaum benutzt. Den Kühlschrank mit Gefrierfach haben wir neu gekauft.«

»Der Herd sieht aber auch wie neu aus.« Irma Witt öffnete den Backofen. »Alles ist blitzsauber. Ich kann es kaum erwarten, darin Kuchen zu backen.« Dann zog sie die Kühlschranktür auf. »Oh, der ist viel geräumiger als der alte. Darin kann man problemlos zwei Torten kalt stellen, neben allem, was man sonst noch so hat.«

Zweifellos hatte Irma Witt große Backpläne. Malin lächelte und freute sich über den Elan der älteren Dame.

Nachdem die Küche inspiziert worden war, begleiteten Malin, Lilo und Ditte die Zurückgekehrte in das geschmückte Wohnzimmer. Die weihnachtliche Dekoration und die Lichter am Tannenbaum sorgten für eine festliche Stimmung.

Malin zeigte ihr das neue Fenster. »Hier zieht nichts mehr.«

Irma Witt hielt prüfend eine Hand davor und nickte. »Es ist alles fast so schön, wie es früher mal war. Schade, dass Amelie es nicht sehen kann«, bemerkte sie. »Und ihr habt sogar einen Baum für mich aufgestellt! Ich bin so gerührt, ich weiß gar nicht, was ich sagen soll.«

»Du musst gar nichts sagen«, erwiderte Lilo gut gelaunt. »Komm, lass uns weitergehen, wir schicken Amelie nachher ein paar Fotos.« Sie lächelte und führte ihre Freundin durch die Diele. »Und hier haben wir nun dein neues Bad«, erklärte sie mit Stolz in der Stimme, während sie die Tür aufdrückte.

Als Irma Witt den kleinen Raum betrat, war ihre Begeisterung sofort spürbar. Die alten hellblauen Fliesen waren verschwunden und durch moderne in Natursteinoptik ersetzt worden, die ebenerdige Dusche war breit genug, dass auch ein kleiner Hocker darin Platz fand. »So eine Dusche habe ich mir schon immer gewünscht«, rief sie und drehte sich zu Malin, Lilo und Ditte um. »Nun kann ich mich morgens problemlos abbrausen. In die Badewanne mit dem hohen Rand habe ich es die letzte Zeit nicht mehr geschafft. Ich danke euch von Herzen.«

»Die Einliegerwohnung hat auch ein neues Bad bekommen«, ergänzte Malin, ebenfalls stolz auf das gemeinsame Werk. »Es hat auch eine Dusche und sieht so ähnlich aus wie das hier.«

»Wunderbar. Dann habe ich eine Dusche für morgens und die andere für abends«, scherzte Irma Witt.

»Nun fehlt noch dein neues Bett«, bemerkte Ditte. »Komm, das musst du sehen!«

Irma Witt klatschte vor Freude in die Hände, als sie das Boxspringbett im Schlafzimmer erblickte, auf dem eine

Wolldecke mit Sternenmuster lag. »Kinder, ihr seid ja völlig verrückt!« Sofort setzte sie sich auf den Matratzenrand. »Die Höhe wird mir das Hinlegen und Aufstehen so viel leichter machen.«

Mit leuchtenden Augen strich sie über die Oberfläche der Matratze, dann schaute sie sichtlich bewegt von einer zur anderen. »Ich kann euch gar nicht genug danken! Ihr habt so viel Arbeit in mein Häuschen gesteckt, das werde ich nie wieder gutmachen können. Ich bin so glücklich, wieder in St. Peter-Ording zu sein.« Sie blinzelte einige Tränen fort.

»Wie schön, dass Ihnen die Veränderungen gefallen. Immerhin haben wir ja alles über Ihren Kopf hinweg entschieden«, sagte Malin, um die Stimmung zu heben.

»*Gefallen* ist gar kein Ausdruck. Ich bin sogar immer noch ein bisschen sprachlos.«

Malin räusperte sich und holte den kleinen silbernen Schlüssel aus einer ihrer Hosentaschen. »Bei der Gelegenheit möchte ich Ihnen auch Ihren Haustürschlüssel zurückgeben.« Sie übergab den Schlüssel der alten Dame. »Ihren Brief mit der Schenkung zerreiße ich natürlich. Es bleibt alles, wie es ist«, fügte sie schnell hinzu.

Irma Witt umschloss den Schlüssel fest in ihrer Hand. »Danke!« Sie erhob sich vom Bett. »Allerdings gibt es doch noch eine Kleinigkeit, die geregelt werden muss: Ich werde eine neue Gebäudeversicherung brauchen.«

»Frau Witt hat beschlossen, in St. Peter-Ording zu bleiben«, erzählte Malin ihren Eltern und ihrer Oma am nächsten Tag beim Frühstück. »Lilo soll ein Treffen mit Brit ausmachen, damit sie sich kennenlernen können.« Beschwingt köpfte sie ihr Frühstücksei mit einem Messer.

»Für mich hört sich das wie ein modernes Weihnachtsmärchen an«, meinte ihre Mutter. »Wirklich, Malin, wenn ich das meinen Freundinnen erzähle, glauben die mir kein Wort.«

Oma Gerda nickte wissend. »Aus Gedanken entstehen Taten. Das war schon immer so. Deswegen sollte man stets seine Gedanken reinhalten.«

»Es scheinen auch gute Fachleute am Werk gewesen zu sein. Das ist die halbe Miete«, ergänzte Malins Vater. »Dieser Carl zum Beispiel, der hat einiges auf dem Kasten und das nötige Fachwissen. Solche Leute findet man nicht an jeder Ecke.« Mit Appetit biss er in sein Wurstbrötchen.

Im Stillen freute Malin sich ungemein über die lobenden Worte ihres Vaters. Bisher wusste nur Franzi von ihren Gefühlen für Carl. Sie hatte mit ihm ausgemacht, dass sie eine Weile warten würden, bevor sie ihre Beziehung offiziell machten. »Carl hatte übrigens auch die Idee mit der Strandkorbauktion«, fügte Malin hinzu. »Ohne den Erlös hätten wir längst nicht alle Renovierungsarbeiten, Materialkosten und Neuanschaffungen stemmen können.«

»Scheint ein toller Typ zu sein, der Carl.« Ihr Vater nahm sich ein zweites Brötchen aus dem Korb.

»Ist er auch.« Lächelnd schenkte Malin sich Kaffee nach. »Was habt ihr denn heute vor?«, fragte sie, um das Thema Carl nicht weiter zu vertiefen.

»St. Peter-Ording erkunden natürlich«, antwortete ihre Oma wie aus der Pistole geschossen. »Und du kommst mit!«

»Klar komme ich mit.« Malin sah Oma Gerda an, die sichtlich vergnügt war. »Wegen der Renovierungen habe ich bis jetzt nicht wirklich Zeit gehabt, mir die Gegend anzusehen.«

Als sie nach dem Frühstück auf den Parkplatz des Campingplatzes gingen, trafen sie auf Lilo, die gerade leere Einkaufskisten in ihrem Auto verstaute.

Malin ging zu ihr. »Guten Morgen, Lilo! Willst du eine Shoppingtour machen?«

Sie nickte. »Großeinkauf mit Irma. Außer ein paar Büchsen mit Ravioli und Erbseneintopf hat sie nichts mehr im Haus. Sie war vorhin zum Frühstücken bei mir.«

»Ach, es ist so schön, dass sie wieder zu Hause ist«, freute Malin sich. »Hat sich ihre Tochter noch mal gemeldet?«

Lilo nickte. »Amelie hat gleich heute früh angerufen. Natürlich wollte sie wissen, wie es ihrer Mutter geht. Aber der eigentliche Grund für ihren Anruf war, dass sie und ihr Mann sich auf den Weg nach St. Peter machen.«

»Oh, wann kommen sie denn?«

»Sie sind ja schon unterwegs. Ich denke, dass sie irgendwann am Abend eintrudeln werden. Von München aus braucht man locker zehn Stunden mit dem Auto hierher. Durch die vielen Baustellen vermutlich sogar noch länger«, schätzte Lilo.

Malin lächelte. »Dann ist ihre Familie doch am Heiligabend in St. Peter-Ording vereint. Ich glaube, das hat Frau Witt sich gewünscht.«

»Natürlich hat sie das. Aber ich bin mir nicht sicher, ob Amelie wirklich den langen Weg auf sich nimmt, nur um mit ihrer Mutter Weihnachten zu feiern. Das hat sie in den letzten Jahren schließlich auch nicht getan. Ihre Mutter war an Heiligabend und auch die beiden Feiertage danach ja immer bei mir.«

Malin verschränkte die Arme vor der Brust. »Du denkst an den geplanten Verkauf an die Hotelkette.«

Lilo nickte. »Garantiert wird sie versuchen, ihre Mutter umzustimmen. Aber dieses Mal hat Irma starke Verbündete, die ihr den Rücken stärken.«

»Oh ja!«

»Brit lernt sie heute am Nachmittag kennen. Sie kommt nach ihrer Schicht im Hotel direkt zur Kate.« Lilo blickte zum Auto von Malins Eltern. »Und was habt ihr heute Schönes vor?«

»Wir erkunden gleich die Gegend. Es wird auch höchste Zeit, dass ich von St. Peter-Ording endlich mehr sehe als den Baumarkt und Ording.« Malin zwinkerte ihr zu.

Kapitel 23

Am Morgen des Heiligen Abends spazierte Malin allein durch die ruhigen Straßen von St. Peter-Ording. Die frische Luft war herrlich klar und erfüllt vom salzigen Duft der nahen Nordsee, ein paar Sonnenstrahlen kitzelten an ihrer Nasenspitze.

Ihre Eltern und ihre Oma waren nach dem gemeinsamen Frühstück nach Friedrichstadt aufgebrochen, um ein wenig zu bummeln und, wie Malin vermutete, wie in so manch vergangenem Jahr auf die letzte Minute noch das ein oder andere Weihnachtsgeschenk zu kaufen. Sie selbst war durch die zurückliegenden Renovierungen in Frau Witts Haus nicht dazu gekommen, Weihnachtsgeschenke zu besorgen. Deswegen hatte sie auf die Schnelle bloß ein paar Kleinigkeiten im *MeerGlück* gekauft: eine Weihrauchkerze für ihre Oma, Gelenköl für ihren Vater und einen Bernsteinanhänger für ihre Mutter.

Carl war an diesem Tag ebenfalls beschäftigt. Er hatte Besuch von seiner ältesten Schwester Johanna, mit der er später zu seinen Eltern fahren wollte, um gemeinsam Weihnachten zu feiern. Sanne würde mit ihrem Mann und ihrem Sohn auch dort sein. Bestimmt würde es ein fröhliches Familienfest für sie.

Nachdenklich wechselte Malin die Straßenseite und blieb vor einem Schuhgeschäft stehen. Eine Weile betrachtete sie die Auslage an warmen Winterschuhen, doch der Gedanke an ihre baldige Abreise aus St. Peter-Ording ließ sich nicht länger verdrängen.

Die Aufgaben, die sie sich gestellt hatte, waren erfüllt. Sie hatte ihre Wohnung und das Büro in Wuppertal, wo Franzi bereits auf sie wartete.

Malin seufzte schwer. Zu Hause gab es für sie kein Meer, keinen Strand, keine frische Brise. Keine Lilo und vor allem keinen Carl. Ihr wurde mehr und mehr bewusst, wie sehr sie diesen Ort und seine Menschen ins Herz geschlossen hatte. Die Vorstellung, all das hinter sich zu lassen, stimmte sie traurig – und es fühlte sich falsch an.

Und Carl vermisste sie jetzt schon, obwohl sie längst ausgemacht hatten, sich noch vor ihrer Abreise wiederzusehen. Trotzdem belastete sie die Ungewissheit über die Zukunft ihrer Beziehung und die räumliche Distanz, die schon in wenigen Tagen zwischen ihnen liegen würde.

Malin wandte sich vom Schaufenster ab, ging weiter und schlug den Weg durch einen kleinen Wald ein. Sie überquerte eine Straße und lief am Bahnhof von St. Peter-Ording und an hübschen Einfamilienhäusern vorbei, die teilweise mit Reet gedeckt waren. In der nächsten Straße angekommen, blieb sie überrascht stehen.

Sie stand wieder vor dem alten Friesenhaus, in das sie sich vor ein paar Tagen auf den ersten Blick verliebt hatte.

Zufall? Bestimmt nicht. Andererseits gab es vieles, in das man sich in St. Peter-Ording verlieben konnte, wie sie für sich feststellte.

Das charmante Gebäude mit seiner ehemals weißen Fassade, das vom Licht der Morgensonne beschienen wurde, übte auch an diesem Tag die gleiche magische Anziehung auf sie aus. Malin schloss lächelnd die Augen. Carl hatte sie gefragt, ob sie sich schon ihr nächstes Projekt mit diesem Haus ausgesucht habe. In diesem Moment wünschte sie sich, es wäre so.

Wenn sie das Haus renovieren könnte, würde sie nicht nur einen Teil ihrer neu entdeckten Kreativität ausleben, sondern auch in St. Peter-Ording bleiben können – in diesem zauberhaften Küstenort.

Kurz entschlossen zog Malin ihr Handy aus der Jackentasche, um wenigstens ein paar Fotos von dem Friesenhaus zu machen. Sie wollte es als Bild mit nach Hause nehmen. Dann konnte sie es sich zumindest ansehen, wann immer sie wollte.

Nach einer Weile schob sie das Telefon mit einem letzten Blick auf das Haus zurück in die Jackentasche und setzte ihren Spaziergang fort. Gedanken an eine mögliche Zukunft in St. Peter-Ording schwirrten in ihrem Kopf herum. Sicher, es waren eigentlich nur gute fünf Wochen vergangen, doch in der Zeit war so viel geschehen. Hier hatte sie zu sich selbst gefunden, könnte sie an diesem Ort auch zukünftig leben? Mit Carl?

Vielleicht wurden ihre Träume und Wünsche ja eines Tages Realität. Jetzt wollte sie zumindest den Moment genießen und die Schönheit von St. Peter-Ording regelrecht inhalieren, solange sie noch hier war.

Nachmittags fuhr Malin mit ihren Eltern und Oma Gerda nach St. Peter-Dorf. Sie wollten den Weihnachtsgottesdienst in der St. Peter-Kirche besuchen. Einen Heiligabend ohne Gottesdienst gab es bei ihnen nicht. Solange Malin sich erinnern konnte, war es Tradition in ihrer Familie, vor der Bescherung in die Kirche zu gehen. Ihre Eltern und Oma Gerda hatten sich in festliche Kleidung geworfen. Oma Gerda trug über einer Wollhose und einem passenden Oberteil einen warmen Wintermantel mit farblich abgestimmter Kopfbedeckung. Ihr Vater trug seinen dunkelblauen Anzug und darüber eine warme Jacke, ihre Mutter hatte sich für einen Wollpullover und einen Rock entschieden. Dazu trug sie dunkelbraune Stiefel. Malin hatte sich bei ihrem gemeinsamen Ausflug die lavendelfarbene Weste mit einer langen Bluse gekauft, die sie nun zu einer dunklen Jeanshose trug.

Sie schlenderte mit ihrer Familie die gepflasterten Straßen entlang und sah die Lichter der Kirche durch die Dämmerung schimmern. Die Leute, die wie sie auf dem Weg zum Gottesdienst waren, schienen alle voller Vorfreude auf das Fest zu sein. Ein paar kleine Kinder lachten und spielten fröhlich Fangen.

Die St. Peter-Kirche war ein kleines, malerisches Juwel, das sich harmonisch in das Küstenörtchen einfügte. Die schlichte, aber elegante Architektur des Gotteshauses war geprägt von traditionellen roten Ziegeln und einem spitzen Kirchturm, der stolz in den Winterhimmel ragte.

Die weißen Fensterrahmen und die liebevoll getalteten Holztüren verliehen der Kirche einen fast schon heimeligen Charakter. Als Malin mit ihrer Familie das Innere der Kirche betrat, umfing sie sogleich eine Atmosphäre der Besinnlichkeit und des Friedens. Der Duft von Tanne und heißem Wachs lag in der Luft.

Sie schaute an den hohen Decken empor und bewunderte die bunten Glasfenster, die biblische Begebenheiten darstellten. Neben einer Stuhlreihe sah Malin Lilo, Ditte und Irma mit deren Tochter und ihrem Mann stehen. Sie schienen sich mit Blicken zu verständigen, dann suchten sie sich Plätze.

Malin winkte ihnen fröhlich zu. Da sie nicht zur Kirchengemeinde gehörte, setzte sie sich mit ihrer Familie auf Stühle in einer der hinteren Reihen.

Kurz darauf begann der Gottesdienst. Der alte Pastor begrüßte die Gemeinde mit warmer Stimme. Er erzählte von der Bedeutung von Weihnachten, von der Kraft der Liebe und der Gemeinschaft. Nach seiner Predigt stellte sich der Kinderkirchenchor vor dem Altar auf und sang ein paar fröhliche Weihnachtslieder, die die Herzen der Anwesenden öffneten.

Bei »Lasst uns froh und munter sein« konnte Malin nicht anders, als mitzusummen, während sie die strahlenden Gesichter der Kinder betrachtete, die in ihren festlichen Kleidern und Anzügen einfach zu süß aussahen.

Das nachfolgende Krippenspiel, das ebenfalls von Kindern aufgeführt wurde, war ein weiterer Höhepunkt des Gottesdiensts. Malin beobachtete verzaubert, wie die kleinen Schauspieler die Geschichte der Geburt Jesu darstellten. Als einer der Heiligen Drei Könige einen Texthänger hatte, sprang plötzlich Josef für ihn ein, was in der Kirche für herzliche Lacher sorgte. Zum Schluss sangen alle gemeinsam »O Du Fröhliche«.

Malin konnte jedes Wort des Liedtexts spüren und musste sich zusammennehmen, um die in ihr aufkommenden Gefühle unter Kontrolle zu halten.

Als der Gottesdienst zu Ende war und die Menschen, begleitet vom Glockengeläut, aus der Kirche drängten, war Malin ganz und gar weihnachtlich zumute. Auf dem Kirchenvorplatz wurden sie von Schnee begrüßt. Zarte weiße Flocken fielen ohne Unterlass vom Himmel. Malin ließ ihren Blick über die bereits mit Schnee bedeckten Dächer und Gehwege schweifen. Sie lächelte. Es sah aus, als hätte der liebe Gott einmal Puderzucker über den Ort gestreut. Die Worte hatte Oma Gerda früher oft benutzt.

»Na, schaut euch das an. Weiße Weihnacht an der Nordsee«, meinte Malins Vater amüsiert.

»Man braucht dafür nicht in die Berge zu fahren«, stimmte seine Mutter zu.

Malin entdeckte Frau Witt unter den Umstehenden. Sie stand dicht bei ihrer Tochter, während Lilo und Ditte sich mit dem Pastor unterhielten und immer wieder fröhlich lachten.

Malins Mutter hatte die Handflächen nach oben gedreht. »Schnee an Heiligabend, wann hatten wir das zuletzt? Ich kann mich nicht mehr erinnern.«

»Als ich noch klein war.« Malin lachte. Von ihren Lieben umgeben, fühlte sie sich glücklich und geborgen. Der Geist der Weihnacht schien sie alle wie eine warme Decke zu umhüllen.

Sie wusste, dass sie den Heiligabend in St. Peter-Ording für immer in ihrem Herzen tragen würde. Inmitten ihrer Familie, die sie über alles liebte, und neuen Freunden. Unter dem sanften Schneefall fühlte sie sich, als wäre sie genau dort, wo sie hingehörte.

Zwei Stunden später saß Malin in der gemütlichen Küche von Frau Witts Reetdachkate. Inzwischen hatte sich der Duft von Gänsebraten, Frikadellen und Apfelrotkohl im ganzen Haus ausgebreitet.

Lilo öffnete die Klappe zum Backofen und blickte prüfend hinein. »Es dauert nicht mehr lange«, sagte sie und schloss die Backofentür wieder.

»Ich wollte noch fragen, wie das Gespräch mit Brit war. Das heißt, wenn ich fragen darf?«, fügte Malin zögernd hinzu.

Frau Witt saß am Küchentisch und lächelte. »Aber selbstverständlich. Immerhin sind Sie ja meine Retterin, Malin.«

Abwehrend hob sie die Hände. »Bei der Rettung waren durchaus noch viele andere beteiligt.«

»Wie auch immer. Die junge Frau hat auf mich sofort sympathisch gewirkt«, erzählte Irma Witt von ihrer ersten Begegnung. »Sie hat eine herzliche Art, und ich konnte mir gleich vorstellen, sie als Nachbarin zu haben.«

»Das hört sich sehr positiv an«, fand Malin.

»Würde ich auch sagen. Ich war ja dabei.« Lilo putzte sich die Finger an einem Tuch ab. »Für Brit ist es gar kein Thema, beim Einkaufen und im Haushalt zu helfen. Ich hatte tatsächlich den Eindruck, dass es eher eine Selbstverständlichkeit für sie ist.«

»Es ist für sie und für mich die ideale Lösung«, fasste Irma Witt zusammen. »Ich muss nicht mehr allein sein, und sie kann endlich in St. Peter wohnen.«

In diesem Moment betrat Amelie Witt die Küche und stellte sich mit vor der Brust verschränkten Armen neben den Kühlschrank. »Mutti, ich verstehe nicht, warum du nicht einfach wieder mit zu uns kommst. Es wäre so viel einfacher für dich«, sagte sie mit besorgtem Blick.

»Amelie, ich habe dir schon hundertmal erklärt, dass ich mich bei euch in Bayern unwohl gefühlt habe und St. Peter-Ording nun mal meine Heimat ist«, erwiderte Irma Witt sanft, aber bestimmt. »Brit ist eine sehr nette junge Frau. Ich glaube, dass wir als Wohngemeinschaft gut zusammenpassen werden.«

Amelie schüttelte verständnislos den Kopf. »Aber du kennst sie doch kaum!«, entgegnete sie. »Ich will doch nur dein Bestes!«

Malin und Lilo hatten die Unterhaltung stumm verfolgt.

»Amelie«, ergriff Lilo nun das Wort. »Vielleicht solltest du Brit und auch deiner Mutter eine Chance geben. Sie hat wirklich gute Absichten und möchte Irma in allem unterstützen«, versuchte sie, die Wogen etwas zu glätten.

Doch Amelie blieb skeptisch. »Ich verstehe das alles nicht. Ich möchte einfach nur, dass du bei mir bist, Mutti. Ich mache mir Sorgen, wenn du so weit entfernt bist. Wenn dir was passiert, kann ich nicht schnell vorbeikommen.«

Irma seufzte leise. »Ich weiß, dass du dir Gedanken machst, Amelie. Trotzdem möchte ich in meinem Haus bleiben. Es gibt nun so viele Menschen, die sich um mich kümmern. Und obwohl ich zum älteren Semester gehöre, wird noch mal ein neuer Lebensabschnitt für mich beginnen. Ich hoffe, du kannst das irgendwann verstehen, meine Kleine.« Sie stand auf und trat auf ihre Tochter zu.

Malin meinte, die Anspannung fast mit Händen greifen zu können. Obwohl Frau Witt ruhig mit Amelie gesprochen hatte, schien sich die Kluft zwischen ihnen vergrößert zu haben. Denn statt auf ihre Mutter zuzugehen, wich Amelie zurück. Es war offensichtlich, dass Frau Witt ihre Tochter nicht verletzen wollte, trotzdem musste sie auch im eigenen Interesse entscheiden.

»Lasst uns bitte den Abend genießen«, schaltete Lilo sich wieder ein. »Es ist Weihnachten.«

Irma nickte und ging zu Lilo, um ihr am Herd zu helfen. »Ja, lasst uns feiern. Wir können später darüber sprechen.«

Während sie ein paar Kartoffeln schälte, sah Malin aus

dem Augenwinkel, wie Amelie mit verkniffenem Gesicht die Küche verließ.

Der Tisch im Wohnzimmer war festlich gedeckt, und alle ließen es sich schmecken. Malin saß zwischen ihrer Mutter und Oma Gerda. Die Stimmung war tatsächlich so, wie sie es aus der guten alten Zeit kannte. Menschen mehrerer Familien waren zusammengekommen, um das Fest der Feste zu feiern. Traditionelle Weihnachtslieder wurden angestimmt, in die alle Anwesenden einstimmten.

Malin musste immer wieder lächeln, während sie die fröhlichen Gesichter um sich herum betrachtete. Es war von Anfang an klar gewesen, dass niemand hübsch verpackte Geschenke mitbringen sollte. An diesem Abend ging es nicht um materielle Dinge, sondern ausschließlich um das Zusammensein.

Nach dem Essen half Malin, den Tisch abzuräumen, und trug gerade einen Stapel Teller in die Küche. Als sie den Raum betrat, fand sie Irma Witt und ihre Tochter nebeneinander auf der Sitzbank vor. »Oh! Falls ich störe, gehe ich wieder.« Schon wollte sie die Teller abstellen und sich diskret zurückziehen, da hielt Amelie Witt sie zurück.

»Nein, bleiben Sie ruhig hier.« Sie sah ihre Mutter mit einer Mischung aus Sorge und Liebe an.

»Okay.« Malin wandte ihnen den Rücken zu und begann kurz darauf, die letzten Speisereste mit einem Stück Küchenrolle abzuwischen.

»Also gut, Mama«, sagte Amelie schwer seufzend. »Obwohl ich mir wirklich Sorgen mache, möchte ich natürlich, dass du glücklich bist.«

»Ich bin glücklich, Amelie«, erwiderte Irma Witt sanft. »Hier fühle ich mich am richtigen Ort.« Ihre Worte schienen in der nun entstandenen Stille zu hängen.

Malin beförderte mit einem Stück Papier weitere Bratenreste in den Mülleimer, während sie auf Amelies Antwort wartete. Unwillkürlich hielt sie den Atem an.

»Ja, okay«, sagte Amelie langsam. »Wenn du hier glücklich bist, dann ist das das Wichtigste für mich. Wir blasen den Verkauf an die Hotelkette ab.«

Sofort drehte Malin sich zu ihnen um.

»Wirklich?« Ein strahlendes Lächeln breitete sich auf Irma Witts Gesicht aus. Sie drückte ihre Tochter überglücklich an sich. »Danke, Amelie. Das bedeutet mir so viel!«

Schnell drehte sich Malin wieder zur Spüle. Sie konnte nur schwer die Tränen zurückhalten. Der herzergreifende Moment der Versöhnung und des Verständnisses berührte sie tief. Sie freute sich unglaublich für Frau Witt, die nun ihr weiteres Leben so gestalten konnte, wie sie es sich wünschte.

Es war spät am Abend, als Malin mit ihrer Familie und Lilo auf den Campingplatz zurückkehrte. Sie verabschiedeten sich und wünschten einander alle eine gute Nacht.

Als Malin allein in ihrer Ferienwohnung war, ließ sie den Tag noch einmal Revue passieren. Die berührenden Ereignisse wärmten nach wie vor ihr Herz. Und doch mischte sich eine Melancholie hinzu, wenn sie an die immer näher rückende Abreise dachte. In zwei Tagen würde sie um diese Uhrzeit längst wieder in ihrer Wohnung in Wuppertal sein. Bei der Aussicht verspürte sie kaum Vorfreude, sondern eher … Bedauern.

Das Geräusch ihres Handys riss sie aus der Schwermut. Eine Nachricht von Carl blinkte auf dem Bildschirm.

Hey, Malin!
Ich wollte dir gern persönlich frohe Weihnachten wünschen.
Darf ich noch so spät vorbeikommen?
Carl

Sie musste lächeln. »Natürlich, komm vorbei«, tippte sie schnell und drückte auf Senden.

Wenig später klopfte es an der Tür.

Carl stützte sich mit einer Hand am Türrahmen ab und strahlte sie an. »Fröhliche Weihnachten, Malin!«, sagte er mit dunkler Stimme und trat ein. Dann gab er ihr zur Begrüßung einen zarten Kuss.

»Für dich auch, fröhliche Weihnachten«, erwiderte sie ein wenig atemlos.

Er hielt ihr ein kleines, liebevoll verpacktes Päckchen vor die Nase. »Für dich!«

»Oh, du hast ein Geschenk für mich?«, rief sie überrascht. »Ich habe aber keins für dich.« Sie fühlte sich etwas schuldig.

Carl hob die Schultern. »Macht nichts. Du bist mein größtes Geschenk.«

Bei seinen Worten schlug ihr Herz schneller. »Das ist ja lieb von dir.«

»Ich hoffe, es gefällt dir. Ich wollte dir einfach eine kleine Freude machen«, antwortete er bescheiden.

Neugierig öffnete Malin das Päckchen. Darin lag ein wunderschöner Schlüsselanhänger in Form eines Reetdachhauses. Ein warmes, leichtes Gefühl erfüllte sie. »Das ist wirklich perfekt!«

»Der Anhänger soll eine schöne Erinnerung für dich an St. Peter-Ording sein«, erklärte er und sah sie einfach nur an. »Und ich hoffe, dass du mich nicht vergisst, wenn du wieder in Wuppertal bist.«

»Bist du verrückt?« Energisch schüttelte sie den Kopf und lächelte. »Ich werde dich nie vergessen. Egal, wo auf der Welt ich bin. Und wir sehen uns ja auch bald wieder.«

Er warf ihr sein schiefes Lächeln zu, das sie so liebte. »Ich kann es kaum erwarten.«

Eine riesige Welle der Zuneigung erfasste sie. Sie trat einen Schritt auf ihn zu und stellte sich auf die Zehenspitzen. Als sich ihre Lippen trafen, versanken sie in einen sanften, leidenschaftlichen Kuss.

»Ich denke nicht an die Abreise«, flüsterte sie. »Ich konzentriere mich auf unser Wiedersehen.«

»Die Herangehensweise gefällt mir.« Er strich liebevoll ihre Arme entlang und grinste kurz. »Außerdem sind es bis zu deiner Rückfahrt ja auch noch ein paar Stunden.«

»Zwei Nächte, um genau zu sein.«

»Zwei Nächte.« Er nickte. Dann hob er sie scheinbar mühelos hoch und trug sie zum Bett, das schräg gegenüber der Couch stand.

»Hey!«, rief Malin überrascht, die sich wie ein nasser Sack fühlte, aber nicht anders konnte, als zu lachen. »Was hast du vor?«

»Die Zeit nutzen«, erwiderte er lachend. Im nächsten Moment ließ er sie behutsam auf das Bett sinken und zog sich die Jacke aus.

Epilog

Ein halbes Jahr später

Das frühlingshafte Wetter hatte St. Peter-Ording in ein blühendes Paradies verwandelt. Die schon warmen Sonnenstrahlen schienen auf den kleinen Balkon von Carls Wohnung.

Malin stand vom Stuhl auf und richtete den Sonnenschirm neu aus. Dann streichelte sie über das Fell der beiden Katzen, die sich auf einer Matte neben dem Schirm räkelten, setzte sich wieder und tippte auf der Tastatur ihres Laptops. Seit einer Woche war sie nun schon wieder zu Besuch bei Carl. Während er seiner Arbeit in der Strandkorbvermietung nachging, konnte sie in Ruhe die Aufträge ihrer Kunden bearbeiten und nebenbei Streicheleinheiten an seine Samtpfoten Buddy und Jerry verteilen.

Der Wind trug das Lachen von Kindern auf dem Deich zu ihr. Sie musste lächeln. Die Atmosphäre am Meer beflügelte jedes Mal ihre Kreativität. Hier schaffte sie an einem Tag wesentlich mehr als in Wuppertal.

Gegen Mittag beschloss Malin, eine Pause einzulegen. Sie klappte ihren Laptop zu und machte sich auf den Weg zum Norderdeich. Sie wollte Irma, mit der sie inzwischen per Du war, in ihrer Kate besuchen.

Als sie an der Fischerkate ankam, empfing sie ein Blumenmeer im Vorgarten. Malin ging einmal um das Haus herum und traf Irma wie gewohnt bei schönem Wetter auf ihrer Terrasse an. Sie saß am Tisch, einen Stapel Schulbücher vor sich. Daneben hockte Sannes Sohn und brütete konzentriert über Rechenaufgaben.

»Guten Tag«, grüßte Malin freundlich. »Störe ich beim Pauken?«

»Moin, Malin!« Irma stand erfreut auf und gab ihr die Hand. »Ach was! Wir pauken gar nicht. Mika ist richtig gut in Mathe. Er macht seine Schulaufgaben nur am liebsten hier.« Stolz betrachtete sie den Jungen.

»Du scheinst ja oft Besuch zu haben«, stellte Malin fest. Bisher hatte sie Irma fast nie allein angetroffen, wenn sie vorbeigeschaut hatte. »Ich wollte eigentlich nur kurz vorbeikommen und sehen, wie es dir geht.«

»Na, fabelhaft natürlich!« Irma lachte fröhlich. »Mit Mika mache ich Gedächtnistraining. Und Brit holt gerade den Rasenmäher aus dem Schuppen.« Sie deutete auf die junge Frau, die tatsächlich in diesem Moment ein Gerät aus dem Gartenhäuschen schob.

»Es scheint gut mit euch zu funktionieren.«

»Brit ist ein wahrer Engel. Sie hilft mir wirklich viel im Haushalt, und ich genieße ihre Gesellschaft sehr.«

»So soll es sein.« Malin nickte zufrieden.

Am späten Nachmittag war sie mit Carl an der Surfschule verabredet. Die Sonne schien fast so warm wie im Sommer, und Wellen brachen sanft an den Strand. Carl hatte sich durchgesetzt und ihr private Surfstunden bei ihm aufgeschwatzt.

Obwohl Malin mehrmals betont hatte, dass sie als Kind nur mit Müh und Not das Seepferdchen-Abzeichen bestanden hatte, hatte er nicht lockergelassen. »Ich werde dir das Surfen beibringen«, hatte er voller Überzeugung dagegengehalten.

»Hey!« Er gab ihr zur Begrüßung einen Kuss. »Hattest du einen schönen Tag?«

»Bis jetzt schon.« Ein wenig nervös schaute sie auf das Surfbrett, das an einem Holzpodest lehnte.

»Prima! Dann bist du bestimmt bereit, mit mir die Wellen zu erobern.« Er zwinkerte ihr zu.

Auch wenn sie sich nicht danach fühlte, nickte sie tapfer. »Ich bin bereit. Und ich hoffe, ich falle nicht zu oft ins Wasser …«

In der Surfschule lieh sie sich einen Neoprenanzug und ein Surfbrett ohne Segel aus. Der Anzug fühlte sich etwas ungewohnt auf ihrer Haut an, aber er würde vor der Kälte des Meerwassers schützen. Carl zeigte ihr zuerst am Strand, wie sie aus dem Liegen aufspringen konnte, und ließ es sie einige Male probieren. Es war anstrengend, aber Malin stellte froh fest, dass ihre Kondition ausreichte. Dann half

Carl ihr, das Brett zu tragen, während sie auf die Brandung zugingen.

»Gibt es etwas Bestimmtes, worauf ich unbedingt achten muss?«, fragte sie, als sie bis zu den Knöcheln im Wasser stand.

»Das Wichtigste ist, dass du entspannt bleibst und Spaß hast.« Carl grinste sie breit an. »Ich zeige dir jetzt, wie du auf das Brett kommst und das Gleichgewicht hältst.«

»Okay.« Malin beobachtete aufmerksam jede seiner Bewegungen. Er erwies sich als geduldiger Lehrer, der ihr Schritt für Schritt zeigte, was sie tun musste.

Als es an ihr war, es selbst auszuprobieren, klopfte ihr Herz vor Aufregung.

»Okay, hier geht's!« Carl half ihr, das Brett weiter ins Wasser zu schieben.

Malin paddelte mit den Händen, um sich auf das Brett zu setzen. Dabei versuchte sie, nicht zur Seite zu kippen. Doch kaum hatte sie sich halbwegs aufgerichtet, verlor sie das Gleichgewicht und plumpste ins Meer.

»Ein guter erster Versuch«, rief Carl lachend, als sie aufgetaucht war. Er hielt das Brett, damit sie sich daraufschieben konnte. »Keine Sorge, das passiert am Anfang jedem.«

»Ich glaube, ich bin besser im Fallen als im Surfen«, lachte sie über ihren misslungenen Versuch.

Sie probierten es immer weiter. Und obwohl Malin jedes Mal ins Wasser plumpste, tat dies dem Spaß, den sie tatsächlich dabei hatte, keinen Abbruch.

Carl gab ihr unermüdlich Tipps. »Du wirst sehen, es wir mit der Zeit immer besser werden.«

Und wirklich, nach einer Weile gelang es Malin, für einen kurzen Moment auf dem Brett zu stehen, bevor sie abermals ins Wasser fiel.

»Ich habe es geschafft!«, rief sie begeistert.

»Juchhu!«, jubelte Carl und reckte beide Arme zum Himmel. Dann schwamm er zu ihr und lächelte, bevor er ihr einen zarten Kuss gab. »Das ist erst der Anfang!«

Als die Sonne langsam unterging und den Himmel in ein warmes Orange tauchte, saßen sie erschöpft, aber zufrieden auf dem Sand. Inzwischen hatten sie geduscht und sich lockere Freizeitkleidung angezogen. Zwei kleine Wasserflaschen, die sie geleert hatten, standen neben ihnen im Sand.

»Das war richtig cool!«, sagte Malin und lächelte versonnen. »Danke, dass du mir fast das Surfen beigebracht hast.«

Statt einer Antwort gab er ihr einen Kuss. »Ich freue mich schon auf die nächste Runde.«

»Ich auch«, stimmte sie zu. »Aber jetzt wäre ich erst mal bereit für ein Fischbrötchen.«

»Gute Idee.« Schon stand er auf und zog sie mit einer Hand auf die Beine.

Arm in Arm verließen sie den Strand und erstanden zwei Fischbrötchen in einem Restaurant. Es dämmerte immer noch, aber die Tage wurden länger, sodass sie noch genug Zeit hatten, um Hand in Hand durch die belebten Straßen von St. Peter-Ording zu schlendern. Malin genoss die entspannte Atmosphäre um sich herum und atmete tief ein.

»Ich glaube, das mit dem Surfen und mir könnte wirklich was werden«, sagte sie beschwingt, bevor sie einen weiteren Bissen von ihrem Brötchen nahm.

»Oh, oh!« Carl zog die Augenbrauen hoch. »Da scheint jemand Surferblut geleckt zu haben.«

»Kann schon sein.« Sie grinste. So fühlte sich Glück an.

Nach einer Weile flanierten sie die Waldstraße entlang. Wieder einmal kamen sie an dem alten Friesenhaus vorbei, das Malin so sehr mochte.

Plötzlich blieb sie stehen und starrte erschrocken auf das Grundstück. »Nanu, wo ist das Schild? Carl, das Schild ist weg.«

Er blieb neben ihr stehen. »Hm.«

Ein enttäuschtes Seufzen entfuhr ihr. »Och, Mensch! Es scheint verkauft zu sein.« Sie reckte den Hals. »Und schau mal, der Garten … Er sieht so gepflegt aus. Die Fassade scheint auch neu gestrichen worden zu sein.«

Carl sah ebenfalls zum Haus. »Lass uns mal näher rangehen. Vielleicht können wir einen Blick drauf werfen.«

Malin zögerte. »Aber Carl, das ist ein fremdes Grundstück. Wir können doch da nicht einfach so rüberspazieren, als würde es uns gehören.«

Carl lachte und winkte ab. »Ach, die Polizei wird uns schon nicht verhaften. Komm schon!«

»Auf deine Verantwortung.«

Mit einem mulmigen Gefühl im Bauch folgte Malin ihm durch die angelehnte Pforte. Als sie durch die frisch geputzten Fenster schaute, fiel ihr auf, dass das Haus von innen ebenfalls renoviert worden war. Die Wände waren offenbar frisch gestrichen. Die Räume wirkten hell und einladend.

»Es fehlen nur noch die Möbel«, murmelte Malin. »Das ist wirklich kein Vergleich zu dem Haus, das ich damals im Winter gesehen habe.«

»Ich wette, du würdest am liebsten reingehen«, meinte Carl auf einmal und zwinkerte ihr verschmitzt zu.

Malin nickte. »Interessieren würde es mich natürlich schon. Aber es scheint ja niemand da zu sein, und einbrechen kommt nicht …«

Plötzlich zog Carl einen Schlüssel aus einer Hosentasche hervor und hielt ihn hoch. »Schau mal, was ich hier habe.«

Verwirrt sah sie ihn an. »Warum hast du einen Schlüssel? Hast du das Haus renoviert?«

Carl nickte stolz. »Ja, ich habe es renoviert.«

»Aha?« Malin runzelte die Stirn. »Von dem Nebenjob hast du mir ja gar nichts erzählt.«

»Hm.« Er zuckte nur die Schultern und lächelte geheimnisvoll. »Das liegt vielleicht daran, dass ich den neuen Besitzer ziemlich gut kenne.«

Stirnrunzelnd betrachtete sie seinen durchtrainierten Arm, als er ihn ausstreckte und ihr den Schlüssel in die Hand legte. »Der ist für dich.«

»Was soll ich damit?« Sie betrachtete den Schlüssel näher. Er baumelte an einem kleinen Anhänger in Form eines Mini-Reetdachhauses. Genau so einen hatte Carl ihr zu Weihnachten geschenkt. Konnte es sein, dass …? Langsam hob Malin den Blick. »Carl, was bedeutet das alles?«

»Na ja …«, druckste er herum und schaute auf seine Sneaker. »Ich habe das Haus renoviert, weil ich der neue Besitzer bin. Ich habe es für uns renoviert.«

»Was?« Seine Aussage traf sie wie ein kleiner Schock. Ihre Augen füllten sich mit Tränen der Freude. »Für uns?«, fragte sie fassungslos.

»Ja, für uns«, wiederholte er und lächelte sie zärtlich an. Seine Augen schimmerten dunkelblau. »Ich wollte, dass wir ein gemeinsames Zuhause haben.«

»Oh, Carl!« Überwältigt vor Glück, stürzte sie sich in seine Arme. »Ich war noch nie so glücklich in meinem Leben!«

Mit beiden Armen hielt er sie fest und küsste sie innig. »Ich liebe dich, Malin, und ich will nie wieder ohne dich sein.« Dann neigte er sich etwas zurück, um ihr in die Augen sehen zu können. »Ich freue mich wahnsinnig auf unsere Zukunft, hier, im schönen St. Peter-Ording.«

»In unserem Haus. Ich liebe dich auch, Carl«, flüsterte sie selig und wusste, dass alles genau so war, wie es sein sollte. Sie musste ihr Glück nur annehmen, es lag direkt vor ihr.

Der Augenblick war perfekt. Sie hatte nicht nur einen Ort gefunden, der ihr Herz berührte, sondern auch die Liebe ihres Lebens.

Malin atmete tief durch, dann steckte sie den Schlüssel ins Schloss und drehte ihn. Er passte.

Nachwort

Liebe Leserinnen und Leser,

ich freue mich von Herzen, dass Sie/Ihr die Reise durch die Seiten meines Weihnachtsromans unternommen habt. Wie immer hat mir das Schreiben der Geschichte sehr viel Spaß gemacht. Dabei ist mir dieses Mal besonders Irma ans Herz gewachsen.

Weihnachten ist für mich nicht nur eine Zeit des Schenkens und des Genießens von Lebkuchen, Christstollen und anderen Leckereien, für mich ist es jedes Jahr eine wirklich magische Zeit, in der auch kleine und große Wunder geschehen können. Wie Malins Oma so weise sagte: »Aus Gedanken entstehen Taten.« Die Worte sollen uns daran erinnern, dass unsere persönlichen Träume und Hoffnungen die Grundlage sind für alles, was wir in dieser Welt erschaffen und wie wir unser Leben gestalten können.

Möge die Weihnachtszeit Sie/Euch inspirieren, Ihre/Eure eigenen Gedanken in Taten zu verwandeln und die Wunder des Lebens zu erkennen, die oft in den einfachen Momenten verborgen sind. Weihnachten ist ein schöner Grund mehr, die Liebe, die Freundschaft und die Verbundenheit zu feiern, die uns alle zusammenbringen.

Ihr Lieben, ich wünsche Ihnen/Euch ein fröhliches und besinnliches Weihnachtsfest, erfüllt von Wärme, Freude, Heiterkeit und unvergesslichen Momenten mit all Ihren/Euren Lieben. Möge uns alle der Geist der Weihnacht durchdringen und das neue Jahr viele weitere Wunder bringen!

Ich grüße Sie/Euch ganz herzlich vom Schreibtisch in einer lauen Sommernacht - und natürlich:

Wir sehen uns. Irgendwo. Aber ganz bestimmt am schönsten Strand der Welt – in St. Peter-Ording.

Tanja Janz, im August 2024

Rezepte

Irmas Schmalzgebäck

Zutaten für 4 Personen:

250 g Mehl
125 ml Milch
45 g Zucker
1 Ei (Größe L)
¼ Würfel frische Hefe
2 Prisen Salz
Puderzucker
1 l neutrales Öl oder alternativ die gleiche Menge klassisches Schmalz

Zubereitung:

1. Die Milch in einem Topf lauwarm erhitzen, dann 1 TL Zucker und die frische Hefe zerbröselt unterrühren.

2. In einer Schüssel Mehl, den restlichen Zucker und Salz vermengen. Danach das Ei und das Hefe-Milch-Gemisch hinzugeben. Alles mit einem Rührgerät mit Knethaken gut vermischen.

3. Die Schüssel, in der der Teig ruht, mit einem Küchentuch abdecken und an einem warmen Platz für 60 Minuten ziehen lassen, bis sich das Teigvolumen in etwa verdoppelt hat.

4. Den Teig auf eine bemehlte Arbeitsplatte geben. Sollte er noch klebrig sein, etwas Mehl darüberstreuen und noch einmal gut durchkneten. Nun den Teig mit den Händen platt drücken oder mit einem Teigroller ausrollen. Mit einem Messer kleine Stücke in einer Rautenform aus dem Teig schneiden.

5. In einem großen Topf das Öl auf hoher Stufe erhitzen. Bei Blasenbildung die Hitze niedriger drehen. Dann die Teigstücke mit einem Holzkochlöffel vorsichtig ins Fett legen und ausbacken. Sie sind fertig, sobald beide Seiten goldbraun gebacken sind.

6. Küchenpapier bereitlegen und darauf das fertige Schmalzgebäck abtropfen und abkühlen lassen.

7. Das Schmalzgebäck mit reichlich Puderzucker bestreuen.

Püttis Gebrannte-Mandel-Milchkaffee

Zutaten für 2 Becher:

40 g Mandeln
1 Msp. Zimt
1 EL Zucker
40 g gemahlener Kaffee
300 ml Milch
400 ml Wasser

Zubereitung:

1. Mandeln, Zucker und Zimt in einer Pfanne ohne Fett unter ständigem Rühren goldbraun rösten. Zeitgleich 400 ml in einem Wasserkocher erhitzen.

2. Die gerösteten Mandeln mit dem Kaffee vermischen. Danach mit dem heißen Wasser übergießen und ca. 5 Minuten ziehen lassen.

3. Die Mischung durch einen Kaffeefilter in eine Kanne gießen. Anschließend in 2 Tassen füllen.

4. Milch nach Belieben aufschäumen und auf den heißen Kaffee geben.

Lilos Futjes

Zutaten:

2 Eiweiß
1 Prise Salz
2 Eigelb
2 EL Zucker
1 Packung Vanillezucker
200 g Mehl
½ Packung Backpulver
250 ml Buttermilch
100 g gehackte Walnüsse
Butter fürs Einfetten

Zubereitung:

1. Das Eiweiß mit der Prise Salz in eine hohe Schüssel geben und mit einem Handrührgerät oder Mixstab steif schlagen.

2. In einer großen Schüssel Eigelb, Zucker und Vanillezucker cremig aufschlagen. Dann unter Rühren Mehl, Backpulver und Buttermilch hinzugeben. Danach den Eischnee unterheben.

3. Die gehackten Nüsse unter den Teig heben.

4. Die Futjes-Pfanne auf dem Herd erhitzen und mit etwas Butter einpinseln.

5. Danach den Teig in die gefetteten Formen füllen und für ca. 5 Minuten backen. Dabei wenden.

Püttis Weihnachtsschokolade mit Marshmallows

Zutaten für 2 Becher:

500 ml Vollmilch
100 g Zartbitterschokolade
Kakaopulver nach Geschmack
1 Packung Vanillezucker
Marshmallows nach Belieben

Zubereitung:

1. Für die Trinkschokolade die Zartbitterschokolade mit einem Messer klein hacken.

2. Nun die Vollmilch in einem Topf erhitzen, jedoch nicht kochen. Dann die Schokolade, das Kakaopulver und den Vanillezucker in die heiße Milch einrühren. Alles so lange rühren, bis die Schokolade geschmolzen ist. Den Topf vom Herd nehmen.

3. Die Trinkschokolade in große Tassen füllen und nach Belieben Marshmallows hinzufügen. Die Trinkschokolade heiß servieren.

Mein süßer Tipp: Die Trinkschokolade mit Marshmallows zusätzlich mit Schokosoße garnieren.

Selbst gemachte Weihnachtsseife aus dem Laden *MeerGlück*

Zubehör:

1 Messer
1 Topf
1 alter Kochlöffel
1 leere Konservendose
Seifenformen, alternativ: leere Frischkäseverpackung, Joghurtbecher oder andere Kunststoffbehältnisse
Bei Bedarf: Eine kleine Gummimatte aus dem Bastelgeschäft fürs Seifengießen, mit der Ornamente erzeugt werden können

Zutaten:

Rohseife im Block
Wasser
Duftstoffe für Seifen (z. B. Weihnachtsduft; gibt es im Bastelbedarf)
Nach Wahl: getrocknete Orangenscheiben, Zimstangen, Nelken, Lavendelblüten etc.
Bei Bedarf: Seifenfarbstoff

Zubereitung:

1. Mit einem Messer ein Stück vom Block Rohseife abschneiden.

2. Einen Topf zu einem Viertel mit Wasser füllen und erhitzen.

3. Die leere Konservendose nun in das heiße Wasser stellen. Das abgeschnittene Stück Seife in die Dose geben.

4. Mit dem alten Kochlöffel die Seife beim Schmelzen stetig umrühren. Sobald die Seife geschmolzen ist, füge bei Bedarf einen Farbstoff hinzu. Dabei ist zu beachten, dass der Farbstoff in der geschmolzenen Seife zunächst dunkler wirkt, als er zum Schluss im gehärteten Zustand sein wird. Nun auch den Weihnachtsduft hinzufügen (z. B. Orange, Zimt, Lebkuchen etc.).

5. Die Seifenformen oder ausgewaschenen Kunststoffbehältnisse auf eine ebene Fläche stellen.
Für Seifen mit Ornamenten: Die jeweilige Form mit der Gummimatte auslegen, sodass das Reliefmuster nach oben zeigt. Nun können auch z. B. Zimstangen oder getrocknete Orangenscheiben in die Form gelegt werden.

6. Anschließend die flüssige Seife vorsichtig in die Formen gießen. Bei Bedarf Zimtstangen und Orangenscheiben ein wenig in die Seife hineindrücken.

7. Die Seife mehrere Stunden, gerne auch über Nacht, aushärten lassen.

8. Die Seife beim Entfernen aus der Form umdrehen und durch vorsichtiges Klopfen lösen. Die Joghurtbecher können auch vorsichtig aufgeschnitten werden, um die Seife aus ihnen zu lösen.

9. Nun kann die Seife verschenkt oder zum Eigengebrauch verwendet werden.

Irmas gute Hühnersuppe

Zutaten für ca. 6 Teller:

Brühe:
1 Suppenhuhn
1 Zwiebel
1 Bund Suppengrün (Möhren, Sellerie, Porree und Petersilie)
2 oder 3 Lorbeerblätter
1 EL Salz
6 schwarze Pfefferkörner

Suppeneinlage:
200 g Blumenkohl
2 mittelgroße Möhren
1 Bund Schnittlauch
250 g Nudeln (z.B. Sternchennudeln, Muschelnudeln, Hörnchennudeln oder Spätzle)
200 g tiefgekühlte Erbsen
1 Prise Salz
1 Prise Pfeffer
Petersilie nach Belieben

Zubereitung:

1. Das Suppenhuhn gründlich waschen und trocknen.

2. Die Zwiebel in Streifen schneiden, Möhren und Sellerie schälen und grob zerkleinern. Den Porree halbieren, waschen und in mitteldicke Scheiben schneiden. Alles mit den Lorbeerblättern, Salz, Pfefferkörnern und dem Suppenhuhn in einen großen Topf geben und mit Wasser auffüllen, bis das Huhn bedeckt ist.

3. Einmal aufkochen und dann für ca. 40 Minuten köcheln lassen.

4. Gegebenenfalls den Schaum abschöpfen, damit die Suppe klar wird.

5. Das Suppenhuhn herausnehmen, die Brühe durch ein Sieb in einen anderen Topf geben.

Suppeneinlage:
1. Das Fleisch des Suppenhuhns in Stücke schneiden.

2. Den Blumenkohl waschen und in kleine Röschen zerteilen. Die Möhren schälen und in Scheibchen schneiden. Den Schnittlauch ebenfalls waschen, in Ringe schneiden und beiseitestellen.

3. Die Suppennudeln und die Erbsen mit allen weiteren

Einlagen in die Hühnerbrühe geben und so lange köcheln lassen, bis die Nudeln bissfest sind.

4. Das Hühnerfleisch hinzugeben und alles mit Salz und Pfeffer nachwürzen.

5. Nach Belieben Petersilie und Schnittlauch hinzufügen.

Irmas Weihnachtsknusperkaramell

Zubehör:

Pfanne
Teigschaber
Zuckerthermometer
scharfes Küchenmesser
Wachspapier
Silikonbackmatte

Zutaten:

200 g Sahne
170 g Zucker
250 g heller Sirup (z. B. von Grafschafter)
25 g Butter
40 g gehackte (blanchierte) Mandeln

Zubereitung:

1. Alles, bis auf die gehackten Mandeln, in die Pfanne geben und mit dem Teigschaber vermengen.

2. Bei mittlerer Hitze köcheln und immer wieder umrühren.

3. Mittels Zuckerthermometer die Temperatur überprüfen und bei ca. 125 °C die Hitze abdrehen. Als Nächstes die Mandeln untermengen.

4. Nun die heiße Masse aus der Pfanne auf die Silikonbackmatte geben und vorsichtig zu einer rechteckigen Form mit ca. 7 mm verstreichen.

5. 15 Minuten abkühlen lassen.

6. Die abgekühlte Masse mit einem scharfen Küchenmesser in längliche Stücke schneiden und sie in Wachspapier einwickeln.

Irmas Bratapfelwaffeln

Zubehör:

Pfanne, Teigspatel
große Rührschüssel
mittlere Rührschüssel
Handrührgerät
Waffeleisen für Herzwaffeln

Zutaten für das Bratapfelmus:

50 g gehackte Mandeln
150 g Apfelmus
40 g geraspeltes Marzipan
3 TL Zimt

Zutaten für den Teig:

100 g weiche Butter
80 g brauner Zucker
1 Prise Salz
2 Eier (Größe M)
225 g Mehl (Type 405)
40 g Speisestärke
1 TL Backpulver

Zubereitung:

1. Die Mandeln in der Pfanne anrösten.

2. Die restlichen Zutaten des Bratapfelmuses hinzufügen und leicht anbraten.

3. Das Mus abkühlen lassen.

4. In die Rührschüssel die Butter, den Zucker und das Salz geben. Dann schaumig rühren.

5. Die Eier hinzufügen und gut verrühren.

6. Die trockenen Zutaten des Teigs in der mittelgroßen Schüssel vermischen.

7. Abwechselnd die trockenen Zutaten und das Bratapfelmus zum Teig hinzugeben und gut vermischen.

8. Vor dem Backen das Waffeleisen einfetten (z. B. mit Butter).

9. 3 EL Teig auf das heiße Waffeleisen geben und ausbacken.

10. Zum Schluss mit Puderzucker bestreuen.

Tipp:

Die Waffeln können auch je nach Geschmack mit Vanillesoße oder Vanilleeis mit Sahne serviert werden.

Püttis Marzipangrieß

Zutaten für 6 Personen:

Für das Schokogranola:
20 g Kokosöl
10 g Kakaopulver
40 g Honig
1 Prise Salz
80 g Haferflocken (Großblatt)
60 g grob gehackte Haselnüsse oder Mandeln

Für den Marzipangrieß:
1 Vanilleschote
450 ml Milch
60 g heller Rohrzucker
60 g Rohmarzipan
1 Prise Lebkuchengewürz
1 Prise weißer Pfeffer
1 Prise Salz
70 g Grieß
200 ml kalte Schlagsahne

Topping:
18 Physalis

Zubereitung:

1. Backofen auf 150 °C Heißluft vorheizen.

2. In einer kleinen Pfanne das Kokosöl leicht erhitzen und das Kakaopulver, den Honig und das Salz einrühren. Dann Haferflocken und Nüsse hinzufügen und vermischen.

3. Ein Backblech mit Backpapier auslegen und dann die Masse daraufstreichen. Für ca. 20 bis 25 Minuten im Ofen knusprig backen.

4. Für den Grieß die Vanilleschote längs halbieren und das Mark auskratzen. Vanillemark und -schote mit Milch und Zucker aufkochen.

5. Das Marzipan in Würfel schneiden. Dann in die Vanillemilch geben und glatt rühren.

6. Gewürze und Grieß unter Rühren hinzufügen und ca. 5 Minuten köcheln lassen.

7. Den Marzipangrieß in eine Metallschüssel geben. Im kalten Wasserbad rührend abkühlen lassen. Dann die Vanilleschote entfernen.

8. Die Schlagsahne nicht ganz steif schlagen und unter den kalten Grießbrei heben.

9. Den Marzipangrieß in Glasschalen verteilen und mit Frischhaltefolie abdecken. Bis zum Servieren kalt stellen.

10. Die Physalis halbieren und auf den Marzipangrieß setzen. Zum Schluss mit Schokogranola bestreuen und mit den restlichen Beeren garnieren.

Lilos Schokoladenlikör

Zutaten für ca. 1 Liter:

250 ml Schlagsahne
200 ml Milch
200 g Zartbitterschokolade (70 % Kakao)
60 g Kakaopulver
80 g Honig
50 ml brauner Rum
150 ml weißer Rum

Zusätzlich wird benötigt:
feines Sieb
Trichter
sterile Glasflasche

Zubereitung:

1. Sahne und Milch aufkochen und dann von der Herdplatte nehmen.

2. Schokolade klein hacken und in der heißen Milch schmelzen lassen. Das Kakaopulver, den Honig und den Rum mit einem Schneebesen einrühren.

3. Den Schokoladenlikör durch ein feines Sieb mithilfe

eines Trichters in die sterile Glasflasche füllen. Danach an einem dunklen Ort für zwei Wochen ziehen lassen. Es ist darauf zu achten, dass die Flasche gut verschlossen ist!